COLLECTION FOLIO

Ernest Hemingway

Le jardin d'Éden

Traduit de l'américain
par Maurice Rambaud

Préface de Michel Mohrt
de l'Académie française

Gallimard

Titre original :

THE GARDEN OF EDEN

Ernest Hemingway est né en 1899 à Oak Park, près de Chicago. Tout jeune, en 1917, il entre au *Kansas City Star* comme reporter, puis s'engage sur le front italien. Après avoir été quelques mois correspondant du *Toronto Star* dans le Moyen-Orient, Hemingway s'installe à Paris et commence à apprendre son métier d'écrivain. Son roman *Le soleil se lève aussi* le classe d'emblée parmi les grands écrivains de sa génération. Le succès et la célébrité lui permettent de voyager aux États-Unis, en Afrique, au Tyrol, en Espagne.

En 1936, il s'engage comme correspondant de guerre auprès de l'armée républicaine en Espagne, et cette expérience lui inspire *Pour qui sonne le glas*. Il participe à la guerre de 1939 à 1945 et entre à Paris comme correspondant de guerre avec la division Leclerc. Il continue à voyager après la guerre : Cuba, l'Italie, l'Espagne. *Le vieil homme et la mer* paraît en 1953.

En 1954, Hemingway reçoit le prix Nobel de littérature.

Malade, il se tue, en juillet 1961, avec un fusil de chasse, dans sa propriété de l'Idaho.

PRÉFACE

Il faut croire l'éditeur de Hemingway quand il nous dit que le manuscrit du roman qu'on va lire n'a pas été altéré, bien qu'inachevé au moment de la mort de l'écrivain. L'éditeur s'est contenté de corrections mineures ; il a effectué quelques coupures (l'auteur en aurait sans doute fait davantage) mais rien n'a été ajouté au texte. Il suffit d'ailleurs de lire celui-ci, pour retrouver le style du romancier, sa vérité, mais aussi ses tics et jusqu'à ses verrues. Pour le meilleur – et, dans de rares passages, pour le pire – c'est bien là l'œuvre de Hemingway.

Il est facile de deviner ce que ses détracteurs – ils ont été nombreux de son vivant, surtout dans la dernière partie de sa vie, et n'ont pas désarmé depuis – vont dire : le romancier se parodie lui-même. Ces dialogues étirés en longueur, pleins de répétitions, sont lassants. Il n'y a peut-être pas une page où l'on ne voit les personnages boire une bouteille de vin, ou un martini, ou un whisky et le plus souvent les trois. Ils épiloguent sans fin sur la nourriture... Or, l'esthétique mais aussi l'éthique du romancier lui imposaient de donner ces détails, de préciser le goût un peu acide du maquereau au vin blanc, le plaisir que procure un verre de tavel bien frais. C'est cela la « leçon de M. Cézanne » apprise par Hemingway quand il allait, jeune écrivain, contempler au Musée du Luxembourg les œuvres du peintre, pour apprendre l'art d'écrire. Dire des choses simples, le plus simplement possible. Dire des choses qui ne trompent pas. Nos sens ne nous trompent pas. Le héros du Jardin d'Éden, *l'écrivain David Bourne, qui ressemble à Hemingway comme un frère, hait la rhétorique. Il veut écrire de façon simple « mais, dit-il, ne te mets surtout pas à raisonner de façon simpliste, bon sang. Rends-toi compte à quel point tout est compliqué et ensuite exprime tout, simplement ». Le drame qu'il vit, l'effondrement de son mariage, est, en effet, très compliqué — mais les phrases où il s'exprime sont limpides. « Être vrai et simplement vrai, il n'y a que cela qui tienne » : c'est aussi la leçon de Stendhal.*

Le lecteur qui lirait les scènes de bains de mer (il y en a presque à chaque page) et de repas, sans voir plus loin, ne comprendrait rien à ce roman et serait vite déçu. C'est ce qui n'est pas dit qui est important. Jamais, peut-être, Hemingway n'a poussé aussi loin l'art de l' understatement. *Le bain de mer a un pouvoir purificateur. Il lave les héros de leurs souillures. Il faudrait étudier l'importance de l'eau dans l'œuvre : l'océan où pêche le vieil homme ; l'eau du torrent de la rivière au cœur double ; l'eau du lac que traverse Frederick Henry pour se réfugier en Suisse ; l'eau de la pluie qui tombe sans cesse quand Catherine meurt en couches...*

Les premières pages du roman sont une peinture idyllique d'un jeune couple amoureux. Catherine aime tant son mari qu'elle veut être comme lui, être lui. Déjà, dans L'adieu aux armes, *une autre Catherine (mais s'il a donné à la femme de David le même prénom qu'à la maîtresse de Frederick Henry, c'est peut-être que les deux femmes se ressemblaient ?) dit : « Oh mon chéri, je te désire tellement que je voudrais être toi-même. »*

Mais, chez la seconde Catherine, ce désir d'identification, qui va jusqu'à lui faire se couper les cheveux comme un homme, cache autre chose : la jalousie qu'elle éprouve pour l'œuvre de son mari, son métier d'écrivain, ce qu'elle appelle ses « petites histoires ». Cette jalousie n'est avouée qu'à la fin du roman, quand Catherine en vient à nier le talent de David, mais on peut la deviner dès le début.

« Démon », l'appelle David. Catherine est une femme un peu folle, adorable et perverse, rendue démoniaque par sa jalousie. C'est pourquoi, dans l'amour, elle veut posséder et non être possédée. La mécanique de ces rapports amoureux reste obscure, mais il est facile d'imaginer certains actes, certaines attitudes qui permettent à Catherine de croire qu'elle agit en homme — et donc qu'elle rend femme son amant. Des critiques d'outre-Atlantique ont cru voir là un signe de tendances homosexuelles chez Hemingway. S'il faut chercher une signification aux entreprises amoureuses de Catherine (c'est aussi pour se conduire en homme qu'elle lève la jeune Marita et devient lesbienne) et à la passivité de David, c'est une autre explication, me semble-t-il, qui s'impose.

Catherine et son mari sont catholiques ; ils vont à la messe ; ils croient à la faute originelle. L'acte sexuel pour ces êtres jeunes doit être simple, naturel, sans perversion aucune. « La perversion est ennuyeuse et passée de mode. » Mais il y a chez Catherine l'attirance du « péché ». Ce qu'elle fait et qui n'est pas dit, mais laissé à l'imagination du lecteur (et il y a plus d'érotisme dans ces dialogues allusifs que dans des descriptions complaisantes), est une faute. Elle le sait et en a honte. Mais elle ne peut s'empêcher d'entraîner David dans ce qui, pour elle — pour eux — n'est pas bien. *Elle parle de « remords » ; elle parle aussi de « guérir » : il s'agit donc d'une maladie comme d'un péché.*

Un mot revient souvent entre eux, c'est le mot dark. *Catherine veut être noire, c'est-à-dire bronzée par le soleil, qu'ils prennent sur la plage toute la journée. C'est pour paraître encore plus noire qu'elle se fait décolorer les cheveux. Ce désir d'être noire, c'est le désir de la faute. Le titre du roman suggère cette faute : c'est Ève qui la commet. Catherine et David, au Grau-du-Roi, vivent heureux dans le jardin d'Éden. Ils en sont chassés par la faute de Catherine. Noire et perverse, Catherine est le Mal.*

Ce qui sauve David, c'est son art, les « histoires » qu'il raconte et qui déjà lui ont acquis le succès. C'est pourquoi Catherine brûle ses manuscrits. Mais sur ce point, elle échoue : David reconstitue le texte de ce qu'il avait écrit et on le voit d'ailleurs, tout au long du roman, trouver son refuge et sa vérité dans sa création.

Marita est moins intéressante que Catherine. Elle est l'objet de la faute ; elle sera la compagne attentive, soumise et douce que Catherine, le « Démon », a refusé d'être.

Il est difficile, quand on connaît la vie de Hemingway — et comment l'ignorer, quand elle a été racon-

tée tant de fois, fouillée par des journalistes, des cinéastes, des biographes... —, de ne pas chercher les clés de ce roman, ou du moins ses sources. On sait que Hadley, la première femme de Hemingway dont il trace un portrait si touchant dans Paris est une fête, *avait une amie Pauline Pfeiffer, qui était venue rejoindre le jeune couple à Paris. On sait que Hemingway tomba amoureux de Pauline, ce qui provoqua son divorce d'avec Hadley. Rien ne permet de penser qu'il y ait eu des rapports homosexuels entre les deux femmes, mais à coup sûr une rivalité. Hemingway vécut quelque temps avec elles deux, les trompant l'une et l'autre, comme David avec Catherine et Marita.*

Les rapports lesbiens ont pu être suggérés au romancier par le couple que formait Gertrude Stein et Alice B. Toklas, qui étaient alors ses amies.

On sait aussi que Hadley, au cours d'un voyage en chemin de fer, perdit une valise qui contenait des manuscrits de Hemingway : l'épisode où Catherine brûle les « histoires » de David est sans doute, transposé, la perte de la valise. Et il est possible que les explications pénibles qu'ils ont alors entre eux aient effectivement eu lieu entre Hadley et son mari.

Il faut voir enfin dans le père de David, avec qui il a vécu enfant en Afrique, participé à une chasse à l'éléphant (c'est le sujet de la nouvelle qu'il est en train d'écrire), une projection dans le passé de Hemingway lui-même. Par rapport à ce père (c'est-à-dire à lui-même), écrivain médiocre (« ... il ne pouvait rendre justice au style de son père »), ivrogne, David-Hemingway se sent plus fort, il connaît mieux la vie, est mieux assuré de son art. Et sur cet art, les problèmes qu'il pose, David prononce des phrases qui expriment à la fois son esthétique et son tourment de créateur. Celle-ci, par exemple : « Terminer, voilà ce que tu dois faire (...) Si tu ne termines pas, cela ne vaut rien, bordel » — qui fait écho à l'admirable phrase de Delacroix : « Finir exige un cœur d'acier. »

Hemingway s'est tué, avant d'avoir « terminé » Le jardin d'Éden. *Il n'en a pas eu la force, ni le courage. Mais les pages qu'il a laissées, tout au moins les meilleures d'entre elles, même si elles ont été « éditées », si peu que peu, nous apportent la magie des grands romans de la maturité, qui nous ont tant émus.*

Michel Mohrt.

Livre premier

CHAPITRE I

Ils séjournaient alors au Grau-du-Roi et l'hôtel se trouvait en bordure d'un canal qui, des remparts de la vieille ville d'Aigues-Mortes, filait droit jusqu'à la mer. Ils distinguaient les tours d'Aigues-Mortes au fond de la plaine rase de Camargue où, presque chaque jour, ils se promenaient à vélo sur la petite route blanche qui longeait le canal. Le soir et le matin, à l'heure où la marée montait, les bars affluaient dans le canal et ils voyaient alors les mulets faire des bonds affolés pour échapper aux bars et regardaient l'eau se gonfler de remous lorsque les bars attaquaient.

Une jetée avançait très loin dans la mer bleue et jolie, et ils pêchaient depuis la jetée et nageaient à la plage et tous les jours aidaient les pêcheurs à ramener le long filet qui servait à hisser le poisson sur la longue plage en pente. Ils allaient prendre l'apéritif au café d'angle, face à la mer, et regardaient les voiles des pêcheurs de maquereaux qui évoluaient au large dans le golfe du Lion. Le printemps s'avançait et les maquereaux abondaient, et les pêcheurs du port avaient fort à faire. C'était une ville gaie et accueillante et les deux jeunes gens se plaisaient à l'hôtel, qui avait quatre chambres à l'étage et au rez-de-chaussée face au canal et au phare, un restaurant et deux tables de billard. La chambre qu'ils occupaient alors ressemblait au tableau de la chambre de Van Gogh à Arles, à cette différence près qu'il y avait un lit double et deux grandes fenêtres et qu'au-delà de la nappe d'eau et du marais et des salines, l'on apercevait la ville toute blanche et la plage étincelante de Palavas.

Ils avaient toujours faim et pourtant ils mangeaient fort bien. Ils avaient faim au petit déjeuner qu'ils descendaient prendre au café, commandant de la brioche et du café au lait et des œufs, et choisir les confitures et le mode de cuisson des œufs leur était une fête. Ils avaient toujours tellement faim pour le petit déjeuner que, tant que le café n'était pas servi, la jeune femme avait souvent la migraine. Mais le café dissipait la migraine. Elle prenait son café sans sucre, ce que le jeune homme apprenait à ne pas oublier.

Ce matin-là il y avait de la brioche et de la confiture de framboises et les œufs étaient à la coque et il y avait aussi une petite noix de beurre qui fondait à mesure qu'ils remuaient les œufs et les assaisonnaient légèrement de sel et de poivre broyé au-dessus des coquetiers. C'étaient de gros œufs tout frais et ceux de la jeune femme n'étaient pas tout à fait aussi cuits que ceux du jeune homme. Il trouvait facile de ne pas oublier et il était satisfait des siens qu'il coupait en petits dés avec sa cuillère et mangeait sans rien d'autre pour les relever que le filet de beurre et la saveur fraîche de l'heure matinale et l'âcreté des grains de poivre grossièrement moulu et le café chaud et la bolée de café au lait qui fleurait bon la chicorée.

Les barques pêchaient très au large. Elles étaient sorties au premier souffle de la brise alors qu'il faisait nuit noire et le jeune homme et la jeune femme s'étaient réveillés et les avaient entendu sortir puis s'étaient pelotonnés l'un contre l'autre sous le drap et s'étaient rendormis. Ils avaient fait l'amour alors qu'ils n'étaient qu'à demi réveillés avec déjà dehors une lumière éclatante mais la chambre encore dans la pénombre, puis ils étaient restés allongés l'un contre l'autre et s'étaient sentis heureux et las, puis de nouveau avaient fait l'amour. Ensuite ils s'étaient sentis une telle faim qu'il leur avait semblé que jamais ils ne tiendraient jusqu'au petit déjeuner et maintenant, installés à l'une des tables du café, ils mangeaient et regardaient la mer et les voiles, et une fois encore c'était une journée nouvelle.

« À quoi penses-tu ? demanda la jeune femme.

— À rien.

— Tu penses forcément à quelque chose.

— Je me sentais, tout simplement...

— Comment ?

— Heureux.

— Mais j'ai tellement faim, dit-elle. Tu trouves ça normal ? Est-ce qu'on a toujours tellement faim quand on fait l'amour ?

— Quand on aime quelqu'un.

— Oh, tu en sais trop long là-dessus, toi, dit-elle.

— Non.

— Ça m'est égal. J'adore ça et nous n'avons aucune raison de nous faire du souci n'est-ce pas ?

— Aucune.

— À ton avis qu'est-ce qu'on devrait faire ?

— Je n'en sais rien, dit-il. Et toi qu'en penses-tu ?

— Ça m'est complètement égal. Si tu avais envie d'aller pêcher j'écrirais une lettre ou peut-être même deux et ensuite on pourrait aller nager avant de déjeuner.

— Pour avoir faim ?

— Tais-toi. Je commence déjà à avoir faim et on n'a même pas encore terminé le petit déjeuner.

— N'empêche qu'on peut penser au déjeuner.

— Et ensuite après déjeuner ?

— On fera une petite sieste comme des enfants sages.

— Voilà une idée parfaitement inédite, dit-elle. Pourquoi n'y avoir jamais pensé ?

— J'ai parfois de ces intuitions fulgurantes, dit-il. Je suis du genre inventif.

— Je suis du genre destructeur, dit-elle. Et je vais te détruire. On posera une plaque dehors tout en haut sur le mur de la chambre. Je vais me réveiller au milieu de la nuit et te faire quelque chose dont jamais tu n'as entendu parler et dont tu n'as pas la moindre idée. Je voulais le faire la nuit dernière mais j'avais trop sommeil.

— Tu as trop sommeil pour être dangereuse.

— Ne va pas t'endormir dans une fausse sécurité. Oh chéri, vite que le temps passe et que ce soit l'heure du déjeuner. »

Ils restèrent assis là vêtus de leurs maillots rayés et des shorts achetés au magasin d'articles de marine, et ils étaient très bronzés et leurs cheveux étaient striés de mèches et décolorés par le soleil et la mer. La plupart des gens les croyaient frère et sœur jusqu'au moment où ils disaient qu'ils étaient mariés. Certains n'arrivaient pas à croire qu'ils étaient mariés et la jeune femme en était ravie.

En ce temps-là bien peu de gens encore étaient venus passer l'été sur la côte méditerranéenne et personne ne venait jamais au Grau-du-Roi sinon parfois des gens de Nîmes. Il n'y avait ni casino ni distractions d'aucune sorte et, sauf pendant les mois les plus chauds quand les gens venaient pour se baigner, il n'y avait personne à l'hôtel. Personne ne portait de maillots rayés et cette jeune fille qu'il avait épousée était la première femme qu'il eût jamais vue en porter. Elle avait acheté les maillots à leur intention et les avait aussitôt lavés dans le lavabo de leur chambre d'hôtel pour les débarrasser de leur raideur. Ils étaient raides et faits pour durer mais les lessives les assouplissaient, et à force d'être portés et assouplis, lorsque maintenant il regardait la jeune femme le tissu usé lui moulait magnifiquement les seins.

Personne non plus ne mettait de short dans le village et la jeune femme ne pouvait en porter pour faire du vélo. Mais dans le village c'était sans importance car les gens étaient très gentils et seul le curé de la paroisse y trouvait à redire. Mais le dimanche la jeune femme assistait à la messe en jupe et pull de cachemire à manches longues, les cheveux cachés sous un foulard, et le jeune homme restait debout parmi les hommes au fond de l'église. Ils donnaient vingt francs à la quête ce qui alors faisait plus d'un dollar et, comme le prêtre se chargeait de faire lui-même la quête, leur attitude à l'égard de l'église était connue de tous et le port du short dans le village était interprété comme une excentricité d'étrangers plutôt que comme un attentat à la moralité des ports de Camargue. Le prêtre ne leur adressait jamais la parole quand ils étaient en short mais il ne les dénonçait pas publiquement et lorsque le soir ils étaient en pantalon, tous trois se saluaient d'une inclinaison de tête.

« Je monte écrire les lettres, annonça la jeune femme et elle se leva et gratifia le serveur d'un sourire et sortit du café.

– Monsieur va à la pêche ? s'enquit le serveur quand le jeune homme, qui s'appelait David Bourne, le héla pour régler l'addition.

– Oui je crois. Comment est la marée ?

– Très bonne aujourd'hui, dit le serveur. J'ai des appâts si vous voulez.

– Je peux en prendre en route.

– Mais non. Prenez donc ceux-ci. Ce sont des vers de sable et il y en a beaucoup.

– Vous ne pouvez pas m'accompagner ?

– Je suis de service pour le moment. Mais peut-être que je pourrai filer voir comment vous vous en tirez. Vous avez votre matériel ?

– Je l'ai laissé à l'hôtel.

– Arrêtez-vous au passage pour prendre les vers. »

À l'hôtel le jeune homme eut envie de monter dans la chambre voir la jeune femme mais se retint et alla prendre la longue canne de bambou démontable et le panier contenant son matériel derrière le bureau où étaient accrochées les clefs des chambres, et il ressortit dans la lumière aveuglante et repassa devant le café et poursuivit sa route jusqu'à la jetée inondée de soleil. Le soleil était chaud mais il soufflait un petit vent frais et la marée commençait à peine à redescendre. Il regretta de ne pas avoir pris une canne à lancer et des cuillères pour pouvoir lancer par-dessus le courant venu du canal, au-delà des rochers de la rive opposée, mais il dut se contenter de monter sa longue canne avec son bouchon et sa plume et de laisser le ver de sable dériver doucement entre deux eaux à une profondeur où, pensait-il, le poisson viendrait chercher de quoi manger.

Il pêcha un bon moment sans que la chance lui sourît et observa les barques des pêcheurs qui au large tiraient des bords sur la mer bleue et les ombres que de très haut les nuages plaquaient sur l'eau. Tout à coup son bouchon piqua brutalement, tandis que la ligne filait selon un angle aigu, et il ferra sèchement pour contrer la traction d'un poisson qui était fort et se débattait farouchement et faisait siffler le fil dans l'eau. Il s'appliquait à la tenir aussi souple que possible et la longue canne ployait au point de rupture de la ligne et du bas de ligne sous les efforts du poisson qui essayait toujours de gagner le large. Le jeune homme l'accompagnait sur la jetée afin d'atténuer la tension mais le poisson s'obstinait, de sorte qu'à mesure qu'il filait, un bon quart de la canne disparut sous l'eau.

Le serveur était accouru du café et ne se tenait plus d'excitation. Il suivait le jeune homme en lui répétant sans arrêt, « Tenez-le bien. Tenez-le bien. Tenez-le mais le plus doucement possible. Il finira par se fatiguer. Le laissez pas se sauver. Allez-y doucement. Doucement. Doucement. »

Le jeune homme n'aurait guère pu y aller plus doucement à moins de se mettre à l'eau pour rejoindre le poisson ce qui, vu la profondeur du canal, n'avait aucun sens. Dommage que je ne puisse pas le suivre le long de la rive, se disait-il. Mais ils étaient arrivés à l'extrême pointe de la jetée. Et maintenant plus de la moitié de la canne se trouvait sous l'eau.

« Maintenez-le doucement c'est tout, implorait le serveur. Le bas de ligne est solide. »

Le poisson piqua jusqu'au fond, fila, zigzagua et la longue canne de bambou ploya sous l'effet de son poids et de sa force déchaînée. Et soudain il jaillit en se débattant à la surface puis aussitôt disparut de nouveau et le jeune homme devina que si le poisson n'avait rien perdu de sa force, la tragique violence s'était atténuée et qu'il se laisserait remorquer jusqu'au bout de la jetée et le long du canal.

« C'est ça doucement, disait le serveur. Oh doucement maintenant. Surtout allez-y doucement. »

Par deux fois encore le poisson réussit à regagner l'eau libre et par deux fois le jeune homme le ramena et maintenant il le remorquait doucement le long de la jetée en direction du café.

« Il est comment ? demanda le serveur.

— En forme mais n'empêche qu'on l'a eu.

— Ne dites pas ça, fit le serveur. Ne dites pas ça. Il faut le fatiguer. Le fatiguer. Le fatiguer.

— À moi il m'a fatigué le bras, dit le jeune homme.

— Vous voulez que je m'en charge ? demanda le serveur plein d'espoir.

— Grand Dieu non.

— Voilà, attention, attention, attention. Doucement, doucement, doucement », disait le serveur.

Le jeune homme entraîna peu à peu le poisson le long de la terrasse du café et l'engagea dans le canal. Il nageait presque à fleur d'eau mais n'avait rien perdu de ses forces et le jeune homme se demandait s'il leur faudrait le remorquer jusqu'au bout du canal en traversant la ville entière. Il y avait maintenant beaucoup de gens et comme ils passaient devant l'hôtel la jeune femme les aperçut de la fenêtre et s'écria « Oh quel poisson magnifique ! Attendez-moi ! Attendez-moi ! »

Elle avait tout vu très nettement d'en haut, le poisson et sa taille et l'éclat de son corps, et son mari cramponné à la canne de bambou presque ployée en deux et le cortège qui suivait. Le temps qu'elle descende sur la berge et, en courant, rattrape les gens, le cortège avait fait halte. Le serveur était descendu dans l'eau au bord du canal et son mari guidait doucement le poisson contre la berge où poussait une grosse touffe d'herbe. Le poisson était maintenant à fleur d'eau et soudain le serveur se pencha et, passant ses mains dessous, les joignit puis plantant ses pouces dans les deux ouïes, il souleva le poisson et sans le lâcher escalada la berge. C'était un poisson très lourd et le serveur le tenait plaqué haut contre sa poitrine, la tête coincée sous son menton et la queue lui battant les cuisses.

Des hommes gratifiaient le jeune homme de bourrades amicales et lui donnaient l'accolade et une femme de la halle aux poissons l'embrassa. Puis la jeune femme l'enlaça et l'embrassa et il dit, « Tu l'as vu ? »

Puis tous s'approchèrent pour le voir allongé sur le bas-côté de la route, blanc argent comme un saumon et un reflet vert-de-gris sombre luisant sur son dos. C'était un beau poisson superbement bâti aux grands yeux pleins de vie et qui respirait lentement et par à-coups.

« Qu'est-ce que c'est ?

— Un *loup*[*1], dit-il, ou comme on dit chez nous un *sea bass*. Ici on dit aussi un *bar*[*]. Un poisson merveilleux. Jamais je n'en ai vu d'aussi gros. »

Le serveur, qui s'appelait André, s'approcha et passa ses bras autour des épaules de David et l'embrassa et insista pour embrasser la jeune femme.

« Madame, c'est indispensable, dit-il. C'est vraiment indispensable. Personne n'a jamais encore attrapé ce genre de poisson avec ce genre de matériel.

— On devrait le peser », dit David.

Ils se trouvaient maintenant au café. Le jeune homme avait rangé son matériel, après la pesée, et il s'était lavé et le poisson était posé sur un bloc de glace livré par le *camion*[*] de Nîmes pour conserver les maquereaux pris ce jour-là. Le poisson pesait en fait un peu plus de quinze livres. Sur la glace il était toujours argent mais la couleur de son dos avait viré au gris. Seuls ses yeux paraissaient encore vivants. Maintenant les barques des pêcheurs rentraient et les femmes déchargeaient les maquereaux luisants, bleu et vert et argent, et en remplissaient des paniers et elles portaient les lourds paniers en équilibre sur leurs têtes jusqu'à la halle aux poissons. La pêche était très bonne et la ville débordait d'animation et de joie.

« Qu'est-ce qu'on va faire du gros poisson ? s'enquit la jeune femme.

— Ils vont l'emporter et le vendre, dit le jeune homme. Il est trop gros pour qu'on puisse le faire

1. Les mots ou expressions en italique et suivis d'un astérisque sont en français dans le texte. *(N.d.T.)*

cuire ici et selon eux ce serait un péché de le débiter en morceaux. Qui sait, peut-être va-t-il se retrouver à Paris. Et il finira dans un grand restaurant. Ou alors quelqu'un de très riche aura envie de l'acheter.

— Il était si beau dans l'eau, dit-elle. Et aussi quand André l'a soulevé. Je n'en croyais pas mes yeux quand je l'ai vu par la fenêtre et aussi toi avec la foule qui te suivait.

— On s'en trouvera un petit pour nous. C'est vraiment un poisson merveilleux. Un petit devrait se griller avec du beurre et des herbes. Ça ressemble un peu au loup rayé de chez nous.

— Je me sens tout excitée à cause de ce poisson, dit-elle. Pas vrai qu'on a des plaisirs simples et merveilleux ? »

Quand vint l'heure du déjeuner ils étaient affamés et la bouteille de vin blanc était fraîche et ils la burent en mangeant le céleri *rémoulade** et les petits radis et les champignons maison au vinaigre du grand bocal de verre. Le loup était grillé et les marques du gril zébraient la peau argentée et le beurre fondait sur l'assiette chaude. Il y avait aussi des tranches de citron pour assaisonner le loup et du pain frais de la boulangerie et le vin frais calmait la brûlure des pommes de terre frites sur leur langue. C'était un bon petit vin blanc peu connu, léger, sec, gai, et le restaurant en était très fier.

« Nous ne sommes pas tellement portés sur la conversation pendant les repas, dit la jeune femme. Dis-moi chéri, je t'ennuie ? »

Le jeune homme se mit à rire.

« Ne te moque pas, David.

— Je ne me moquais pas. Non. Tu ne m'ennuies pas. Même si tu ne disais jamais un mot je me sentirais heureux rien qu'en te regardant. »

Il lui versa un autre petit verre de vin et remplit également le sien.

« J'ai une grosse surprise. Je ne t'ai encore rien dit, n'est-ce pas ? fit la jeune femme.

— Quel genre de surprise ?

— Oh c'est très simple mais aussi très compliqué.

— Dis-moi.

— Non. Ça risquerait de te plaire et peut-être ne pourrais-tu pas le supporter.

— Ça me paraît trop dangereux.

— C'est dangereux, dit-elle. Mais ne pose pas de question. Si tu permets, je vais monter dans la chambre. »

Le jeune homme régla l'addition et but le vin qui restait dans la bouteille. Puis il monta à son tour. Les vêtements de la jeune femme étaient pliés sur l'une des chaises Van Gogh et elle l'attendait dans le lit, cachée sous le drap. Ses cheveux étaient étalés sur l'oreiller et ses yeux riaient et elle souleva le drap et dit : « Hello, chéri. Alors, il était bon ce déjeuner ? »

Plus tard, il lui glissa un bras sous la tête et ils restèrent allongés côte à côte pleins de bonheur et de paresse, et il la sentit tourner la tête à droite et à gauche et lui effleurer la joue. Elle avait une peau soyeuse et à peine durcie par le soleil et la mer. Puis ses cheveux retombant en avant de sorte qu'ils le caressaient au gré des mouvements de sa tête, elle se mit à jouer avec lui, frôlant et explorant, puis bientôt avec délices, elle dit : « C'est vrai tu m'aimes, n'est-ce pas ? »

Il hocha la tête et l'embrassa sur le haut du crâne, puis doucement lui prit la tête et la serra entre ses mains et lui baisa les lèvres.

« Oh, dit-elle. Oh. »

Un long moment après, ils étaient encore allongés étroitement serrés l'un contre l'autre et elle dit, « Et tu m'aimes simplement telle que je suis ? Tu en es sûr ?

— Oui, dit-il. Oui tellement.

— Parce qu'on va me changer.

— Non, dit-il. Non. Pas te changer.

— Si, dit-elle. C'est pour toi. Et c'est aussi pour moi. Je n'irai pas prétendre le contraire. Mais à toi ça fera quelque chose. J'en suis sûre mais je ne devrais pas le dire.

— J'aime les surprises mais aussi j'aime bien les choses comme elles sont en cet instant précis.

— Dans ce cas peut-être ne devrais-je pas le faire, dit-elle. Oh je me sens triste. C'était une surprise tellement dangereuse et merveilleuse. J'y ai pensé pendant des jours et je n'ai pris ma décision que ce matin.

— S'il s'agit d'une chose que tu souhaites vraiment.

— Vraiment, dit-elle. Et je vais la faire. Tu as bien aimé tout ce que nous avons fait jusqu'à présent, n'est-ce pas ?

— Oui.

— Très bien. »

Elle se glissa hors du lit et se planta devant lui avec ses longues jambes brunes et son beau corps uniformément bronzé à force de s'exposer sur la plage isolée où ils allaient nager sans maillot. Elle cambra le buste et remonta le menton et secoua la tête de sorte que sa lourde crinière fauve lui fouettait les joues, puis soudain se pencha en avant de sorte que toute la masse retomba elle aussi en avant et lui cacha le visage. Elle enfila prestement le maillot rayé et rejeta d'une secousse ses cheveux en arrière, puis s'assit sur la chaise placée devant la glace de la coiffeuse et se mit à les brosser en arrière en les examinant d'un œil critique. Ils cascadèrent jusqu'à ses épaules. Elle secoua la tête à l'adresse du miroir. Puis elle enfila son pantalon de toile et boucla sa ceinture et passa ses espadrilles de toile bleu fané.

« Il faut que je fasse un saut à vélo jusqu'à Aigues-Mortes, dit-elle.

– Très bien, dit-il. J'y vais moi aussi.

– Non. Il faut que j'y aille toute seule. Il s'agit de la surprise. »

Elle lui donna un baiser d'adieu et descendit et il la regarda enfourcher le vélo et gravir la côte en pédalant souplement et sans effort, les cheveux au vent.

Le soleil de l'après-midi donnait maintenant en plein dans la fenêtre et il faisait trop chaud dans la chambre. Le jeune homme se lava et passa ses vêtements et descendit se promener sur la plage. Il savait qu'il ferait bien de nager mais il se sentait fatigué et, après avoir marché le long de la plage puis suivi un sentier qui, à travers l'herbe saline, s'éloignait à un certain moment de la mer, il rebroussa chemin pour regagner le port en longeant le rivage et remonta jusqu'au café. Au café il trouva le journal et comme il se sentait vide et creux après l'amour, il se commanda une *fine à l'eau*[*].

Il y avait trois semaines qu'ils étaient mariés et étaient descendus en train de Paris à Avignon avec leurs bicyclettes, une valise contenant leurs vêtements de ville, et un sac à dos et une musette. À Avignon ils avaient pris un bon hôtel et y avaient laissé leur valise en dépôt et l'idée leur était venue de descendre à vélo jusqu'au pont du Gard. Mais le mistral soufflait, aussi s'étaient-ils laissé pousser par le mistral jusqu'à Nîmes où ils avaient pris une chambre à l'Imperator, puis avaient poussé jusqu'à Aigues-Mortes avec toujours le vent en poupe et de là ensuite jusqu'au Grau-du-Roi. Et depuis ils n'avaient pas bougé.

Tout avait été merveilleux et ils avaient été vraiment heureux et jamais il ne se serait douté qu'il était possible de tellement aimer que rien d'autre ne comptait plus et que tout le reste semblait inexistant. Il avait eu beaucoup de problèmes quand il s'était marié mais ici il n'avait pensé à aucun ni non plus à écrire ni à rien sinon qu'il était là avec cette jeune femme qu'il aimait et avait épousée, et il n'éprouvait pas cette soudaine et implacable lucidité qui chez lui avait toujours accompagné l'amour physique. Cela avait disparu. Maintenant quand ils venaient de faire l'amour ils mangeaient et buvaient et se remettaient à faire l'amour. C'était un monde très simple et jamais dans aucun autre il ne s'était senti vraiment heureux. Il se disait que sans doute en était-il de même pour elle et effectivement elle se comportait ainsi mais aujourd'hui il y avait eu cette histoire de changement et de surprise. Mais peut-être serait-ce un changement heureux et une bonne surprise. Le brandy à l'eau qu'il buvait tout en lisant le journal local l'incitait à s'en réjouir à l'avance sans se poser de questions.

C'était la première fois depuis le début de leur voyage de noces qu'il prenait un verre de brandy ou de whisky alors qu'ils n'étaient pas ensemble. Mais il ne travaillait pas et, pour la boisson, ses seules règles étaient de ne jamais boire avant ni pendant son travail. Ce serait bon de se remettre au travail mais cela viendrait toujours assez tôt comme il ne le savait que trop, et il devait prendre garde à ne pas être égoïste à cet égard et à montrer le plus clairement possible que la solitude forcée était fâcheuse et qu'il n'en tirait aucun orgueil. Il avait la certitude qu'elle ne ferait pas d'histoires et qu'elle avait ses propres ressources mais il avait horreur de penser qu'il allait commencer ce travail alors qu'ils étaient comme ils étaient en ce moment. Jamais bien sûr il ne pourrait commencer s'il n'avait pas la lucidité, et il se demandait si elle le savait et si c'était ce qui la poussait à chercher au-delà de ce qu'ils avaient quelque chose de nouveau que rien ne saurait briser. Mais quoi ? Rien n'aurait pu les garder unis plus étroitement qu'en ce moment et après jamais ils ne se sentaient mal. Il n'y avait que le bonheur et l'amour qu'ils se donnaient et puis la faim et les forces retrouvées et l'amour recommencé.

Il se rendit compte qu'il avait fini sa *fine à l'eau** et que l'après-midi s'avançait. Il en commanda une autre et s'efforça de se concentrer sur le journal. Mais le journal ne l'intéressait pas autant qu'il aurait dû et ses yeux se portaient vers la mer accablée par le soleil de l'après-midi finissant lorsqu'il l'entendit entrer dans le café et dire de sa voix rauque, « Hello, chéri. »

Elle s'approcha vivement de la table et s'assit et leva le menton et le regarda, lui offrant ses yeux rieurs et son visage doré semé de minuscules taches de rousseur. Ses cheveux étaient tondus aussi courts que ceux d'un garçon. Ils étaient coupés sans aucun compromis. Ils étaient brossés en arrière, lourds comme toujours, mais coupés très court sur les côtés et ses oreilles naturellement plaquées contre son crâne étaient dégagées et la ligne fauve de ses cheveux était tondue au ras de sa tête et lisse et rejetée en arrière. Elle tourna la tête et souleva ses seins et dit, « Embrasse-moi s'il te plaît. »

Il l'embrassa et contempla son visage et ses cheveux et l'embrassa de nouveau.

« Ça te plaît ? Touche comme c'est lisse. Touche-les là derrière », dit-elle.

Il toucha derrière.

« Touche sur la joue et touche ici devant mon oreille. Remonte avec tes doigts sur les côtés. Tu vois, dit-elle. La voilà la surprise. Je suis une fille. Mais maintenant je suis un garçon aussi et je peux faire tout et tout et tout.

— Assieds-toi ici près de moi, dit-il. Dis-moi, frère, qu'est-ce que tu veux prendre ?

— Oh, merci, fit-elle. Je prendrai comme toi. Tu vois pourquoi c'est dangereux, n'est-ce pas ?

— Oui, je vois.

— Mais est-ce que j'ai eu une bonne idée ?

— Peut-être.

— Pas peut-être. Non. J'y ai réfléchi. J'ai réfléchi à tout. Pourquoi nous faut-il suivre les mêmes règles que les autres ? On est nous.

— On était très heureux comme ça et je ne sentais pas qu'il y avait des règles.

— S'il te plaît, encore une fois, pose ta main dessus. »

Il le fit et l'embrassa.

« Oh tu es gentil, dit-elle. Et c'est vrai ça te plaît. Je le sens et je le vois. Tu n'es pas obligé d'aimer. Il suffit que ça te plaise pour commencer.

— Ça me plaît, dit-il. Et comme tu as une tête merveilleusement modelée, avec l'adorable ossature de ton visage c'est très beau.

— Et sur les côtés ça ne te plaît pas ? demanda-t-elle. Ce n'est pas factice ni bidon. C'est une vraie coupe de garçon et ça ne vient pas d'un institut de beauté.

— Qui les a coupés ?

— Le coiffeur d'Aigues-Mortes. Celui qui t'a coupé les cheveux la semaine dernière. Tu lui as dit comment tu voulais qu'il te les coupe ce jour-là et je lui ai dit de couper les miens exactement pareil. Il a été très gentil et pas du tout surpris. Ça ne l'a pas ennuyé du tout. Il a dit, exactement pareil ? Et j'ai dit oui, exactement. Ça ne te fait pas quelque chose, David ?

— Si, dit-il.

— Les imbéciles vont trouver ça bizarre. Mais nous, on doit se sentir fiers. J'adore me sentir fière.

— Moi aussi, dit-il. On va commencer tout de suite à se sentir fiers. »

Ils restèrent assis là dans le café et regardèrent le soleil couchant se refléter dans l'eau et regardèrent le crépuscule envahir peu à peu la ville et sirotèrent leur *fine à l'eau**. Des gens passaient devant le café sans pour autant être grossiers afin de voir la jeune fille parce qu'ils étaient les seuls étrangers à avoir jamais séjourné dans le village et ils étaient là depuis bientôt trois semaines et elle était d'une grande beauté et ils l'aimaient bien. Et puis aujourd'hui il y avait eu le gros poisson et normalement tout le monde en aurait beaucoup parlé mais cette autre chose était aussi un événement dans le village. Jamais les filles honnêtes ne s'étaient fait couper les cheveux aussi courts dans cette partie du pays et même à Paris c'était rare et bizarre et pouvait être soit très beau soit très laid, cela pouvait vouloir dire trop de choses ou alors tout simplement que l'on voulait mettre en valeur la forme d'une jolie tête mieux qu'il eût été possible de le faire autrement.

Pour dîner, ils mangèrent un steak, accompagné de purée et de flageolets et d'une salade et la jeune femme demanda s'ils pouvaient boire du tavel. « Un vin formidable pour ceux qui s'aiment », dit-elle.

Elle avait toujours paru, se dit-il, exactement son âge qui était alors vingt et un ans. Il s'était senti très fier d'elle pour cette raison. Mais ce soir elle ne les paraissait pas. Le dessin de ses pommettes était plus net qu'il ne l'avait jamais encore vu et elle sourit et son visage était à vous briser le cœur.

Dans la pièce il faisait sombre avec seulement une faible lueur venue de dehors. Il faisait frais maintenant à cause de la brise et le drap de dessus avait glissé du lit.

« Dave, ça ne t'ennuie pas qu'on se soit jetés dans les bras du démon, pas vrai ?

— Non, petite femme, dit-il.

— Ne m'appelle pas femme.

— Là où je te tiens, tu es une femme », dit-il.

Il lui étreignait les seins et ouvrait et refermait ses doigts pour mieux la sentir et sentir entre ses doigts la fraîcheur dure et dardée.

« Eux c'est ma dot, rien de plus, dit-elle. La nouveauté, c'est ma surprise. Sens. Non laisse-les. Ils ne se sauveront pas. Touche mes joues et ma nuque. Oh c'est si merveilleux et bon et propre et nouveau. Je t'en prie aime-moi David aime-moi comme je suis. Je t'en prie comprends et aime-moi. »

Il avait fermé les yeux et sentait sur lui le long poids léger de son corps et ses seins qui se plaquaient contre lui et ses lèvres sur les siennes. Il resta allongé immobile et soudain sentit quelque chose, sa main qui le prenait et explorait plus bas et alors il l'aida de ses propres mains puis se laissa aller en arrière dans le noir et ne pensa plus à rien et ne sentit plus rien sinon le poids et l'étrangeté en lui et elle dit, « Maintenant tu ne sais plus qui est qui, n'est-ce pas ?

— Non.

— Tu es en train de changer, dit-elle. Oh tu changes. Tu changes. Oui tu changes et tu es ma petite femme Catherine. Tu veux bien changer et être ma petite femme et me laisser te prendre ?

— C'est toi Catherine.

— Non. Je suis Peter. Tu es ma merveilleuse Catherine. Tu es ma belle ma charmante Catherine.

Qu'est-ce que tu as été gentil de changer. Oh merci Catherine, tellement. Je t'en prie, comprends. Je t'en prie, rends-toi compte et comprends. Je te ferai l'amour éternellement. »

À la fin tous deux se retrouvèrent morts et vides et pourtant ce n'était pas terminé. Ils restèrent allongés côte à côte dans le noir, leurs jambes se frôlant, et il sentait qu'elle abandonnait sa tête sur son bras. La lune s'était levée et il faisait un peu plus clair dans la chambre. Sans regarder elle laissa sa main courir curieuse sur lui jusqu'en bas de son ventre et dit, « Tu ne me trouves pas perverse ?

– Bien sûr que non. Mais dis-moi, tu penses à ces choses depuis longtemps ?

– Pas tout le temps. Mais souvent en fait. Tu as été tellement merveilleux de te laisser faire. »

Le jeune homme enlaça la jeune femme et la serra très fort contre lui et sentit ses beaux seins se plaquer contre sa poitrine et baisa sa bouche chérie. Il la garda tout contre lui et la serra très fort et au plus profond de lui-même il disait au revoir et au revoir et au revoir.

« Restons ainsi immobiles et très calmes et serrons-nous très fort et ne pensons à rien », dit-il, et son cœur disait au revoir Catherine au revoir ma petite femme jolie au revoir et bonne chance et au revoir.

CHAPITRE II

Il se leva et parcourut du regard toute la longueur de la plage, reboucha le flacon d'huile solaire et le glissa dans une des poches latérales du sac à dos, puis descendit vers l'eau tandis qu'à chaque pas le sable se faisait plus frais sous ses pieds. Il contempla la jeune femme allongée sur le dos sur la pente, les yeux clos, les bras contre les flancs, et en arrière-plan oblique, le carré de toile et les premières touffes d'herbe. Avec le soleil qui tapait à la verticale, il ne faudrait pas qu'elle reste trop longtemps dans cette position, se dit-il. Puis il avança et se jeta dans l'eau froide et limpide et se retourna et s'éloigna en dos crawlé vers le large en regardant, par-delà le battement régulier de ses jambes et de ses pieds, la plage en arrière-plan. Il se retourna de nouveau et piqua jusqu'au fond et toucha le gros sable et en sentit les lourdes rides, puis remonta à la surface et à un rythme régulier regagna la plage en s'appliquant à ralentir la cadence de son crawl. Il remonta vers la jeune femme et constata qu'elle était endormie. Il sortit sa montre du sac à dos pour voir s'il était temps de la réveiller. Il y avait une bouteille de vin blanc frais enveloppée dans un journal et emmaillotée dans leurs serviettes. Il la déboucha sans enlever le journal et but une rasade fraîche à même le paquet informe. Puis il s'assit et resta à regarder la jeune femme et à contempler la mer.

Cette mer était toujours plus froide qu'elle ne le paraissait, se dit-il. En fait elle ne se réchauffait guère avant le milieu de l'été sauf sur les plages où l'eau était peu profonde. Ici il y avait tout de suite beaucoup de fond et l'eau lui avait paru d'un froid âpre avant que la nage ne le réchauffât. Il tourna les yeux vers le large et les nuages haut dans le ciel et remarqua que les barques pêchaient loin vers l'ouest. Puis il regarda la jeune femme endormie sur le sable qui maintenant était tout à fait sec et commençait à voleter délicatement dans la brise naissante au moindre mouvement de ses pieds.

Au cours de la nuit il avait senti ses mains le caresser. Et quand il s'était réveillé c'était à la clarté de la lune, et de nouveau elle s'était livrée à la noire magie du changement et il ne dit pas non quand elle lui parla et posa les questions et il sentit le changement en lui de sorte qu'il eut mal tout au fond et lorsque ce fut fini et que tous deux se retrouvèrent épuisés, elle tremblait et elle lui murmurait, « On l'a fait cette fois. Cette fois on l'a fait vraiment. »

Oui, se disait-il. Cette fois on l'a fait vraiment. Et quand soudain elle sombra dans le sommeil comme une petite fille exténuée et demeura allongée contre lui dans la clarté de la lune qui révélait le galbe nouveau, insolite, harmonieux de sa tête tandis qu'elle reposait là endormie sur le flanc, il se pencha et lui dit mais sans forcer la voix, « Je suis avec toi. Quoi que tu puisses avoir encore en tête, je suis avec toi et je t'aime. »

Le matin à l'heure du petit déjeuner il avait eu très faim mais il attendit qu'elle se réveille. Il finit par l'embrasser et elle s'éveilla et sourit et se leva tout endormie et se lava dans le grand lavabo et, languissamment devant la glace de l'armoire, se brossa les cheveux et contempla le miroir sans sourire, puis sourit et effleura ses joues du bout des doigts et enfila un maillot rayé et enfin l'embrassa. Elle se tenait très droite de sorte qu'il sentait ses seins plaqués contre sa poitrine et elle dit, « Ne te fais pas de souci, David. Me voici redevenue ta petite femme gentille. »

Pourtant il se faisait maintenant beaucoup de souci et se disait, que va-t-il advenir de nous, à voir comme les choses ont tourné de façon si folle et si dangereuse et si vite ? Peut-il rien y avoir que ne consumerait un tel brasier ? On était heureux et je suis sûr qu'elle était heureuse. Mais qui sait ? Et de quel droit juges-tu, toi qui as participé et qui as accepté le changement et l'as vécu ? Si c'est ce qu'elle veut, de quel droit le lui refuserais-tu ? Tu as de la chance d'avoir une femme comme elle, et le péché c'est quand on se sent mal après, et tu ne te sens pas mal. Pas avec le vin tu ne te sens pas mal, se dit-il, et qu'est-ce que tu boiras quand le vin ne te fera plus rien.

Il sortit du sac le flacon de lotion et passa un peu d'huile sur le menton et les joues et le nez de la jeune femme et dénicha un mouchoir à carreaux bleu fané dans la poche de grosse toile et lui en couvrit la poitrine.

« Faut-il que j'arrête ? demanda la jeune femme. Je fais un rêve tout à fait merveilleux.

— Finis le rêve, dit-il.

— Merci. »

Quelques minutes plus tard elle respira très fort et secoua la tête et s'assit.

« Allons nous baigner maintenant », fit-elle.

Ils entrèrent ensemble dans l'eau et nagèrent vers le large puis se mirent à jouer sous l'eau comme des marsouins. Quand ils regagnèrent la plage ils se séchèrent mutuellement avec les serviettes et il lui tendit la bouteille de vin qui était restée fraîche dans le rouleau de journal et ils burent tour à tour et elle le regarda et éclata de rire.

« C'est bon de boire par soif, dit-elle. Ça ne te fait rien que nous soyons frères, n'est-ce pas ?

— Non. » Il lui effleura le front et le nez et puis les joues et le menton avec la lotion, puis lui en enduisit précautionneusement le dessus et l'envers des oreilles.

« Je veux avoir le derrière des oreilles et du cou tout bronzé et aussi le haut des pommettes. Tous les nouveaux endroits.

— Tu es incroyablement noir, frère, dit-il. Tu n'as pas idée de ce que tu es noir.

— Ça me plaît, dit la jeune femme. Mais je veux être encore plus noire. »

Ils restèrent allongés sur la plage à même le sable ferme qui maintenant était sec mais demeurait frais après le reflux de la marée. Le jeune homme versa un peu d'huile dans sa paume et du bout des doigts doucement l'étala sur les cuisses de la jeune femme et elles prirent un éclat chaud à mesure que la peau absorbait l'huile. Il continua à lui enduire le ventre et les seins et la jeune femme dit d'une voix endormie, « On ne dirait pas tellement que nous sommes frères quand on est ainsi, n'est-ce pas ?

– Non.

– Je fais tant d'efforts pour être une petite femme bien sage, dit-elle. Vraiment chéri tu n'as pas à te faire de soucis avant la nuit. On ne laissera pas faire les choses de la nuit pendant la journée. »

À l'hôtel le facteur buvait un verre en attendant que la jeune femme lui signe une décharge pour une grande enveloppe de réexpédition bourrée de lettres envoyées par sa banque de Paris. Il y avait également trois lettres pour lui réexpédiées elles aussi par sa banque. C'était le premier courrier qu'ils recevaient depuis qu'ils avaient demandé qu'on le leur fasse suivre à l'hôtel. Le jeune homme gratifia le facteur de cinq francs et l'invita à prendre un autre verre sur le zinc. La jeune femme décrocha la clef au tableau et annonça, « Je monte faire un brin de toilette et je te retrouve au café. »

Son verre terminé, il dit au revoir au facteur et se rendit au café en longeant le canal. C'était bon de s'asseoir à l'ombre après la longue marche tête nue en plein soleil pour rentrer de la plage et il faisait bon et frais dans le café. Il commanda un vermouth-soda et sortit son canif de sa poche et ouvrit ses lettres. Les enveloppes venaient toutes trois de ses éditeurs et deux d'entre elles étaient bourrées de coupures de journaux et d'épreuves d'annonces publicitaires. Il jeta un coup d'œil aux coupures puis lut la longue lettre. Une lettre enjouée et d'un optimisme prudent. Il était trop tôt pour dire si le livre serait un succès mais les choses s'annonçaient fort bien. La plupart des critiques étaient excellentes. Bien sûr il y avait quelques fausses notes. Mais il fallait s'y attendre. Certaines phrases avaient été soulignées dans les comptes rendus et sans doute seraient-elles reprises pour les publicités à venir. Son éditeur regrettait de ne pouvoir en dire davantage sur ce qui attendait le livre mais jamais il ne faisait de pronostics sur les ventes. C'était une mauvaise pratique. En fait le livre n'aurait pu être mieux accueilli. À vrai dire, l'accueil était extraordinaire. Mais il verrait les coupures de presse. La première édition avait été de cinq mille exemplaires et, sur la foi des critiques, une seconde était déjà en cours. La bande annonce prévue spécifierait *Deuxième édition en préparation*. Son éditeur espérait qu'il était aussi heureux qu'il méritait de l'être et s'octroyait le repos qu'il avait si bien mérité. Il le priait enfin de transmettre ses hommages à sa femme.

Le jeune homme emprunta un crayon au serveur et entreprit de multiplier deux dollars cinquante par mille. Un calcul facile. Dix pour cent du total faisait deux cent cinquante dollars. Cinq fois ce total faisait douze cent cinquante dollars. À déduire les sept cent cinquante dollars de l'à-valoir, ce qui laissait un gain net de cinq cents dollars pour la première édition.

Et maintenant il y avait la seconde. Disons qu'elle serait de deux mille. Cela faisait donc douze et demi pour cent de cinq mille dollars. Si tels étaient bien les termes du contrat. Soit six cent vingt-cinq dollars.

Mais peut-être n'était-ce douze et demi pour cent qu'à partir de dix mille. Ma foi cela faisait quand même cinq cents dollars. Ce qui en donnerait toujours mille.

Il se mit à lire les revues de presse et constata qu'il avait fini son vermouth sans même s'en apercevoir. Il en commanda un second et restitua le crayon au serveur. Il était toujours plongé dans les coupures quand la jeune femme survint, apportant sa lourde enveloppe bourrée de lettres.

« Je ne savais pas qu'elles étaient arrivées, dit-elle. Laisse-moi voir. Je t'en prie, laisse-moi les voir. »

Le garçon lui apporta un vermouth et le posant devant elle aperçut la photo au moment où la jeune femme dépliait une coupure.

« *C'est Monsieur ?* demanda-t-il.

— Oui c'est bien lui, dit la jeune femme en brandissant le papier.

— Mais habillé autrement, dit le serveur. Est-ce qu'on parle de son mariage ? Est-ce que je peux voir une photo de Madame ?

— Pas du mariage. Ce sont les critiques d'un livre dont Monsieur est l'auteur.

— Magnifique, s'exclama le serveur profondément ému. Madame est-elle écrivain elle aussi ?

— Non, dit la jeune femme sans quitter des yeux les coupures. Madame est femme au foyer. »

Le serveur partit d'un rire plein de fierté. « Madame fait sans doute du cinéma. »

Ils continuèrent à lire les coupures puis la jeune femme posa celle qu'elle était en train de lire et dit, « Elles me font peur ces coupures et tout ce qu'elles racontent. Comment pouvons-nous être nous et avoir les choses que nous avons et faire ce que nous faisons et en même temps toi être ci et ça dans ces coupures ?

— J'ai déjà connu ça, dit le jeune homme. Ça fait mal mais ça ne dure pas.

— Elles sont abominables, dit-elle. Si tu venais à y réfléchir ou à y croire, elles pourraient te détruire. Tu ne t'imagines pas que si je t'ai épousé c'est parce que tu es ce qu'on dit que tu es dans ces coupures, n'est-ce pas ?

— Non. Je veux les lire et puis on les laissera dans une enveloppe bien cachetée.

— Je sais, il faut que tu les lises. Je ne veux pas me montrer stupide. Mais même enfermées dans une enveloppe c'est abominable de se dire qu'elles sont là avec nous. C'est comme trimbaler les cendres d'un mort dans une urne.

— J'en connais des tas qui seraient heureuses que leurs fichus maris aient droit à de bonnes critiques.

— Oui mais moi je ne suis pas "des tas" et tu n'es pas mon fichu mari. De grâce ne nous chamaillons pas.

— Aucun risque. Lis-les et si tu tombes sur quelque chose de bien, dis-le-moi et si elles disent du livre quelque chose d'intelligent que nous ne savons pas, dis-le-moi. Le livre a déjà rapporté un peu d'argent, annonça-t-il.

— Merveilleux. Je suis tellement contente. Mais nous on sait qu'il est bon. Si les critiques avaient dit qu'il ne valait rien et s'il n'avait jamais rapporté un sou je me serais sentie tout aussi fière et heureuse. »

Pas moi, se dit le jeune homme. Mais il ne le dit pas. Il se remit à parcourir les coupures, les pliant et les repliant aussitôt et les remettant dans l'enveloppe. La jeune femme continuait à ouvrir ses enveloppes et à lire ses lettres sans manifester le moindre intérêt. Puis elle leva les yeux et se mit à regarder la mer. Son visage était d'un brun or très foncé et elle avait brossé ses cheveux, les tirant très en arrière sur son front comme tout à l'heure à la mer quand elle était sortie de l'eau, et là où ils étaient coupés très courts ainsi que sur ses joues ils ressortaient brûlés par le soleil comme de l'or blanc sur le brun de sa peau. Elle regardait la mer et ses yeux étaient très tristes. Puis elle se remit à ouvrir les lettres. Il y en avait une très longue tapée à la machine, qu'elle lut avec attention. Puis elle continua à ouvrir et à lire les autres. Le jeune homme la regarda un instant et se dit qu'elle avait vaguement l'air d'être en train d'écosser des petits pois.

« Il y avait quoi dans ces lettres ? demanda le jeune homme.

— Des chèques dans certaines.

— De gros chèques ?

— Deux.

— Formidable, dit-il.

— Ne te défile pas. Tu as toujours dit que ça n'y changeait rien.

— J'ai dit quelque chose ?

— Non. Tu t'es défilé, c'est tout.

— Je suis désolé, dit-il. Ils étaient gros comment ?

— Pas tellement à vrai dire. Mais pour nous, pas mal. Ils ont été virés à mon compte. C'est parce que je suis mariée. Je t'ai dit que le mieux était pour nous d'être mariés. Je sais qu'en fait de capital ça ne représente pas grand-chose mais au moins c'est disponible. On peut le dépenser et ça ne fait de mal à personne et c'est fait pour ça. Et ça n'a rien à voir avec un revenu régulier ni avec ce que je toucherai si je vis jusqu'à vingt-cinq ans ou qui sait même jusqu'à trente. Ça c'est à nous et on peut en faire ce qu'on veut. Ni l'un ni l'autre nous n'aurons à nous soucier des comptes pendant un bon bout de temps. C'est tout simple.

– Le livre a couvert l'à-valoir et rapporté dans les mille dollars, dit-il.

– C'est extraordinaire, non, alors qu'il vient juste de sortir.

– Ça peut aller. Et si on remettait ça ? demanda-t-il.

– Prenons plutôt autre chose.

– Combien de vermouths as-tu pris ?

– C'est le seul. Je dois dire qu'il était faiblard.

– J'en ai bu deux et je n'ai même pas remarqué le goût.

– Il n'y aurait pas un truc vraiment vrai ?

– Tu n'as jamais bu d'armagnac-soda ? Ça c'est vraiment vrai.

– Bon. Eh bien essayons. »

Le serveur apporta l'armagnac et le jeune homme lui demanda d'apporter non pas le siphon mais une bouteille de Perrier bien frais. Le serveur leur versa deux grands armagnacs et le jeune homme se chargea de mettre de la glace dans les grands verres et d'ajouter le Perrier.

« Voilà qui va nous mettre en forme, dit-il. Un sacré truc à boire avant le déjeuner. »

La jeune femme but une longue gorgée. « C'est bon, fit-elle. Un goût dégueulasse mais frais et propre et sain. » Elle prit une autre longue gorgée. « Je le sens vraiment. Et toi ?

— Oui, dit-il en inspirant à fond. Moi aussi je le sens. »

Elle porta de nouveau le verre à ses lèvres et but, et elle sourit et les petites rides du rire surgirent aux coins de ses yeux. Le Perrier bien frais avait ravigoté le lourd brandy.

« Aux héros, dit-il.

— Je ne demande pas mieux que d'être un héros, dit-elle. Nous, on n'est pas comme les autres. On n'a pas besoin de se dire chéri ou mon petit ou mon amour ou ce genre de trucs pour prouver quoi que ce soit. Chéri et mon trésor et mon petit trésor chéri et tous ces trucs que moi je trouve obscènes, nous on s'appelle par nos prénoms. Tu vois ce que j'essaie de dire. Pourquoi est-on forcés de faire les choses comme tout le monde ?

— Tu es une fille très intelligente.

— D'accord, Davie, dit-elle. Pourquoi devrions-nous être vieux jeu ? Pourquoi ne pas continuer et voyager maintenant alors que jamais on n'aura la vie aussi belle ? On fera tout ce que tu voudras. Si tu avais été un Européen et que tu avais eu un avocat, de toute façon mon argent aurait été à toi. Il *est* à toi.

— On s'en fout de l'argent.

— D'accord. On s'en fout. Mais nous allons le dépenser et je trouve ça merveilleux. Après tu pourras écrire. Comme ça nous pouvons commencer par mener la belle vie avant que j'aie un enfant ? D'ailleurs est-ce que je sais seulement quand j'aurai un enfant. Maintenant à force d'en parler, tout ça devient morne et poussiéreux. Pourquoi ne pas tout simplement le faire et ne pas en parler ?

— Et si j'ai envie d'écrire ? Dès l'instant qu'on décide de ne pas faire quelque chose on peut s'attendre à avoir envie de le faire.

— Eh bien écris, idiot. Tu n'as jamais dit que tu n'écrirais pas. Personne n'a jamais dit qu'il y aurait des problèmes si tu te mettais à écrire. C'est vrai ou pas ? »

Mais quelque chose quelque part avait été dit et soudain il n'arrivait pas à se rappeler quoi car il pensait alors à plus tard.

« Si tu as envie d'écrire vas-y, et moi je me distrairai. Je ne suis pas obligée de te quitter quand tu écris, n'est-ce pas ?

— Mais où aimerais-tu aller maintenant qu'il commence à y avoir du monde ici ?

— Où tu veux, n'importe où. Tu veux bien, David ?

— Pour combien de temps ?

— Tout le temps qu'on voudra... six mois. Neuf mois. Un an.

— D'accord, dit-il.

— Vrai ?

— Certain.

— Tu es extraordinairement gentil. Si je ne t'aimais pas pour autre chose je t'aimerais pour ton esprit de décision.

— Facile à prendre les décisions, tant qu'on n'a pas vu ce que trop souvent ça donne. »

Il but la boisson du héros mais elle ne lui parut pas aussi bonne et il commanda une nouvelle bouteille de

Perrier bien frais et se prépara un petit verre sans glace.

« Un pour moi aussi s'il te plaît. Comme le tien, sans glace ! Et puis laissons faire les choses et allons déjeuner. »

CHAPITRE III

Cette nuit-là dans le lit alors qu'ils étaient encore éveillés elle dit dans le noir, « Rien ne nous oblige à toujours faire les choses démoniaques. Surtout n'oublie pas.

— Je n'oublie pas.

— J'aime beaucoup comme on était avant et je suis toujours ta petite femme. Jamais tu ne dois te sentir seul. Ça tu le sais. Je suis comme tu veux que je sois mais aussi comme moi je veux être et ce n'est pas comme si ce n'était pas pour nous deux. Tu n'es pas obligé de parler. Je te raconte une histoire c'est tout, pour que tu t'endormes parce que tu es mon gentil mari que j'aime et aussi mon frère. Je t'aime et quand nous irons en Afrique je serai aussi ta petite Africaine.

— On va en Afrique ?

— Pourquoi, on n'y va pas ? Tu ne te souviens pas ? C'est de ça qu'on a parlé aujourd'hui. Ce qui fait qu'on pourrait aller là-bas ou encore n'importe où. Ce n'est pas là qu'on va ?

— Pourquoi n'as-tu rien dit ?

— Je ne voulais pas insister. J'ai dit où tu veux n'importe où. Moi j'irais n'importe où. Mais je croyais que c'était là que tu voulais aller.

— Il est encore trop tôt pour aller en Afrique. C'est la saison des pluies et plus tard l'herbe est trop haute et il fait trop chaud.

— On pourrait se mettre au lit et se tenir chaud et écouter la pluie sur un toit de tôle.

— Non, il est trop tôt. Les routes se transforment en bourbiers et on ne peut pas se déplacer et on se croirait dans un marécage et l'herbe devient si haute qu'on n'y voit plus rien.

— Dans ce cas où devrait-on aller ?

— On peut aller en Espagne mais Séville c'est fini et c'est pareil pour San Isidro à Madrid et d'ailleurs là-bas aussi c'est trop tôt. C'est trop tôt pour la côte basque. Il fait encore froid et il pleut. En ce moment là-bas il pleut partout.

— Il n'y a donc nulle part un coin chaud où l'on pourrait se baigner comme on le fait ici ?

— On ne peut pas se baigner en Espagne comme ici. On se ferait arrêter.

— Quelle barbe. Eh bien on attendra pour aller là-bas parce que je veux qu'on devienne encore plus noirs.

— Pourquoi as-tu envie d'être si noire ?

— Je ne sais pas. Pourquoi a-t-on envie de quoi que ce soit ? C'est la chose dont j'ai le plus envie en ce moment. Que nous n'ayons pas encore, je veux dire. Ça ne t'excite donc pas de me voir devenir si noire.

— Euh-euh. J'adore.

— Tu aurais cru que je pouvais devenir aussi noire ?

– Non, parce que tu es blonde.

– Je peux parce que je suis couleur fauve et les fauves peuvent devenir très noirs. Mais je veux être noire partout et petit à petit ça vient et toi tu finiras par être plus noir qu'un Indien et ça nous éloigne encore davantage des autres. Tu vois pourquoi c'est important ?

– Et qu'est-ce qu'on sera ?

– Je n'en sais rien. Peut-être nous tout simplement. Mais changés. Peut-être est-ce justement ça le mieux. Et on continuera, n'est-ce pas ?

– Bien sûr. On peut passer par l'Estérel et explorer un peu et comme on a trouvé ce coin, en trouver un autre.

– Ça on peut. Il y a des tas de coins sauvages et personne n'y va jamais en été. Nous pourrions louer une voiture et on pourrait aller partout. En Espagne aussi le jour où on voudra. Une fois qu'on sera vraiment noirs, ce ne sera pas difficile de le rester à moins d'être obligés d'habiter dans les villes. Mais on ne veut pas habiter dans les villes en été.

– Tu veux vraiment devenir très noire ?

– Le plus possible. On verra bien. Je regrette de ne pas avoir un peu de sang indien. Je serai tellement noire que tu ne pourras pas le supporter. Vivement demain qu'on retourne à la plage. »

Elle s'endormit dans cette position la tête renversée en arrière et le menton remonté comme si elle s'exposait au soleil sur la plage, le souffle régulier, et soudain se retournant sur le flanc elle vint se pelotonner contre lui et le jeune homme resta ainsi éveillé et pensa à la journée à venir. Il est fort possible que je n'arrive pas à m'y mettre, se dit-il, et il est sans doute sage de n'y pas penser et simplement de profiter de ce que l'on a. Quand il faudra que je travaille, je travaillerai. Rien ne peut l'empêcher. Le dernier livre est bon et je dois maintenant en écrire un meilleur. Ces choses idiotes que nous faisons, c'est amusant même si je ne sais pas trop dans quelle mesure c'est idiot et dans quelle mesure c'est sérieux. Boire du brandy à midi n'est pas foutrement bon et déjà les apéritifs ordinaires ne me font plus d'effet. Ce n'est pas très bon signe. Elle se change de fille en garçon et de nouveau en fille avec insouciance et bonheur. Elle dort d'un sommeil facile et merveilleux et toi aussi tu vas dormir parce que la seule chose dont tu sois certain, c'est que tu te sens bien. Tu ne t'es pas vendu pour cet argent, se dit-il. Tout ce qu'elle avait dit à propos de l'argent était vrai. En réalité tout oui tout était vrai. Pendant un temps tout avait été gratuit.

Elle avait parlé de destruction mais qu'avait-elle donc dit ? Il ne parvenait pas à s'en souvenir. Elle l'avait dit mais il ne parvenait pas à s'en souvenir.

Puis il se sentit las de vouloir se souvenir et il regarda la jeune femme et très doucement lui embrassa la joue et elle ne se réveilla pas. Il l'aimait vraiment beaucoup et il aimait tout en elle et il s'endormit en pensant que sa joue était tout contre ses lèvres et que le lendemain ils seraient tous deux encore plus noirs à cause du soleil et se peut-il qu'elle devienne encore beaucoup plus noire, se demanda-t-il, se peut-il qu'elle finisse par être vraiment noire ?

Livre deux

CHAPITRE IV

L'après-midi tirait à sa fin et la petite voiture basse, abandonnant la route goudronnée qui, l'océan bleu sombre toujours sur la droite, coupait à travers les collines et les caps, s'engagea sur un boulevard désert en bordure d'une grève de sable jaune longue de deux kilomètres, à Hendaye. Au loin devant face à l'océan se dressait la masse d'un grand hôtel et d'un casino et, sur la gauche il y avait des arbres plantés depuis peu et des villas basques aux murs chaulés et aux poutres noires nichées parmi leurs buissons et leurs arbres. Les deux jeunes gens qui occupaient la voiture suivirent à petite allure le boulevard en contemplant la plage magnifique et les montagnes d'Espagne toutes bleues dans cette lumière, tandis que la voiture longeait le casino et le grand hôtel et se dirigeait vers l'extrémité du boulevard. Plus loin se trouvait l'embouchure de la rivière qui se jetait dans l'océan. La marée était basse et, au-delà du sable étincelant, ils voyaient la vieille ville espagnole et les collines vertes au-delà de la baie et, à l'extrême pointe, le phare. Ils arrêtèrent la voiture.

« C'est un endroit charmant, dit la jeune femme.

— Il y a un café avec terrasse là-bas sous les arbres, dit le jeune homme. De vieux arbres.

— Ils sont bizarres, ces arbres, dit la jeune femme. Tous plantés depuis peu. Je me demande pourquoi ils sont allés planter des mimosas.

— Pour faire concurrence à l'endroit d'où l'on vient.

— Sans doute. Tout a l'air affreusement neuf. Mais la plage est merveilleuse. Nulle part en France je n'ai vu de plage aussi grande ni de sable aussi fin et aussi lisse. Biarritz est une horreur. Passons devant le café. »

Ils rebroussèrent chemin en suivant le côté droit de la route. Le jeune homme se rangea contre le trottoir et coupa le contact. Ils traversèrent pour gagner la terrasse et prirent plaisir à manger en tête à tête et à sentir la présence des inconnus qui mangeaient aux autres tables.

Cette nuit-là le vent se leva et de leur chambre d'angle tout en haut du grand hôtel ils entendaient le martèlement lourd du ressac sur la plage. Dans le noir le jeune homme remonta une couverture légère sur le drap et la jeune femme dit, « Tu n'es pas heureux qu'on ait décidé de rester ?

— J'aime entendre cogner le ressac.

— Moi aussi. »

Ils étaient allongés l'un contre l'autre et écoutaient la mer. Elle avait posé la tête sur sa poitrine et elle l'appuya contre son menton puis remonta plus haut dans le lit et posa sa joue contre la sienne et resta ainsi sans bouger. Elle l'embrassa et il sentit sa main l'effleurer.

« C'est bon comme ça, dit-elle dans le noir. C'est délicieux. Tu es sûr que tu ne veux pas que je change ?

– Pas maintenant. Maintenant j'ai froid. Tiens-moi chaud s'il te plaît.

– Je t'adore quand tu as froid contre moi.

– S'il se met à faire si froid la nuit, on sera obligés de mettre des vestes de pyjama. Ce sera drôle pour prendre le petit déjeuner au lit.

– C'est à cause de l'océan Atlantique, dit-elle. Écoute.

– On va se régaler tant qu'on sera ici, lui dit-il. Si tu veux, on restera quelque temps. Si tu veux on partira. Il y a plein d'endroits où l'on peut aller.

– On pourrait rester quelques jours et après on verra.

– Bon. Dans ce cas, j'aimerais bien me remettre à écrire.

– Ce serait merveilleux. Demain on explorera le coin. Si je sortais, tu pourrais travailler ici dans la chambre, n'est-ce pas ? Le temps qu'on trouve quelque chose ?

– Bien sûr.

– Tu sais, jamais il ne faut que tu t'inquiètes pour moi, parce que je t'aime et il y a nous contre tous les autres. Embrasse-moi s'il te plaît », dit-elle.

Il l'embrassa.

« Tu sais que je ne nous ai rien fait de mal. Il fallait que je fasse ce que j'ai fait. Tu le sais. »

Il ne dit rien et continua à écouter le martèlement lourd des vagues qui dans la nuit s'écrasaient sur le sable dur et mouillé.

Le lendemain matin les vagues étaient encore grosses et la pluie tombait par bourrasques. Ils ne voyaient plus la côte espagnole et quand survenait une éclaircie entre les grains et qu'ils apercevaient l'autre côté de la baie par-delà la mer démontée, il y avait des nuages lourds qui descendaient jusqu'au pied des montagnes. Catherine était sortie en imperméable après le petit déjeuner et l'avait laissé à son travail dans la pièce. Tout lui avait paru si simple et si facile qu'il s'était dit que probablement cela ne valait rien. Attention, s'était-il dit, bien sûr c'est très joli d'écrire de façon simple, et plus c'est simple mieux c'est. Mais ne te mets surtout pas à raisonner de façon simpliste, bon sang. Rends-toi compte à quel point tout est compliqué et ensuite exprime tout, simplement. Crois-tu que la période du Grau-du-Roi était toute simple sous prétexte que tu as réussi à en parler avec un peu de simplicité ?

Il continua à écrire au crayon sur un de ces gros carnets de papier rayé bon marché qui s'appelle un *cahier**, et que déjà il avait numéroté *un* en chiffre romain. Puis il s'arrêta et rangea le cahier dans une valise, avec une boîte en carton remplie de crayons et du taille-crayon conique, remettant au lendemain d'aiguiser les cinq crayons qu'il avait émoussés, et prit son imper accroché au cintre du placard et descendit dans le hall de l'hôtel. Il jeta un coup d'œil dans le bar qui était sombre et agréable à cause de la pluie, avec déjà quelques clients, et laissa sa clef au bureau. Comme il accrochait la clef, l'assistant concierge plongea la main dans le casier au courrier et dit, « Madame a laissé ceci pour Monsieur. »

Il déplia le billet qui disait, David, n'ai pas voulu te déranger, suis au café, t'aime Catherine. Il enfila le vieux trench-coat, dénicha une *boina*[1] au fond de la poche et sortit sous la pluie.

Elle était assise à une table d'angle dans le petit café avec, posés devant elle, un verre rempli d'une boisson d'un jaune laiteux et une assiette contenant une petite écrevisse rouge sombre et les débris de plusieurs autres. Elle avait sur lui une bonne longueur d'avance. « Où étais-tu donc passé ?

— Pas très loin d'ici, sur la route. » Il remarqua qu'elle avait le visage trempé par la pluie et réfléchit à l'effet que faisait la pluie sur une peau fortement bronzée. Malgré tout elle était très jolie et il fut heureux de la voir ainsi.

« Alors ça a marché ? demanda la jeune femme.

— Pas mal.

— Donc tu as travaillé. Formidable. »

Le garçon avait fini de servir trois Espagnols installés à une table près de la porte. Il s'approcha alors apportant un verre et l'habituelle bouteille de Pernod et un petit pichet d'eau à bec étroit. Des morceaux de glace flottaient dans l'eau. « *Pour Monsieur aussi** *?* demanda-t-il.

— Oui, fit le jeune homme. S'il vous plaît. »

Le serveur remplit à moitié leurs grands verres avec le liquide jaune cassé et entreprit de verser lentement l'eau dans le verre de la jeune femme. Mais le jeune homme dit, « Je m'en charge », et le serveur emporta la bouteille. Il paraissait soulagé de l'emporter et le jeune homme versa l'eau en un filet très

1. boina : sorte de béret. *(N.d.T.)*

mince et la jeune femme regarda l'absinthe se brouiller comme un nuage opalin. Elle lui parut tiède tandis que ses doigts serraient le verre, puis comme elle perdait sa nuance jaune et virait au blanc laiteux, elle se refroidit brusquement et le jeune homme laissa l'eau tomber goutte à goutte.

« Pourquoi faut-il verser si lentement ? demanda la jeune femme.

— Si l'eau coule trop vite, ça se disperse et se désintègre, expliqua-t-il. Alors c'est plat et ne vaut rien. En principe il faudrait mettre un verre dessus avec de la glace et juste un petit trou pour que l'eau s'écoule. Mais bien sûr, tout le monde saurait à quoi s'en tenir.

— J'ai dû l'avaler en vitesse tout à l'heure quand deux GNs sont entrés.

— Des GNs ?

— Des je ne sais pas trop quoi *nationale*. En kaki avec des bicyclettes et des étuis à revolver en cuir noir. Il a fallu que j'engloupisse la preuve du délit.

— Engloupisse ?

— Pardon. Dès que j'engloupis, je n'arrive pas à le dire ?

— Il faut y aller doucement avec l'absinthe.

— Ça m'aide à me sentir à l'aise au sujet des choses, c'est tout.

— Et rien d'autre ne peut t'aider ? »

Il finit de lui préparer son absinthe, en prenant soin de ne pas trop la noyer. « Vas-y, lui dit-il. Ne m'attends pas. » Elle prit une longue rasade, puis il lui ôta le verre des mains et but et dit, « Merci, M'dame. Voilà qui vous donne du cœur à un homme.

— Eh bien prépare-t'en un, espèce de lecteur de coupures, dit-elle.

— Ce qui veut dire ? lui dit le jeune homme.

— Je n'ai rien dit. »

Mais elle l'avait dit et il lui dit, « Pourquoi tout simplement ne la fermes-tu pas avec cette histoire de coupures ?

— Pourquoi ? dit-elle, en se penchant vers lui et en forçant la voix. Et pourquoi est-ce que je la fermerais ? Simplement sous prétexte que ce matin tu as écrit ? Est-ce que tu t'imagines que je t'ai épousé parce que tu es écrivain ? Toi et tes fichues coupures.

— D'accord, fit le jeune homme. Et si tu attendais qu'on soit seuls pour me dire le reste, non ?

— Ne va surtout pas t'imaginer que je ne le ferai pas, dit-elle.

— Je suppose que non, dit-il.

— Ne suppose rien, dit-elle. Tu peux en être sûr. »

David Bourne se leva et s'approcha du portemanteau et rafla son imperméable et, sans un regard en arrière, passa la porte.

À la table Catherine leva son verre et très soigneusement goûta l'absinthe et se remit à la déguster à petites gorgées.

La porte s'ouvrit et David rentra dans la salle et s'approcha de la table. Il avait passé son trench-coat et portait sa *boina* rabattue sur le front. « Tu as les clefs de la voiture ?

— Oui, dit-elle.

— Est-ce que je peux les avoir ? »

Elle les lui donna, mais dit, « Ne fais pas l'idiot, David. Tout ça c'était à cause de la pluie et parce qu'il n'y avait que toi qui avais travaillé. Assieds-toi.

— Tu veux que je m'assoie.

— S'il te plaît », dit-elle.

Il s'assit. Tout ça ne rime pas à grand-chose, se dit-il. Tu t'es levé pour partir et prendre la foutue bagnole et ne pas revenir et qu'elle aille se faire foutre et voilà que tu reviens et ne peux pas t'empêcher de lui demander la clef, et puis tu t'assois comme un vieux plouc. Il leva son verre et avala une gorgée. En tout cas c'était bon.

« Qu'est-ce que tu comptes faire pour déjeuner ? demanda-t-il.

— Dis-moi où, et je déjeune avec toi.

— C'est vrai que tu m'aimes encore, n'est-ce pas ?

— Ne dis pas de sottises.

— C'était une querelle sordide, dit Catherine.

— Et la première en plus.

— À propos des coupures, c'est ma faute.

— Surtout ne parlons pas de ces sacrées coupures.

— Il n'y avait rien d'autre.

— C'est parce que tu y as pensé quand tu buvais. Et tout est remonté parce que tu buvais.

— On croirait que tu parles de vomir, dit-elle. Affreux. En fait je voulais blaguer et la langue m'a fourché, c'est tout.

— Il fallait que ça te trotte par la tête pour que ça t'échappe ainsi.

— D'accord, dit-elle. Moi qui croyais que peut-être tout ça était fini.

— C'est fini.

— Dans ce cas, pourquoi est-ce que tu continues à remettre ça ?

— On n'aurait pas dû le prendre, ce verre.

– Non. Bien sûr que non. Surtout moi. Mais toi, sûr que tu en avais besoin. À ton avis, ça va te faire du bien ?

– Faut-il vraiment qu'on continue ? demanda-t-il.

– En tout cas moi j'arrête. Ça m'ennuie.

– Voilà le seul foutu mot de la langue que je ne supporte pas.

– Un seul mot dans toute la langue, tu en as de la chance.

– Oh et puis merde, dit-il. Déjeune toute seule.

– Non. Je refuse. On va déjeuner ensemble et se conduire en êtres civilisés.

– D'accord.

– Je regrette. Vrai je voulais plaisanter et ça a mal tourné. Sincèrement David, c'était tout. »

CHAPITRE V

La marée était très basse quand David Bourne se réveilla et le soleil étincelait sur la plage et la mer était d'un bleu sombre. Les collines se découpaient vertes et lavées de frais et les nuages avaient disparu au-dessus des montagnes. Catherine dormait encore ; il la regarda et contempla son souffle régulier et le soleil sur son visage et se dit, bizarre qu'avec le soleil en plein dans les yeux elle ne se réveille pas.

Après avoir pris une douche et s'être lavé les dents et rasé, il eut envie de son petit déjeuner mais il enfila un short et un tricot, prit son cahier et ses crayons et le taille-crayon, puis s'assit à la table près de la fenêtre qui donnait sur l'estuaire du côté de l'Espagne. Il se mit à écrire et oublia bientôt Catherine et la vue qu'il avait de la fenêtre, et les mots lui vinrent tout seuls comme toujours quand la chance lui souriait. Il écrivait tout avec exactitude et la touche sinistre ne se manifestait plus que comme le friselis d'une houle légère qui par une journée calme signale le récif immergé.

Après avoir travaillé un moment, il regarda Catherine, toujours endormie, les lèvres maintenant souriantes et le rectangle de soleil qui entrait par la fenêtre ouverte coupant le brun de son corps et illuminant son visage très noir et sa tête fauve sur la blancheur froissée du drap et l'oreiller intact. Il est trop tard maintenant pour demander un petit déjeuner, se dit-il. Je vais laisser un mot et descendre au café et prendre un crème et n'importe quoi. Mais tandis qu'il rangeait son travail, Catherine s'éveilla et s'approcha alors qu'il fermait la mallette et elle l'entoura de ses bras et l'embrassa sur la nuque et dit, « Je suis ta paresseuse épouse nue.

— Pourquoi t'es-tu réveillée ?

— Je ne sais pas. Mais dis-moi où tu vas et d'ici cinq minutes je te rejoins.

— Je descends au café prendre un petit déjeuner.

— Pars et je te rejoindrai. Tu as travaillé n'est-ce pas ?

— Bien sûr.

— N'est-ce pas merveilleux que tu aies pu après tout ce qui s'est passé hier. Je suis tellement fière. Embrasse-moi et regarde-nous dans la glace de la salle de bains. »

Il l'embrassa et ils se contemplèrent dans le miroir en pied.

« C'est si agréable de ne pas se sentir trop vêtue, dit-elle. Surtout sois sage et ne t'attire pas d'histoires en route. Commande-moi aussi un *œuf au jambon**. Ne m'attends pas. Pardon de t'avoir fait attendre si longtemps pour le petit déjeuner. »

Au café il trouva le journal du matin et les journaux de Paris de la veille et se fit servir son café au lait et le jambon de Bayonne accompagné d'un magnifique gros œuf tout frais qu'il saupoudra légèrement de poivre moulu et enduisit d'un peu de moutarde avant de casser le jaune. Comme Catherine n'arrivait toujours pas et que son œuf menaçait de refroidir, il le mangea aussi, essuyant le fond de l'assiette avec un morceau de pain tout frais sorti du four.

« Voici Madame, dit le serveur. Je vais lui apporter un autre *plat**. »

Elle avait passé une jupe et un pull de cachemire et un collier de perles et s'était frotté les cheveux avec une serviette mais les avait peignés encore tout mouillés et raides et dégoulinants, et leur couleur fauve ne ressortait pas assez pour trancher sur son visage incroyablement foncé. « Quelle journée magnifique, dit-elle. Je suis désolée d'être en retard.

— En quel honneur cette toilette ?

— Biarritz. Je me suis dit que j'allais y faire un saut en voiture. Tu as envie de venir ?

— Tu as envie d'y aller seule.

— Oui, dit-elle, mais tu es le bienvenu. »

Et comme il se levait elle dit encore, « Je vais te ramener une surprise.

— Non, surtout pas.

— Si. Et elle te plaira.

— Laisse-moi t'accompagner et t'empêcher de faire une folie.

— Non. Mieux vaut que je la fasse toute seule. Je serai de retour dans l'après-midi. Et ne m'attends pas pour le déjeuner. »

David lut les journaux puis déambula à travers la ville à la recherche d'éventuelles villas à louer et d'un quartier où peut-être il ferait bon vivre et jugea que le nouveau quartier résidentiel était agréable mais morne. Il aimait la vue sur la baie et l'estuaire du côté de l'Espagne et les vieilles pierres grises de Fontarabie et la blancheur éclatante des maisons qui s'étalaient de tous côtés et les montagnes brunes ombrées de bleu. Il se demanda pourquoi la tempête s'était enfuie si vite et se dit qu'il s'agissait sans doute seulement de la frange nord d'une tempête qui avait traversé la baie de Biscaye. Biscaye était Viscaya, mais c'était la province basque beaucoup plus bas sur la côte, bien au-delà de San Sebastián. Les montagnes qu'il apercevait en arrière-plan des toits de la ville-frontière d'Irún se trouvaient en Guipúzcoa, et au-delà c'était sans doute Navarra, et Navarra était la Navarre. Et nous que faisons-nous ici, songea-t-il, et que fais-je moi à déambuler ainsi dans les rues d'une station balnéaire en contemplant des jeunes plants de magnolias et des foutus mimosas et en cherchant à repérer des pancartes « À louer » sur de fausses villas basques ? Tu n'as pas travaillé si dur ce matin que ta cervelle soit ramollie à ce point ou alors tu purges encore tout bonnement ta gueule de bois d'hier soir ? En réalité tu n'as pas travaillé du tout. Et tu as intérêt à t'y mettre sans tarder parce que tout va trop vite maintenant et tu te laisses emporter et avant même de t'en rendre compte tu vas te retrouver fini. Peut-être es-tu déjà fini. Bon d'accord. Ne commence pas. Ça du moins, tu t'en souviens. Et il poursuivit sa route à travers la ville, sa lucidité exacerbée par la mélancolie et tempérée par la beauté cendrée de la journée.

La brise venue de la mer entrait dans la chambre et il lisait, les épaules et la nuque calées contre les deux oreillers et un troisième plié sous sa tête. Il avait sommeil maintenant qu'il avait déjeuné mais il se sentait vidé par l'attente et il lisait et continuait à attendre. Puis il entendit la porte s'ouvrir et elle entra et il mit une fraction de seconde à la reconnaître. Elle restait là, ses mains plaquées sous ses seins sur le pull de cachemire, le souffle court comme si elle venait de courir.

« Oh, non, dit-elle. Non. »

Puis elle fut sur le lit et pressait sa tête contre lui et disait, « Non. Non. Je t'en prie David. Non surtout pas. »

Il lui attira la tête contre sa poitrine et la sentit lisse et rase et rêche et soyeuse, et encore et toujours elle la pressait de toutes ses forces contre lui.

« Qu'as-tu fait, Démon ? »

Elle leva la tête et le regarda et appuya et remua ses lèvres contre les siennes et remua sur le lit de sorte que leurs deux corps se retrouvèrent plaqués l'un contre l'autre.

« Maintenant je peux le dire, dit-elle. Je suis si heureuse. C'était un tel coup de chance. Je suis ta femme nouvelle maintenant et c'est pourquoi on ferait mieux d'en avoir le cœur net.

— Laisse-moi voir.

— Je te montrerai mais laisse-moi une minute. »

Elle revint et resta debout près du lit dans la clarté du soleil qui entrait par la fenêtre. Elle avait laissé glisser sa jupe et se tenait là pieds nus sans rien d'autre que son pull et ses perles.

« Regarde bien, dit-elle. Parce que c'est comme ça que je suis. »

Il regarda bien les longues jambes brunes le corps tenu bien droit et le visage très noir et la tête fauve comme sculptée et elle aussi le regarda et dit, « Merci.

– Comment as-tu fait ça ?

– Je peux te le dire dans le lit ?

– À condition de me le dire vite.

– Non. Pas vite. Laisse-moi te raconter. L'idée m'est d'abord venue sur la route quelque part de l'autre côté d'Aix-en-Provence. À Nîmes je crois, quand on s'est promenés dans le jardin. Mais je ne savais pas ce que ça donnerait ni comment leur dire de s'y prendre. Puis j'ai réfléchi et trouvé et hier je me suis décidée. »

David lui caressa doucement la tête du cou jusqu'au sommet du crâne et plus bas jusqu'au front.

« Laisse-moi raconter, dit-elle. Je savais qu'à cause des Anglais il y avait forcément de bons coiffeurs à Biarritz. Aussi dès en arrivant je suis allée chez le meilleur et j'ai dit au coiffeur que je les voulais rabattus en avant et il les a coiffés et ils me tombaient sur le nez et c'est tout juste si je voyais à travers et j'ai dit que je voulais qu'il me les coupe comme pour un garçon à la veille d'entrer dans son école privée. Il m'a demandé quelle école et moi j'ai dit Eton ou Winchester parce que c'étaient les seules dont je me souvenais à part Rugby, et Rugby surtout il n'en était pas question. Il a dit laquelle. Alors j'ai dit Eton, mais complètement rabattus en avant. Puis quand il a eu fini et comme je ressemblais à la plus jolie fille qui soit jamais allée à Eton, je l'ai forcé à continuer à les raccourcir jusqu'à ce qu'Eton ait disparu et puis je l'ai forcé à les raccourcir encore. Alors lui très sévère il a dit, mais *ce n'est pas* une coupe à la Eton, Mademoiselle. Et moi je lui ai dit, mais je ne voulais pas une coupe à la Eton, Monsieur. Je ne voyais pas comment expliquer autrement ce que je voulais et d'ailleurs c'est Madame et pas Mademoiselle. Puis je lui ai dit de me les raccourcir un peu plus et après je l'ai obligé à continuer, et ou bien c'est merveilleux ou c'est horrible. Ça t'est égal comme ça sur mon front ? À la Eton, ça me retombait dans l'œil.

— C'est merveilleux.

— C'est affreusement classique, dit-elle. Mais au toucher on dirait un animal. Touche. »

Il toucha.

« N'aie pas peur que ce soit trop classique, dit-elle. Ma bouche compense. Et maintenant est-ce qu'on peut faire l'amour ? »

Elle baissa la tête et il lui tira sur son pull pour le faire glisser par-dessus sa tête et le long de ses bras, puis se pencha sur son cou pour défaire l'agrafe.

« Non laisse. »

Elle s'allongea de tout son long sur le lit, ses jambes brunes étroitement serrées et sa tête plaquée contre le drap lisse, les perles de son collier glissant sur la courbure sombre de ses seins. Elle gardait les yeux clos et les bras plaqués contre les flancs. Elle *était* une jeune femme nouvelle et, il le voyait, sa bouche avait changé elle aussi. Elle respirait avec application et elle dit, « Tu dois tout faire. Tout depuis le début. Le tout début.

— C'est le début ça ?

— Oh oui. Et n'attends pas trop. Non n'attends pas. »

Toute la nuit elle resta pelotonnée contre lui la tête au creux de sa poitrine et très doucement la promena d'un flanc à l'autre puis remonta pour poser ses lèvres sur les siennes et l'entourer de ses bras et dit, « Tu es tellement adorable et loyal quand tu dors, pas une seule fois, non pas une seule tu ne t'es réveillé. J'ai cru que jamais tu ne te réveillerais et c'était merveilleux. Tu as été tellement loyal. Est-ce que tu croyais que c'était un rêve ? Ne te réveille pas. Moi je vais m'endormir mais si je ne m'endors pas je serai tout à fait déchaînée. Elle, elle reste éveillée et elle s'occupe de toi. Toi tu dors et tu sais que je suis ici. Je t'en prie dors. »

Le matin quand il s'éveilla il y avait toujours là contre lui le corps adorable qu'il connaissait si bien et il le regarda et vit le cou et les épaules couleur brou de noix et la jolie tête fauve tondue ras et lisse abandonnée comme un petit animal et il remua dans le lit et se tourna vers elle et lui embrassa le front sentant sous ses lèvres ses cheveux et puis ses yeux et puis, doucement, sa bouche.

« Je dors.

— Je dormais aussi.

— Je sais. Sens comme c'est étrange. Toute la nuit j'ai trouvé merveilleux que ce soit si étrange.

— Non pas étrange.

— Comme tu voudras. Oh on s'accorde si merveilleusement. Pourquoi ne pas nous endormir tous les deux ?

— Tu as envie d'être endormie ?

— Nous endormis tous les deux.

— J'essaierai.

— Tu dors ?

— Non.

— Je t'en prie, essaie.

— J'essaie.

— Dans ce cas ferme les yeux. Comment peux-tu dormir si tu refuses de fermer les yeux ?

— Je veux te voir le matin toute nouvelle et étrange.

— Tu ne trouves pas que j'ai été gentille d'inventer ça ?

— Ne parle pas.

— C'est la seule façon de ralentir les choses. C'est déjà fait. Tu n'avais pas remarqué ? Bien sûr que si. Tu n'avais pas remarqué tiens maintenant et maintenant et maintenant on dirait que nos cœurs battent à l'unisson c'est pareil je le sais et rien d'autre ne compte mais nous on ne compte pas c'est tellement merveilleux et tellement bon tellement bon et tellement merveilleux. »

Elle revint dans la grande chambre et s'approcha du miroir et s'assit et se brossa les cheveux en s'examinant d'un œil critique.

« On va prendre le petit déjeuner au lit, dit-elle. Et puis peut-on commander du champagne si ce n'est pas trop débauché ? Comme brut, ils ont du Lanson et du Perrier-Jouët des bonnes années. Est-ce que je peux sonner ?

— Oui », dit-il et fila sous la douche. Avant d'ouvrir à fond le jet il entendit sa voix qui parlait au téléphone.

Quand il revint il la trouva assise et très cérémonieusement accotée contre deux oreillers, les autres soigneusement retapés et disposés deux par deux à la tête du lit.

« Je ne suis pas trop laide avec les cheveux mouillés ?

— Ils sont humides c'est tout. Tu les as séchés avec la serviette.

— Je peux les couper encore plus courts sur le front. Je peux le faire toute seule. Ou alors toi.

— J'aimerais bien que tu les aies au-dessus des yeux.

— Pourquoi pas, dit-elle. Qui sait ? Peut-être en aurons-nous assez du classique. Et aujourd'hui on restera sur la plage au moins jusqu'à midi. On avancera très très loin sur la plage et on pourra vraiment bronzer quand tous les gens rentreront pour déjeuner et puis quand on aura faim on ira à vélo jusqu'à Saint-Jean pour manger un morceau au Bar Basque. Mais d'abord tu vas nous forcer à aller à la plage parce qu'on en a grand besoin.

— D'accord. »

David approcha une chaise et posa sa main tout près de la sienne et elle le regarda et dit, « Il y a deux jours je comprenais tout et puis l'absinthe m'a fait voir les choses autrement.

— Je sais, lui dit David. C'était plus fort que toi.

— Mais je t'ai fait mal avec cette histoire de coupures.

— Non, dit-il. Tu as essayé. Tu n'as pas réussi.

— Je regrette tant, David. Je t'en supplie, crois-moi.

— Tous les gens ont des choses bizarres en tête et qui pour eux signifient quelque chose. Tu n'y pouvais rien. C'était plus fort que toi.

— Non, dit la jeune femme et elle secoua la tête.

— Eh bien c'est parfait, dit David. Pas la peine de pleurer. C'est parfait.

— Je ne pleure jamais, dit-elle. Mais je ne peux pas me retenir.

— Je sais et tu es très belle quand tu pleures.

— Non. Ne dis pas ça. Mais jamais encore je n'ai pleuré, n'est-ce pas ?

— Jamais.

— Mais toi est-ce que ça va te gêner si on reste encore deux jours sur la plage ? On n'a pas eu l'occasion de nager et ça serait idiot d'être venus ici et de ne pas nager. Où irons-nous en partant ? Oh. On n'a pas encore pris de décision. On décidera sans doute ce soir ou demain matin. Qu'est-ce que tu proposerais ?

— Pour moi n'importe où ce serait parfait, dit David.

— Eh bien c'est peut-être là qu'on ira.

— Ça en fait de l'espace.

— Mais c'est chouette d'être seuls non, et je me charge de faire nos bagages.

— Il n'y a pas grand-chose à faire sinon ranger les objets de toilette et boucler deux valises.

— On peut partir dès demain matin si tu veux. Sincèrement je ne veux rien te faire ni avoir la moindre mauvaise influence sur toi. »

Le serveur frappa à la porte.

« Il n'y a plus de Perrier-Jouët, Madame, alors je vous ai apporté du Lanson. »

Elle s'était arrêtée de pleurer et la main de David serrait toujours la sienne et il dit, « Je sais. »

CHAPITRE VI

Ils avaient passé la matinée au Prado et étaient maintenant attablés dans une gargote dans un bâtiment aux murs de pierre épais. Un bâtiment très vieux et frais. Il y avait des tonneaux de vin le long des murs. Les tables étaient vieilles et épaisses et les chaises usées. La lumière pénétrait par la porte. Le serveur leur apporta des verres de manzanilla en provenance de la plaine de Cadix que l'on appelle la Marismas, accompagnés de minces tranches de *jamón serrano*, un jambon fumé et très salé provenant de porcs nourris de glands, et de *salchichón* rouge vif très épicé, d'une autre saucisse presque noire encore plus épicée, spécialité d'une ville appelée Vich, et d'anchois et d'olives à l'ail. Ils mangèrent le tout et reprirent de la manzanilla, qui était légère et avait un goût de noix.

Catherine avait à portée de main sur la table un manuel espagnol-anglais à couverture verte et David une pile de journaux du matin. La journée s'annonçait chaude mais il faisait frais dans le vieux bâtiment et le serveur demanda, « vous voulez du *gazpacho* ? » C'était un vieil homme et il remplit de nouveau leurs verres.

« Vous croyez que la señorita aimerait ?

– Vous verrez bien », dit gravement le serveur comme s'il parlait d'une jument.

On leur en apporta un grand bol avec des glaçons qui flottaient au milieu de petites tranches croustillantes de concombres, de tomates, de pain à l'ail, de poivrons rouges et verts, et d'un liquide assaisonné de gros poivre à l'arrière-goût d'huile et de vinaigre.

« C'est une soupe-salade, dit Catherine. C'est délicieux.

– *Es gazpacho* », dit le serveur.

Ils buvaient maintenant du Valdepenas servi dans un grand pichet et qui bientôt se mit à corser l'effet du *marismeño* provisoirement neutralisé par le *gazpacho*, auquel il se mêlait résolument. Et il le corsa ferme.

« Qu'est-ce que c'est que ce vin ? demanda Catherine.

– Un vin d'Afrique, dit David.

– Tout le monde dit toujours que l'Afrique commence aux Pyrénées, dit Catherine. Je me rappelle comme je me suis sentie impressionnée la première fois que j'ai entendu dire ça.

– Encore un dicton simpliste, dit David. En fait c'est plus compliqué. Bois donc.

– Mais comment puis-je dire où commence l'Afrique alors que je n'y suis jamais allée ? Les gens n'arrêtent pas de dire des choses compliquées.

– Bien sûr. Tu peux le dire.

– En tout cas le Pays basque ne ressemblait pas à l'Afrique ni à rien de ce qu'on m'a raconté sur l'Afrique.

— Pas plus que les Asturies ni la Galice mais dès qu'on s'éloigne de la côte, ça ne tarde pas à ressembler à l'Afrique.

— Mais pourquoi personne n'a-t-il jamais peint ce pays ? demanda Catherine. Dans tous les arrière-plans il n'y a toujours que les montagnes autour de l'Escurial.

— La sierra, dit David. Personne n'avait envie d'acheter des paysages de la Castille telle que tu l'as vue. Ils n'ont jamais eu de paysagistes. Les peintres peignaient ce qu'on leur commandait.

— Sauf le Tolède du Greco. C'est affreux d'avoir un pays aussi magnifique et de penser que jamais de bons peintres ne le peignent, dit Catherine.

— Qu'est-ce qu'on pourrait prendre après le *gazpacho* ? » dit David.

Le propriétaire, un petit homme entre deux âges, à la carrure trapue et au visage carré, s'était approché.

« Il pense qu'on devrait prendre une viande.

— *Hay solomillo muy bueno*, insista le patron.

— Non, je vous prie, dit Catherine. Seulement une salade.

— Eh bien, au moins buvez un peu de vin, dit le patron et il remplit le pichet au robinet du baril logé derrière le bar.

— Je ne devrais pas boire, dit Catherine. Je regrette de parler autant. Je regrette de dire des stupidités. Ça m'arrive souvent.

— Tu dis des choses très intéressantes et tu les dis très bien par une journée si chaude. Est-ce que le vin te délie la langue ?

— Me délie la langue oui, mais pas autant que l'absinthe, dit Catherine. On ne s'en doute pas, mais c'est dangereux. J'ai commencé à vivre ma bonne nouvelle vie et maintenant je lis et je regarde autour de moi et je m'efforce de moins penser à moi et j'ai bien l'intention de continuer, mais on ne devrait pas se trouver dans une ville à cette époque de l'année. Peut-être qu'on va partir. Tout le long de la route en venant j'ai vu des choses merveilleuses à peindre, et moi je ne sais pas peindre du tout et jamais je ne saurai. Mais je sais des choses qu'il serait merveilleux d'écrire et je ne suis même pas capable d'écrire une lettre qui ne soit pas stupide. Jamais je n'ai eu envie de peindre ni d'écrire avant de venir dans ce pays. Maintenant j'ai l'impression d'avoir tout le temps faim et de rien pouvoir y faire.

— Il y a le pays. Et il est inutile de rien faire. Il est toujours ici. Le Prado est ici, dit David.

— Il n'y a rien d'autre que ce que l'on perçoit, dit-elle. Et je n'ai pas envie de mourir et que tout disparaisse.

— Tu as tous ces kilomètres qu'on a parcourus. Et la campagne jaune et les collines blanches et la balle que souffle le vent et les longues rangées de peupliers en bordure de la route. Tu sais ce que tu as vu et ce que tu as ressenti et tout ça est à toi. N'as-tu pas le Grau-du-Roi et Aigues-Mortes et toute la Camargue que nous avons sillonnée à vélo ? Ce sera pareil ici.

— Mais, et quand je serai morte ?

— Alors tu seras morte.

— Mais je ne peux pas supporter l'idée d'être morte.

— Alors fais en sorte que ça n'arrive pas avant que ça arrive. Regarde les choses et écoute et sens.

— Et si je n'arrive pas à me souvenir ? »

Il avait parlé de la mort comme d'une chose sans importance. Elle but le vin et laissa errer son regard sur les épais murs de pierre où il n'y avait tout en haut que de petites fenêtres à barreaux qui donnaient sur une rue étroite où jamais ne brillait le soleil. Le porche, pourtant, donnait sur une arcade et le soleil éclatant qui dardait sur les pierres usées de la place.

« Quand on commence à vivre en dehors de soi-même, dit Catherine, ça devient dangereux. Peut-être ferais-je mieux de réintégrer notre monde, ce monde à toi et à moi que j'ai inventé ; ou plutôt que nous avons inventé. J'ai eu beaucoup de succès dans ce monde. C'était il y a quatre semaines à peine. Je pense que peut-être j'en aurai de nouveau. »

On leur apporta la salade et il y eut alors sa verdure sur le bois sombre de la table et le soleil sur la plaza au-delà de l'arcade.

« Tu te sens mieux ? demanda David.

— Oui, dit-elle. Je pensais tellement à moi-même que je commençais à redevenir insupportable, comme un peintre et en même temps j'étais mon propre tableau. C'était affreux. Maintenant que de nouveau je suis bien, j'espère que ça va durer encore. »

Il avait plu très fort et maintenant la chaleur était tombée. Ils étaient dans la pénombre fraîche à l'abri des persiennes de la grande chambre du Palace et ensemble avaient pris un bain dans la longue baignoire profonde puis avaient retiré le bouchon et laissé toute la force du jet les éclabousser et ruisseler sur eux, avant de s'engloutir en tourbillonnant dans le siphon. Ils s'étaient bouchonnés avec les énormes serviettes puis s'étaient mis au lit. Allongés sur le lit ils sentaient la brise fraîche qui filtrait par les lamelles des persiennes et courait sur leurs corps. Catherine était appuyée sur les coudes, le menton sur les mains.

« Crois-tu que ce serait amusant si j'essayais de redevenir garçon ? Ça ne serait pas difficile.

— Je t'aime comme tu es pour l'instant.

— Disons que c'est tentant. Mais il vaudrait sans doute mieux que je ne le fasse pas en Espagne. C'est un pays tellement compassé.

— Reste comme tu es.

— Pourquoi est-ce que ta voix change quand tu dis ça ? Je crois que je vais le faire.

— Non. Pas maintenant.

— Merci pour le “pas maintenant”. Est-ce que cette fois je devrais rester fille et puis après le faire ?

— Tu es fille. Tu es fille. Tu es ma merveilleuse petite Catherine.

— Oui je suis ta petite et je t'aime je t'aime je t'aime.

— Ne parle pas.

— Si je parlerai. Je suis ta petite Catherine et je t'aime oui je t'aime toujours toujours toujours.

— Inutile de le dire. Je le sens.

— J'aime bien le dire et il faut que je le dise et j'ai été une petite fille gentille et une petite fille sage et je veux l'être encore. Je le serai encore, je le promets.

— Inutile de le dire.

— Oh que si. Je le dis et je l'ai dit et tu l'as dit. Toi maintenant je t'en prie. Je t'en prie toi. »

Ils demeurèrent calmes un long moment puis elle dit, « Je t'aime tant et tu es un si bon mari.

— Tu es un amour.

— Est-ce que j'ai été comme tu voulais ?

— Qu'est-ce que tu en penses ?

— Je l'espère.

— Tu l'as été.

— Je te l'ai promis sincèrement et je veux tenir et je tiendrai ma promesse. Et maintenant est-ce que je peux de nouveau être garçon ?

— Pourquoi ?

— Rien qu'un moment.

— Pourquoi ?

— J'ai adoré et ça ne me manque pas mais j'aimerais l'être encore cette nuit dans le lit si tu ne trouves pas que c'est mal. Est-ce que je peux recommencer ? Si tu ne trouves pas que c'est mal.

— On s'en fout que je trouve ça mal ou pas.

— Alors je peux ?

— Tu en as vraiment envie ? »

Il avait failli dire besoin, aussi dit-elle, « Je n'en ai pas besoin mais si tu es d'accord j'aimerais bien. Dis, je peux ?

— D'accord. » Il l'embrassa et la garda contre lui.

« Personne ne peut dire ce que je suis, sauf nous. Je serai garçon seulement la nuit et jamais je ne te ferai honte. Je t'en prie ne t'inquiète pas.

— D'accord, petit garçon.

— J'ai menti en te disant que je n'en avais pas besoin. C'est venu si brutalement aujourd'hui. »

Il ferma les yeux et ne pensa à rien et elle l'embrassa et cette fois c'était allé plus loin et il le devinait et sentait la désespérance.

« Maintenant tu changes. Je t'en prie. Ne me force pas à te changer. Il le faut ? Bon je le ferai. Voilà tu as changé. C'est vrai. Toi aussi tu l'as fait. Tu l'as fait. Tu as changé toi aussi. Je te l'ai fait à toi mais c'est toi qui l'as fait. Oui tu l'as fait. Tu es ma douce ma très chère ma petite Catherine chérie. Tu es ma douce ma merveilleuse Catherine. Tu es ma petite ma très chère ma seule petite. Oh merci merci à toi ma petite. »

Elle demeura ainsi un long moment et il crut qu'elle s'était endormie. Puis elle s'écarta très lentement en se soulevant légèrement sur les coudes et dit, « Demain je vais me faire une merveilleuse surprise. Le matin je vais aller au Prado pour voir tous les tableaux en garçon.

— Je renonce », dit David.

CHAPITRE VII

Le matin venu il se leva alors qu'elle dormait encore et sortit dans le petit matin radieux et la fraîcheur du haut plateau. Il suivit la rue à flanc de colline qui menait à la Plaza Santa Anna et s'arrêta dans un café pour prendre son petit déjeuner et lire les journaux locaux. Catherine avait dit qu'elle voulait être au Prado pour l'ouverture à dix heures et, avant de partir, il avait réglé la sonnerie de manière à la réveiller à neuf heures. Dehors dans la rue, il n'avait cessé en gravissant la colline de se la représenter endormie, la belle tête chiffonnée pareille à une monnaie antique abandonnée sur le drap blanc, l'oreiller repoussé, le drap de dessus révélant les courbes de son corps. Cela faisait un mois, se disait-il, ou presque. Et l'autre fois entre le Grau-du-Roi et Hendaye il y avait eu deux mois. Non, moins, parce que dès Nîmes elle avait commencé à y penser. À peine deux mois. Nous sommes mariés depuis trois mois et deux semaines et j'espère bien que je la rends toujours heureuse mais en l'occurrence je ne crois pas que personne puisse aider personne. C'est déjà bien assez de continuer. La différence c'est qu'elle a demandé cette fois, se dit-il. Oui elle a vraiment demandé.

Quand il eut fini de lire les journaux puis réglé son petit déjeuner et plongé dans la chaleur qui de nouveau s'était abattue sur le plateau dès que le vent avait tourné, il repartit pour affronter la politesse froide, guindée et triste de la banque, où l'attendait du courrier réexpédié de Paris. Il ouvrit et lut son courrier tout en se prêtant de guichet en guichet aux interminables formalités nécessaires pour encaisser une lettre de crédit transmise par sa banque à celle-ci, leur correspondant à Madrid.

L'épaisse liasse enfin en sécurité dans la poche de sa veste, il ressortit dans la lumière éclatante et fit halte au kiosque pour acheter les journaux anglais et américains arrivés par le Sud-Express du matin. Il acheta quelques hebdomadaires tauromachiques pour envelopper les journaux en langue anglaise puis descendit la Carrera San Geronimo pour gagner la pénombre matinale fraîche et hospitalière du Buffet Italianos. Il n'y avait encore personne et il lui revint qu'il n'avait pas arrangé de rendez-vous avec Catherine.

« Qu'est-ce que vous prenez ? demanda le serveur.

— Une bière, dit-il.

— Ce n'est pas un endroit à bière ici.

— Vous n'avez pas de bière ?

— Si. Mais ce n'est pas un endroit à bière.

— Allez vous faire foutre », dit-il et de nouveau il roula ses journaux et traversa la rue et la remonta en sens inverse pour tourner à gauche et prendre la Calle Vittoria et ensuite la Cervezeria Alvarez. Il s'assit à une table sous l'auvent d'une ruelle et but un grand verre bien frappé de leur bière pression.

Sans doute le serveur avait-il dit ça simplement histoire de parler, se dit-il, et d'ailleurs ce qu'avait dit le type était parfaitement vrai. Ce n'était pas un endroit à bière. Il s'était borné à énoncer un fait. Il ne cherchait pas à être insolent. Ce que lui avait répondu était très grossier et il n'avait aucune excuse. Il avait été dégueulasse. Il prit une deuxième bière et héla le serveur pour régler.

« *Y la Señora ?* demanda le serveur.

– Au musée du Prado. Je vais la chercher.

– Eh bien, à tout à l'heure », fit le serveur.

Il prit un raccourci à flanc de colline pour rentrer à l'hôtel. La clef se trouvait au tableau aussi grimpa-t-il tout droit à leur étage et il posa les journaux et le courrier sur une des tables de la chambre et laissa la plus grande partie de l'argent dans la valise fermée à clef. La chambre était faite et les stores étaient baissés à cause de la chaleur, de sorte que la pièce était plongée dans la pénombre. Il se lava puis tria son courrier et en sortit quatre lettres et les glissa dans sa poche-revolver. Il prit les éditions de Paris du *New York Herald*, du *Chicago Tribune* et du *London Daily Mail* et descendit au bar, s'arrêtant au bureau le temps de déposer sa clef et de prier le réceptionniste de dire à Madame, lorsqu'elle rentrerait, qu'il se trouvait au bar.

Au bar il s'assit sur un tabouret et commanda un *marismeño*, puis ouvrit et lut ses lettres tout en piquant les olives parfumées à l'ail dans la soucoupe que le serveur lui avait apportée en même temps que son verre. Une des lettres contenait deux articles critiques sur son roman parus dans des revues mensuelles et il les lut sans avoir le sentiment qu'ils se référaient à lui ou à des choses qu'il avait écrites.

Il remit les coupures dans l'enveloppe. Les critiques étaient intelligentes et sensibles mais pour lui elles n'avaient aucun sens. Il lut la lettre de l'éditeur avec la même indifférence. Le livre s'était bien vendu et on pouvait espérer qu'il continuerait à se vendre au cours de l'automne, bien que dans ce domaine on ne sût jamais. En tout cas, jusqu'à présent, il avait fait l'objet d'une critique extraordinairement élogieuse et la voie serait déblayée pour son prochain livre. En l'occurrence il s'agissait de son deuxième et non de son premier roman, et c'était un gros atout. Tragique de voir comme souvent les seuls bons romans qu'avaient en eux les écrivains américains étaient des premiers romans. Mais celui-ci, continuait son éditeur, son deuxième, confirmait toutes les promesses du premier. Il faisait un été inhabituel à New York, froid et humide. Oh Seigneur, se dit David, y en a marre du temps qu'il fait à New York et y en a marre de ce salaud de Coolidge aux lèvres pincées en train de pêcher la truite en col empesé dans une ferme à truites quelque part dans un trou perdu des Black Hills qu'on a fauchées aux Sioux et aux Cheyennes, et marre de ces écrivains imbibés de gin maison qui se rongent en se demandant si leur poule danse le Charleston. Et y en a marre de la promesse qu'il avait confirmée. Quelle promesse et à qui ? Au *Dial*, au *Bookman*, au *New Republic* ? Non, il l'avait montrée. Laissez-moi vous montrer ma promesse que je vais confirmer. Quelle merde.

« Hello, jeune homme, fit une voix. Pourquoi cet air indigné ?

— Hello, Colonel, dit David, et soudain il se sentit tout heureux. Que diable faites-vous dans le coin ? »

Le Colonel, qui avait des yeux d'un bleu profond, des cheveux sable et un visage bronzé qu'on eût dit taillé dans le silex par un sculpteur exténué qui aurait brisé dessus son burin, rafla le verre de David et goûta le *marismeño*.

« Apportez-moi là-bas à cette table une bouteille de ce truc qu'est en train de boire ce jeune homme, dit-il au serveur. Et bien fraîche. Inutile de la mettre dans la glace. Apportez-la immédiatement.

— Oui monsieur, dit le serveur. Certainement monsieur.

— Venez, dit le Colonel à David, en l'entraînant vers une table dans l'angle de la salle. Vous m'avez l'air en grande forme.

— Vous aussi. »

Le colonel John Boyle portait un complet bleu sombre coupé dans un tissu d'aspect raide mais frais, ainsi qu'une chemise bleue et une cravate bleue.

« Je suis toujours en forme, dit-il. Voulez-vous que je vous donne du travail ?

— Non, dit David.

— Non, tout simplement. Vous ne demandez même pas de quoi il s'agit. »

À entendre sa voix, on eût dit qu'il l'avait arrachée à une gorge poussiéreuse.

Le vin arriva et le serveur remplit deux verres et posa sur la table des soucoupes remplies des inévitables olives à l'ail et de noisettes.

« Pas d'anchois ? demanda le Colonel. Parlez d'une fichue *fonda* ? »

Le serveur sourit et partit chercher les anchois.

« Excellent, ce vin, dit le Colonel. Premier choix. J'ai toujours eu l'espoir que votre goût finirait par s'améliorer. Dites-moi pourquoi vous ne voulez pas de travail ? Vous venez de terminer un livre.

– C'est ma lune de miel.

– Expression ridicule, dit le Colonel. Je ne l'ai jamais aimée. Ça fait poisseux. Pourquoi ne pas avoir dit que vous veniez de vous marier ? Ça n'y change rien. De toute façon vous ne seriez bon à rien.

– Qu'est-ce que c'était, ce travail ?

– Inutile d'en parler maintenant. Qui avez-vous épousé ? Quelqu'un que je connais ?

– Catherine Hill.

– Connaissais son père. Type très bizarre. S'est tué en voiture. Avec sa femme.

– Je ne les ai jamais rencontrés.

– Vous ne l'avez jamais rencontré, lui ?

– Non.

– Curieux. Mais parfaitement compréhensible. En fait de beau-père vous ne perdez pas grand-chose. La mère était très solitaire, il paraît. Stupide façon de se tuer pour des adultes. Où l'avez-vous rencontrée, cette fille ?

– À Paris.

– Elle a un imbécile d'oncle là-bas. Un vrai bon à rien. Vous le connaissez ?

– Je l'ai vu aux courses.

– À Longchamp et à Auteuil. Comment auriez-vous pu y couper ?

– Je n'ai pas épousé sa famille.

— Bien sûr que non. Mais on n'y coupe jamais, morts ou vivants.

— Pas les oncles ni les tantes.

— Eh bien, en tout cas amusez-vous bien. Vous savez, j'ai bien aimé le livre. Il s'est bien vendu ?

— Plutôt bien.

— Il m'a profondément ému, dit le Colonel. Vous trompez bien votre monde, mon salaud.

— Vous aussi, John.

— J'espère bien », dit le Colonel.

David aperçut Catherine sur le seuil et se leva. Elle s'approcha et David dit, « Je te présente le colonel Boyle.

— Enchanté, ma chère. »

Catherine le regarda un instant et sourit et s'assit à la table. David l'observait et il lui sembla qu'elle retenait son souffle.

« Tu es fatiguée ? demanda David.

— Je crois que oui.

— Prenez donc un verre de ce truc-là, dit le Colonel.

— Est-ce que je peux avoir une absinthe ?

— Bien sûr, dit David. Moi aussi j'en prendrai une.

— Pas pour moi, dit le Colonel au serveur. Cette bouteille a perdu sa fraîcheur. Remettez-la à rafraîchir et servez-moi un verre d'une bouteille bien frappée.

— Est-ce que vous aimez le vrai Pernod ? demanda-t-il à Catherine.

— Oui, dit-elle. Les gens m'intimident et ça aide.

— C'est une boisson excellente, dit-il. Je vous tiendrais volontiers compagnie mais j'ai du travail qui m'attend après déjeuner.

— Désolé d'avoir oublié de te fixer rendez-vous, dit David.

— C'est très bien ainsi.

— Je suis passé prendre le courrier à la banque. Il y en a un tas pour toi. Je l'ai laissé dans la chambre.

— Ça ne m'intéresse pas.

— Je vous ai vue au Prado en train de regarder les Grecos, dit le Colonel.

— Moi aussi je vous ai vu, dit-elle. Regardez-vous toujours les tableaux comme si vous en étiez le propriétaire et vous demandiez comment les accrocher autrement ?

— Probablement, dit le Colonel. Les regardez-vous toujours comme si vous étiez le jeune chef d'une tribu guerrière qui aurait faussé compagnie à ses conseillers pour contempler le marbre de Léda et le Cygne. »

Catherine rougit sous son bronzage très noir et tour à tour regarda David puis le Colonel.

« Vous me plaisez, dit-elle. Dites-moi encore des choses.

— Vous me plaisez, dit-il. Et j'envie David. Est-il tout ce que vous désirez ?

— Vous ne le savez donc pas ?

— "Pour moi le monde visible est visible", dit le Colonel. Et maintenant allez-y, prenez une autre gorgée de ce sérum de vérité au goût de ver à bois.

— Je n'en ai pas besoin pour le moment.

— Vous ne seriez pas un peu timide tout à coup ? Allons buvez quand même. Ça vous fera du bien. Vous êtes la jeune femme blanche la plus noire de peau que j'aie vue de ma vie. Il faut dire que votre père était très noir de peau.

— Je dois avoir sa peau. Ma mère était très blonde.

— Je ne l'ai jamais rencontrée.

— Connaissiez-vous bien mon père ?

— Très bien.

— Il était comment ?

— C'était un homme très difficile et très charmant. Êtes-vous vraiment timide ?

— Parfaitement. Demandez à David.

— Vous récupérez drôlement vite.

— Vous avez réagi drôlement vite. Quel genre d'homme était mon père ?

— C'était l'homme le plus timide que j'aie jamais connu et il pouvait être le plus charmant.

— Est-ce qu'il fonctionnait au Pernod lui aussi ?

— Il fonctionnait à tout.

— Est-ce que je vous le rappelle ?

— Pas du tout.

— Tant mieux. Et David ?

— Pas le moins du monde.

— C'est encore mieux. Comment avez-vous deviné que j'étais garçon au Prado ?

— Pourquoi ne le seriez-vous pas ?

— Je n'ai recommencé qu'hier soir. J'ai été fille pendant presque un mois. Demandez à David.

— Inutile de dire demandez à David. Et en cet instant précis qu'est-ce que vous êtes ?

— Garçon si vous n'y voyez pas d'inconvénient.

— Moi ça m'est égal. Mais vous ne l'êtes pas.

— J'avais simplement envie de le dire, dit-elle. Maintenant que je l'ai dit, je ne suis pas obligée de l'être. Mais au Prado c'était merveilleux. Voilà pourquoi je tenais tant à le dire à David.

— Vous aurez tout le temps de le dire à David.

— Oui, dit-elle. Nous avons du temps pour tout.

— Dites-moi où vous êtes devenue si noire, dit le Colonel. Avez-vous idée à quel point vous êtes noire ?

— D'abord au Grau-du-Roi et ensuite tout près de La Napoule. Il y avait une crique avec un sentier qui descendait à travers les pins. Il était invisible de la route.

— Combien de temps vous a-t-il fallu pour devenir aussi noire ?

— Environ trois mois.

— Et qu'est-ce que vous allez faire de ça maintenant ?

— Le porter, dit-elle. Au lit c'est très seyant.

— Je ne pense pas que vous ayez envie de gaspiller ça en ville.

— Aller au Prado, ce n'est pas gaspiller. Je ne porte pas vraiment ça. C'est moi. Je suis vraiment noire comme ça. Le soleil l'accentue, c'est tout. Je voudrais être encore plus noire.

— Dans ce cas vous le serez probablement un jour, dit le Colonel. Y a-t-il d'autres choses encore dont vous ayez très envie ?

— De chaque journée, rien d'autre, dit Catherine. J'ai envie de chaque journée.

— Et aujourd'hui, c'était une bonne journée ?

— Oui. Vous le savez. Vous étiez là-bas.

— Voulez-vous déjeuner avec moi, David et vous ?

— D'accord, dit Catherine. Je vais monter me changer. Vous voulez bien m'attendre ?

— Tu ne veux pas finir ton verre ? demanda David.

— Ça ne me dit rien, dit-elle. Ne vous inquiétez pas pour moi. Je ne serai pas timide. »

Elle se dirigea vers la porte et tous deux la suivirent du regard.

« Ai-je été trop direct ? demanda le Colonel. J'espère que non. C'est une fille très charmante.

— J'espère seulement que je lui fais du bien.

— Et vous. Ça se passe comment ?

— Très bien je crois.

— Êtes-vous heureux ?

— Très.

— Rappelez-vous, tout va bien jusqu'au jour où ça va mal. Vous le saurez, quand ça ira mal.

— Vous croyez ?

— J'en suis tout à fait certain. Et dans le cas contraire cela n'aura aucune importance. Alors, rien n'aura d'importance.

— Est-ce que ça ira vite ?

— Je n'ai pas parlé de vitesse. Qu'est-ce que vous racontez ?

— Pardon.

— C'est ça que vous vivez, alors vivez heureux.

— Nous sommes heureux.

— Je vois. Tout de même il y a une chose.

— Quoi ?

— Prenez bien soin d'elle.

— Vous n'avez rien d'autre à me dire ?

— Encore une petite chose : surtout pas de progéniture.

— Il n'est pas question de progéniture pour le moment.

— Il est plus charitable de tuer la progéniture.

— Plus charitable ?

— Mieux. »

Ils bavardèrent à propos de tout et de rien pendant encore un moment, le Colonel parlant de façon provocante, puis David vit Catherine s'encadrer sur le seuil vêtue d'une toilette blanche en peau d'ange destinée à mettre en valeur le noir de sa peau.

« Vraiment vous êtes extraordinairement belle, dit le Colonel à Catherine. Mais vous devez essayer de devenir encore plus noire.

— Merci. J'en ai l'intention, dit-elle. Avec cette chaleur rien ne nous oblige à sortir maintenant, n'est-ce pas. Pourquoi ne pas rester ici où il fait frais ? Nous pouvons prendre quelque chose au gril.

— Vous êtes mes invités, dit le Colonel.

— Non je vous en prie. Nous, nous vous invitons. »

David se leva d'un air incertain. Il y avait maintenant davantage de monde dans le bar. Jetant un regard sur la table il constata qu'il avait vidé non seulement son verre mais aussi celui de Catherine. Il ne se rappelait pas avoir vidé ni l'un ni l'autre.

C'était l'heure de la sieste et ils étaient allongés sur le lit et David lisait grâce à la lumière qui entrait par la fenêtre située à gauche du lit et dont il avait remonté d'un tiers environ l'un des stores à lamelles. La lumière se réfléchissait sur le mur de la maison d'en face. Le store n'était pas assez remonté pour que l'on voie le ciel.

« Le Colonel a bien aimé que je sois si noire, dit Catherine. Il faut qu'on retourne à la mer. Il faut que j'entretienne ça.

— On ira aussi souvent que tu voudras.

— Ça sera merveilleux. Je peux te dire une chose ? Il le faut.

— Quoi ?

— Je ne suis pas redevenue fille au déjeuner. Est-ce que je me suis bien comportée ?

— Vraiment pas ?

— Ça t'ennuie ? Mais maintenant pour toi je suis garçon et je ferai n'importe quoi pour toi. »

David continuait à lire.

« Tu es en colère ?

— Non. » Refroidi, se dit-il.

« C'est plus simple maintenant.

— Je ne crois pas.

— Dans ce cas je serai prudente. Ce matin à la lumière du jour tout ce que je faisais me paraissait si normal et si heureux, si propre et si bien. Pourquoi ne pas essayer maintenant et on verrait ?

— Je préférerais que tu ne le fasses pas.

— Est-ce que je peux t'embrasser et essayer ?

— Pas si tu es garçon et que je suis garçon. »

Il avait l'impression d'avoir comme une barre de fer en travers de la poitrine. « J'aurais préféré que tu ne dises rien au Colonel.

— Mais il m'a vue, David. C'est lui qui en a parlé et il savait tout et il avait compris. Ce n'était pas stupide de le lui dire. Cela valait mieux. Il est notre ami. Si je le lui disais il ne parlerait pas. Si je ne le lui avais pas dit il en avait le droit.

— Tu ne peux pas faire ainsi confiance aux gens.

— Je me fiche des gens. Pour moi il n'y a que toi qui comptes. Jamais je n'irai faire de scandale devant d'autres gens.

— Je me sens la poitrine prise dans un carcan de fer.

— Je suis désolée. Je sens la mienne libre.

— Ma très chère petite Catherine.

— Voilà qui est bien. Appelle-moi toujours Catherine quand tu en as envie. Je suis aussi ta Catherine. Je suis toujours Catherine quand tu as besoin d'elle. Nous ferions mieux de dormir ou alors pourquoi ne pas essayer et voir ce qui arrive ?

— Commençons par rester là allongés très calmes dans le noir », dit David, et il baissa le store à lamelles et ils restèrent allongés côte à côte sur le lit dans la grande chambre du Palace de Madrid où Catherine était entrée en plein jour garçon dans le musée du Prado et maintenant elle montrerait les choses noires en pleine lumière et plus jamais, semblait-il à David, plus jamais il n'y aurait de fin au changement.

CHAPITRE VIII

Le matin dans le Buen Retiro il faisait aussi frais que dans une forêt. Tout était vert et les troncs des arbres étaient d'un brun sombre et toutes les distances étaient autres. Le lac n'était plus là où il était d'ordinaire et quand ils l'aperçurent à travers les arbres ce n'était plus le même.

« Passe devant, dit-elle. Je veux te regarder. »

Aussi s'écarta-t-il et il se dirigea vers un banc et s'assit. Très loin en avant il apercevait un lac et savait qu'il était trop loin pour y aller à pied. Il s'assit là sur le banc et elle s'assit à côté de lui et dit, « C'est très bien. »

Mais tout à l'heure dans le Retiro le remords était là à l'attendre et maintenant il se sentait si mal qu'il dit à Catherine qu'il la retrouverait au café du Palace.

« Quelque chose ne va pas ? Est-ce que tu veux que je t'accompagne ?

— Non ça va. Je dois partir, c'est tout.

— Je te retrouverai là-bas », dit-elle.

Elle était particulièrement en beauté ce matin-là et elle sourit en pensant à leur secret et il lui rendit son sourire puis s'éloigna en direction du café en emportant son remords. Il ne croyait pas arriver à s'en débarrasser mais il y arriva et quand Catherine le rejoignit un peu plus tard il terminait sa deuxième absinthe et le remords avait disparu.

« Comment te sens-tu, Démon ? dit-il.

— Je suis ton démon, dit-elle. Je peux en avoir une moi aussi ? »

Le serveur s'éloigna, ravi de la voir si belle et rayonnante de bonheur, et elle dit, « Qu'est-ce qu'il y avait ?

— Rien, je me sentais mal fichu mais maintenant je me sens très bien.

— Vraiment si mal ?

— Non », mentit-il.

Elle secoua la tête. « Je suis tellement désolée. J'espérais qu'il n'y aurait pas du tout de mal.

— C'est fini.

— Tant mieux. N'est-ce pas délicieux de se trouver ici en plein été et qu'il n'y ait personne. J'ai eu une idée.

— Déjà ?

— On peut rester encore et ne pas aller à la mer. Tout ça est à nous maintenant. La ville et aussi ce coin. On pourrait rester ici et ensuite prendre la voiture et filer directement à La Napoule.

— Il n'y a pas tellement d'autres choix.

— Ne dis pas ça. On ne fait que commencer.

— Oui... On peut toujours retourner à notre point de départ.

— Bien sûr, on le peut et on le fera.

— Mieux vaut ne pas en parler », dit-il.

Il l'avait senti, déjà cela recommençait et il but une longue gorgée de son verre.

« C'est très étrange, dit-il. Ce verre a exactement le goût du remords. Le goût typique même, et pourtant il le chasse.

— Je n'aime pas que tu te sentes obligé d'en boire à cause de ça. Nous ne sommes pas ainsi. Il ne faut pas qu'on soit ainsi.

— Peut-être que moi je suis ainsi.

— Il ne faut pas. » À son tour elle leva son verre et but une longue gorgée puis une autre et regarda autour d'elle puis le regarda. « Je peux le faire. Regarde-moi et tu verras. Ici à Madrid à la terrasse du Palace et toi tu vois le Prado et la rue et les jets d'eau sous les arbres, ce qui fait que c'est réel. C'est terriblement brutal. Mais je peux le faire. Tu peux le voir. Regarde. Ces lèvres sont de nouveau celles de ta petite femme et je suis tout ce que tu souhaites vraiment. Pas vrai que je l'ai fait ? Dis-moi.

— Rien ne t'y obligeait.

— Est-ce que je te plais en femme ? dit-elle très sérieuse et sourit.

— Oui, dit-il.

— C'est bien, dit-elle. Je suis contente que ça plaise à quelqu'un parce que c'est sacrément ennuyeux.

— Dans ce cas ne le fais pas.

— Ne m'as-tu pas entendu dire que je l'avais fait ? Ne m'as-tu pas regardée le faire ? Tu veux donc que je me torde et me déchire en deux sous prétexte que tu n'es pas capable de te décider. Sous prétexte que tu n'as pas de suite dans les idées ?

— Tu ne voudrais pas baisser le ton ?

— Pourquoi est-ce que je baisserais le ton ? Tu veux une femme, n'est-ce pas ? Et tu ne veux pas tout ce qui va avec ? Scènes, crises d'hystérie, fausses accusations, passion, c'est ça ? Je promets de ne pas te faire honte devant le serveur. Je promets de ne pas faire honte au serveur. Je lirai mon foutu courrier. Peut-on envoyer quelqu'un chercher mon courrier ?

— Je vais monter le chercher.

— Non. Il ne faut pas que je reste seule ici.

— C'est vrai, dit-il.

— Tu vois ? Voilà pourquoi je disais d'envoyer quelqu'un le chercher.

— Ils ne donneraient pas la clef à un *botones*. C'est pourquoi je proposais d'y aller.

— Je n'en suis plus là, dit Catherine. Je ne vais pas jouer à ce petit jeu. Pourquoi jouerais-je ce petit jeu avec toi ? C'était grotesque et manquait de dignité. C'était tellement stupide que je ne te demanderai même pas de me pardonner. De toute manière il faut que je monte à la chambre.

— Maintenant ?

— Parce que je suis une maudite femme. Je me disais que si j'étais une femme et restais femme, au moins j'aurais un enfant. Eh bien même pas.

— Ça pourrait être ma faute.

— Surtout ne parlons pas de fautes. Reste ici et je rapporterai le courrier. Nous lirons notre courrier et nous serons de gentils touristes américains bien sages et intelligents tout déçus d'être venus à Madrid à la mauvaise période de l'année. »

Au déjeuner Catherine dit, « On va retourner à La Napoule. Il n'y a personne là-bas et on sera tranquilles et bien sages et on travaillera et on s'occupera l'un de l'autre. On pourra aller en voiture jusqu'à Aix et visiter le pays de Cézanne. La première fois, on n'est pas restés assez longtemps là-bas.

– Ce sera la belle vie.

– Il n'est pas trop tôt pour que tu te remettes au travail, n'est-ce pas ?

– Non. Ce serait bien de m'y remettre maintenant. J'en suis sûr.

– Ce serait merveilleux et je me mettrai pour de bon à apprendre l'espagnol en prévision de notre retour. Et puis j'ai tant de choses à lire.

– On a des tas de choses à faire.

– C'est sûr qu'on les fera. »

Livre trois

CHAPITRE IX

Le nouveau plan tint un peu plus d'un mois. Ils disposaient de trois pièces à l'extrémité de la longue maison provençale aux murs roses où ils avaient séjourné précédemment. Elle était nichée dans les pinèdes de La Napoule face à l'Estérel. Au-delà des fenêtres il y avait la mer, et du jardin où ils prenaient leurs repas sous les arbres, devant la longue maison, ils voyaient les plages désertes, les grands papyrus dans le delta de la petite rivière et, de l'autre côté de la baie, la courbe blanche de Cannes avec en arrière-plan les collines et dans le lointain les montagnes. Maintenant en été personne ne séjournait dans la longue maison et le propriétaire et sa femme étaient ravis qu'ils soient de retour.

Leur chambre à coucher était la grande chambre tout au bout de la maison. Elle avait des fenêtres sur trois côtés et était fraîche cet été-là. La nuit ils sentaient l'odeur des pins et de la mer. David travaillait dans une pièce située à l'autre bout. Il commençait tôt chaque matin et, quand il avait fini, il allait retrouver Catherine et ils descendaient jusqu'à une petite crique entourée de rochers avec une plage de sable idéale pour bronzer et nager. Il arrivait parfois que Catherine disparût avec la voiture et, son travail terminé, il l'attendait en prenant un verre sur la terrasse. Il était impossible de boire du pastis après avoir bu de l'absinthe et il s'était mis au whisky coupé de Perrier. Ce qui réjouissait le propriétaire dont, grâce à la présence des deux Bourne en pleine saison creuse, les affaires ne marchaient pas trop mal. Il n'avait pas embauché de cuisinier et sa femme se chargeait de faire la cuisine. Une petite bonne s'occupait des chambres et un neveu, qui faisait son apprentissage, assurait le service aux repas.

Catherine adorait conduire la petite voiture et descendait souvent à Cannes et à Nice pour faire des courses et fouiner dans les boutiques. Les magasins qui ne travaillaient que l'hiver étaient fermés mais elle rapportait toujours des choses extravagantes à manger et d'honnêtes trucs à boire et repérait les endroits où se procurer des livres et des revues.

David avait travaillé d'arrache-pied pendant quatre jours. Ils avaient passé tout l'après-midi au soleil sur le sable d'une nouvelle crique qu'ils avaient découverte par hasard et ils étaient restés dans l'eau jusqu'aux limites de la fatigue, puis étaient rentrés en début de soirée, le dos et les cheveux incrustés de sel, pour prendre un verre et une douche et se changer.

Quand ils se mirent au lit la brise montait de la mer. Il faisait frais et ils étaient allongés côte à côte dans le noir avec le drap remonté, et Catherine dit, « Tu as dit qu'il fallait que je te raconte.

— Je sais. »

Elle se pencha et lui prit la tête entre ses mains et l'embrassa. « J'en ai tellement envie. Je peux ? Tu veux ?

— Bien sûr.

— Je suis si heureuse. J'ai fait un tas de projets, dit-elle. Et cette fois je ne commencerai pas par être si mauvaise et si folle.

— Quel genre de projets ?

— Je peux expliquer mais ce serait mieux de le montrer. On pourrait le faire demain. Tu veux bien m'accompagner ?

— Où ?

— À Cannes, là où je suis allée la dernière fois quand nous étions ici. C'est un très bon coiffeur. On est amis et il est meilleur que celui de Biarritz, la preuve c'est qu'il a tout de suite tout compris.

— Qu'est-ce que tu es encore allée faire ?

— Je suis allée le voir ce matin pendant que tu travaillais et j'ai expliqué et il a bien regardé et compris et estimé que ça serait parfait. Je lui ai dit que je n'avais rien décidé mais que si je me décidais alors j'essaierais de te décider à te faire faire la même coupe.

— Elle est comment cette coupe ?

— Tu verras. On ira ensemble. Disons que c'est en biseau par rapport à la ligne naturelle. Il est plein d'enthousiasme. Je crois que c'est parce qu'il est fou de la Bugatti. Tu as peur ?

— Non.

— Je suis folle d'impatience. À vrai dire il veut les éclaircir mais on a eu peur que ça ne te plaise pas.

— Le soleil et l'eau de mer les éclaircissent bien assez.

— Ça serait beaucoup plus blond. Il dit qu'il pourrait les faire aussi blonds que des cheveux scandinaves. Imagine l'effet avec notre peau noire. Les tiens aussi on pourrait les éclaircir.

— Non. Je me sentirais bizarre.

— Tu connais des gens dont l'opinion t'importe, ici ? D'ailleurs à force de nager tout l'été, tu deviendrais plus clair. »

Il ne dit rien et elle dit, « Rien ne t'y oblige. On s'occupera seulement des miens et peut-être que tu voudras toi aussi. On verra.

— Ne fais pas de projets, Démon. Demain je me lèverai très tôt et je travaillerai et tu dormiras le plus tard possible.

— Alors écris pour moi aussi, dit-elle. Tant pis si tu en es au passage où j'ai été si mauvaise, surtout dis combien je t'aime.

— J'en suis presque là maintenant.

— Est-ce que tu peux le publier ou est-ce que ça serait mal ?

— J'ai simplement essayé de l'écrire.

— Est-ce que je le lirai un jour ?

— Si je réussis à le mener à bien.

— Je me sens déjà tellement fière et il n'est pas question d'en mettre un seul exemplaire en vente ni d'en envoyer un seul aux critiques et comme ça il n'y aura jamais de coupures et jamais tu ne te sentiras inhibé et on l'aura toujours pour nous deux tout seuls. »

Il faisait jour quand David Bourne se réveilla et il passa un short et une chemise et sortit de la maison.

La brise était tombée. La mer était calme et le jour sentait la rosée et les pins. Pieds nus sur les dalles il traversa la terrasse pour gagner la pièce située tout au bout de la longue maison et entra et s'assit à sa table de travail. Les fenêtres étaient restées ouvertes toute la nuit et la pièce était fraîche et pleine de la promesse du petit matin.

Il décrivait la route qui relie Madrid à Saragosse et les brusques montées et plongées de la route tandis qu'à grande vitesse ils s'enfonçaient dans la campagne aux buttes rouges et que sur la route poussiéreuse la petite voiture rattrapait le train express et que Catherine le dépassait sans effort wagon par wagon, le tender, puis le mécanicien et le chauffeur, et enfin le nez de la locomotive, puis changeait de vitesse au moment où la route obliquait vers la gauche et où le train s'engouffrait dans un tunnel.

« Je le tenais, avait-elle dit. Mais il s'est caché sous terre. Dis-moi si je peux encore le rattraper. »

Il avait jeté un coup d'œil sur la carte Michelin et dit, « Pas pour le moment.

– Dans ce cas je le laisse filer et on admirera le paysage. » Comme la route se mettait à grimper il y eut des peupliers le long de la rivière et la pente se fit plus raide et il sentit la voiture tirer puis, comme elle avalait la côte, Catherine tout heureuse changer à nouveau de vitesse.

Plus tard, quand il entendit sa voix dans le jardin, il s'arrêta d'écrire. Il ferma à clef la valise où il rangeait les cahiers de son manuscrit et sortit en refermant la porte à clef derrière lui. La bonne se servirait de son passe pour venir faire la chambre.

Catherine prenait son petit déjeuner sur la terrasse. La table était garnie d'une nappe à carreaux rouges et blancs. Elle portait son vieux maillot rayé acheté au Grau-du-Roi, lavé de frais et maintenant rétréci et très passé, un pantalon de flanelle grise tout neuf, et des espadrilles.

« Bonjour, dit-elle. Je n'ai pas pu dormir tard.

– Tu es ravissante.

– Merci. Je me sens ravissante.

– Où as-tu déniché ce pantalon ?

– Je l'ai fait faire à Nice. Par un bon tailleur. Est-ce qu'il me va bien ?

– Il est très bien coupé. Mais il a vraiment l'air très neuf. Tu as l'intention de le mettre pour aller en ville ?

– Pas en ville. Cannes à la morte-saison. C'est ce que tout le monde portera l'an prochain. Un tas de gens portent des maillots comme les nôtres maintenant. Et ça ne va pas avec une jupe. Ça ne te fait rien, n'est-ce pas ?

– Rien du tout. Il est très bien. Seulement il a l'air tellement bien repassé. »

Après le petit déjeuner et pendant que David se rasait et prenait une douche puis passait un vieux pantalon de flanelle et un maillot de pêcheur et se mettait en quête de ses espadrilles, Catherine enfila une chemise de lin bleue à col ouvert et une jupe blanche en lin.

« On sera mieux ainsi. Même si les pantalons de toile conviennent très bien ici, ils font un peu trop chiqué ce matin. On les garde pour plus tard. »

Chez le coiffeur tout se passa de façon amicale et décontractée mais très professionnelle. Monsieur Jean, qui avait à peu près le même âge que David et avait l'air plus italien que français, dit, « Je vais les couper comme elle le demande. Vous êtes d'accord, Monsieur ?

— Je ne fais pas partie du syndicat, dit David. Je vous laisse juges tous les deux.

— Peut-être devrions-nous tenter l'expérience sur Monsieur, dit Monsieur Jean. Au cas où les choses tourneraient mal. »

Mais très prudemment et très habilement Monsieur Jean entreprit de couper les cheveux de Catherine dont David observait le visage très noir et grave au-dessus de la blouse qui lui enserrait le cou. Elle tenait les yeux fixés sur son miroir à main, suivait des yeux le peigne et les ciseaux qui pointaient et tranchaient. L'homme travaillait comme un sculpteur, concentré et grave. « J'y ai réfléchi toute la nuit et toute la matinée, dit le coiffeur. Si vous n'y croyez pas, Monsieur, je comprends. Mais pour moi c'est aussi important que votre métier pour vous. »

Il recula d'un pas pour apprécier la forme qu'il était en train de créer. Puis il trancha plus vite et enfin fit pivoter le fauteuil de sorte que le grand miroir se refléta dans le petit miroir à main que tenait Catherine.

« Vous tenez à les couper comme ça au-dessus des oreilles ? demanda-t-elle au coiffeur.

— Comme vous voulez. Je peux vous faire ça plus dégagé si vous le désirez. Mais ce sera très beau ainsi à condition de les faire vraiment très clairs.

— Je les veux clairs », dit Catherine.

Il eut un sourire. « Madame et moi en avons discuté. Mais j'ai dit que la décision revenait à Monsieur.

— Monsieur a pris sa décision, dit Catherine.

— Et Monsieur a dit qu'il les voulait clairs comment ?

— Aussi clairs que vous pourrez, dit-elle.

— Ne parlez pas ainsi, dit Monsieur Jean. Vous devez me le dire.

— Aussi clairs que mes perles, dit Catherine. Vous les avez vues très souvent. »

David s'était approché et regardait Monsieur Jean qui brassait le contenu d'un grand verre rempli de shampooing au moyen d'une cuillère en bois. « Je fais préparer mes shampooings à base de savon de Castille, dit-il. C'est chaud. S'il vous plaît venez vous mettre ici près du bac. Penchez-vous en avant, dit-il à Catherine, et plaquez ce linge sur votre front.

— Mais ce n'est même pas une vraie coupe de garçon, dit Catherine. Je la voulais comme on avait décidé. Ce n'est pas du tout ça.

— C'est pourtant vraiment une coupe de garçon. Vous devez me croire. »

Maintenant il lui enduisait la tête avec l'épais shampooing mousseux à l'odeur âcre.

Quand ses cheveux eurent été shampouinés et rincés de multiples fois il sembla à David qu'ils n'avaient plus de couleur et l'eau qui ruisselait au travers n'était plus qu'une pâleur mouillée. Le coiffeur les recouvrit d'une serviette et frotta doucement. Il était très sûr de lui.

« Ne vous désespérez pas, Madame, dit-il. Pourquoi irais-je prendre le risque de nuire à votre beauté.

— Je *suis* désespérée et il n'y a aucune beauté. »

Il lui sécha doucement la tête, puis laissa la serviette sur sa tête et prit un séchoir à main et commença à lui en caresser les cheveux tout en les peignant en avant.

« Regardez maintenant », dit-il.

À mesure que l'air pénétrait ses cheveux, ils viraient d'un mat mouillé à une blondeur nordique chaude et argentée. À mesure que le souffle du séchoir circulait à travers, ils observaient la métamorphose.

« Vous n'auriez pas dû désespérer, dit Monsieur Jean, oubliant de dire *Madame* puis soudain se souvenant :

– Madame les voulait clairs ?

– C'est mieux que les perles, dit-elle. Vous êtes un grand homme et j'ai été affreuse. »

Il se frotta alors longuement les mains avec quelque chose qu'il prit dans un bocal.

« Je vais simplement les effleurer avec ceci », dit-il.

Il gratifia Catherine d'un sourire très heureux et lui passa doucement ses mains sur la tête.

Catherine se leva et se regarda très gravement dans la glace. Son visage n'avait jamais paru si noir et ses cheveux étaient pareils à l'écorce d'un jeune bouleau blanc.

« Ça me plaît tellement, dit-elle. Trop. »

Elle se regardait dans la glace comme si jamais encore elle n'avait vu la jeune femme qu'elle regardait.

« Et maintenant il faut nous occuper de Monsieur, dit le coiffeur. Monsieur veut-il la coupe ? C'est très classique mais aussi très sport.

— La coupe, dit David. Je ne crois pas m'être fait couper les cheveux depuis un mois.

— S'il vous plaît, faites-lui la même que la mienne, dit Catherine.

— Mais plus courte, dit David.

— Non. Je vous en prie, seulement la même. »

Quand la coupe fut terminée David se leva et passa sa main sur sa tête. C'était frais et confortable.

« Tu ne vas pas le laisser les éclaircir ?

— Non. Assez de miracles pour une journée.

— Rien qu'un peu.

— Non.

David regarda Catherine puis son propre visage dans la glace. Il avait le visage aussi foncé qu'elle et c'était sa coupe.

— Tu y tiens vraiment à ce point ?

— Oui, oui, David. Sincèrement. Rien que pour essayer un peu. Je t'en prie. »

Il se regarda une fois de plus dans la glace puis s'approcha et s'assit. Le coiffeur consulta Catherine du regard.

« Allez-y et faites-le », dit-elle.

CHAPITRE X

Assis à l'une de ses tables sur la terrasse de la longue maison devant une bouteille de vin, un verre et une tasse à café vide, le patron lisait l'*Éclaireur de Nice* lorsque la voiture bleue déboucha en trombe sur le gravier ; Catherine et David en sortirent et descendirent le chemin dallé qui menait à la terrasse. Il ne s'attendait pas à les voir rentrer si tôt et il somnolait à moitié mais il se leva et, comme ils arrivaient à sa hauteur, dit la première chose qui lui vint à l'esprit :

« *Madame et Monsieur ont fait décolorer les cheveux. C'est bien**.

– *Merci Monsieur. On le fait toujours dans le mois d'août**.

– *C'est bien. C'est très bien**.

– Voilà qui est gentil, dit Catherine à David. Nous sommes de bons clients. Tout ce que fait le bon client est *très bien**. Tu es *très bien**. Mon Dieu oui vraiment. »

Dans leur chambre une brise idéale pour faire de la voile montait de la mer et la pièce était froide.

« J'adore ce maillot bleu, dit David. Ne bouge pas que je te regarde ainsi.

— C'est la couleur de la voiture, dit-elle. Ce ne serait pas mieux sans jupe ?

— Tout est toujours mieux sans jupe sur toi, dit-il. Je sors dire deux mots à ce vieux bouc pour être encore un meilleur client. »

Il revint avec, dans une main, un seau rempli de glace et une bouteille de ce champagne que le propriétaire avait commandé exprès pour eux et qu'ils avaient bu si rarement et, dans l'autre, deux verres posés sur un petit plateau.

« Voilà qui devrait lui servir de leçon, dit-il.

— Ce n'était pas nécessaire, dit Catherine.

— On peut toujours essayer. Il ne faudra pas cinq minutes pour qu'il rafraîchisse.

— Ne me taquine pas. S'il te plaît, viens sur le lit et laisse moi te voir et te toucher. »

Déjà elle tiraillait son maillot pour l'en débarrasser et il se leva pour l'aider.

Quand elle fut endormie David se leva et se regarda dans le miroir de la salle de bains. Il prit une brosse et se brossa les cheveux. Coupés comme ils étaient, il n'y avait pas moyen de les coiffer autrement. Ils seraient en désordre et tout ébouriffés mais il fallait qu'ils retombent ainsi et ils étaient de la même couleur que ceux de Catherine. Il s'approcha de la porte et la regarda allongée sur le lit. Puis il revint dans la salle de bains et prit son grand miroir à main.

« C'est donc ainsi, se dit-il. Voilà ce que tu as fait de tes cheveux et tu les as fait couper comme ceux de ta femme et ça te fait quel effet ? Dis-le.

– Ça te plaît », dit-il.

Il regarda le miroir et ce fut quelqu'un d'autre qu'il vit mais cela lui parut moins bizarre maintenant.

« Très bien. Ça te plaît, dit-il. Maintenant tant pis, tu vas endurer le reste et surtout ne va jamais dire que quelqu'un a voulu te tenter ni te forcer la main. »

Il regarda le visage qui ne lui paraissait plus étrange du tout mais était maintenant son visage et dit, « Il te plaît. Ne l'oublie pas. Que ce soit clair. Tu sais exactement quelle tête tu as maintenant et ce que tu es. »

Bien entendu il ne savait pas exactement ce qu'il était. Mais encouragé par ce qu'il avait vu dans la glace, il fit un effort.

Ce soir-là ils dînèrent sur la terrasse devant la longue maison et très excités et très calmes et très heureux se regardèrent dans la lumière tamisée qui éclairait la table. Le dîner terminé Catherine dit au petit serveur qui venait de leur apporter le café, « Allez chercher le seau à champagne dans notre chambre et mettez une autre bouteille à rafraîchir je vous prie.

– Vraiment on en veut une autre ? demanda David.

– Je pense que oui. Pas toi ?

– Bien sûr que si.

– Tu n'es pas obligé.

— Tu ne veux pas une *fine** ?

— Non. Je préférerais le vin. Est-ce que tu dois travailler demain ?

— On verra.

— Je t'en prie travaille si tu en as envie.

— Et cette nuit ?

— Cette nuit on verra. La journée a été tellement pénible. »

Cette nuit-là il faisait très noir et le vent s'était levé et ils l'entendaient souffler dans les pins.

« David ?

— Oui.

— Comment te sens-tu, petite femme ?

— Je me sens très bien.

— Laisse-moi toucher tes cheveux, petite. Qui te les a coupés ? Est-ce que c'est Jean ? Ils sont coupés si drus et ils ont tellement de corps et ils sont comme les miens. Viens que je t'embrasse, petite. Oh, tu as des lèvres adorables. Ferme les yeux, petite. »

Il ne ferma pas les yeux mais il faisait sombre dans la chambre et dehors le vent se déchaînait dans les arbres.

« Tu sais ce n'est pas facile d'être une femme quand on en est réellement une. Quand on sent réellement les choses.

— Je sais.

— Personne ne le sait. Je te dis ça pour quand toi tu seras ma femme. Ce n'est pas que tu sois insatiable. Moi je suis si facile à rassasier. Simplement certains sentent et d'autres pas. Les gens mentent à ce sujet je crois. Mais simplement te sentir et te tenir, c'est si bon. Je suis si heureuse. Sois simplement ma femme et aime-moi de la même façon que je t'aime. Aime-moi encore plus. Comme tu le peux maintenant. Toi maintenant. Oui toi. Je t'en prie toi. »

Ils dévalaient la côte qui menait à Cannes et le vent était fort quand ils débouchèrent dans la plaine et longèrent les plages désertes, les hautes herbes folles ployant et se couchant comme ils franchissaient le pont qui enjambait la rivière et de nouveau accéléraient sur la dernière portion de grand-route avant d'entrer en ville. David trouva la bouteille, qui était fraîche et emmaillotée dans une serviette, et but une longue rasade et sentit la voiture laisser loin derrière le travail à mesure qu'elle filait et avalait la petite côte que faisait la route goudronnée. Il n'avait pas travaillé ce matin et maintenant quand elle leur eut fait traverser la ville et retrouver la campagne, il déboucha la bouteille et but de nouveau et la lui tendit.

« Pas maintenant, dit Catherine. Je me sens trop heureuse.

– Très bien. »

Ils laissèrent derrière eux Golfe-Juan et son café sympathique et le petit bar en terrasse puis se retrouvèrent au milieu des pinèdes et bientôt longèrent le sable jaune cru de la plage de Juan-les-Pins. Ils prirent la route rapide pour franchir la petite péninsule puis traversèrent Antibes en longeant la voie du chemin de fer et continuèrent jusqu'à la sortie de la ville et plus loin jusqu'au port et à la tour carrée du vieux fort et de nouveau émergèrent en rase campagne. « Ça ne dure jamais, dit-elle. J'avale toujours ce bout de route trop vite. »

Ils s'arrêtèrent et mangèrent leur déjeuner à l'abri d'un des vieux murs de pierre d'une bâtisse en ruine tout au bord d'un cours d'eau limpide qui descendait des montagnes et traversait la plaine en friche pour aller se jeter dans la mer. Le vent soufflait avec violence à travers une cheminée dans les montagnes. Ils avaient étalé une couverture sur le sol et blottis l'un près de l'autre contre le mur ils contemplaient pardelà la campagne en friche la mer lisse et récurée par le vent.

« Quelle idée de venir dans un coin pareil, dit Catherine. Je me demande bien à quoi je m'attendais. »

Ils se levèrent et regardèrent les collines aux villages comme en équilibre et en arrière-plan les montagnes gris et mauve. Le vent leur fouettait les cheveux et Catherine tendit le doigt en direction d'une route qu'elle avait un jour suivie en voiture pour traverser l'arrière-pays.

« Nous aurions pu aller quelque part là-haut, dit-elle. Mais c'est tellement fermé et pittoresque. Je déteste ces villages à flanc de montagne.

– Le coin est très bien, dit David. C'est un joli cours d'eau et, en fait de mur, on ne pouvait rêver mieux.

– Tu dis ça pour être gentil. Tu n'es pas obligé. »

Ils mangèrent des œufs mimosa, du poulet rôti, des cornichons, une baguette de pain frais qu'ils rompirent en morceaux et barbouillèrent de moutarde Savora et ils burent du rosé.

« Est-ce que tu te sens bien maintenant ? demanda Catherine.

— Tout à fait.

— Et tu ne t'es pas senti mal ?

— Non.

— Même pas à cause de ce que j'ai pu dire ? »

David but une gorgée de vin et dit, « Non. Je n'y ai pas pensé. »

Elle se leva et regarda droit dans le vent de sorte qu'il plaqua son pull contre ses seins et lui fouetta les cheveux, puis baissant son visage brun sombre elle le regarda et sourit. Bientôt elle se détourna et regarda au loin en direction de la mer qui était aplatie et ridée par le vent.

« Descendons à Cannes pour chercher les journaux et les lire au café, dit-elle.

— Tu as envie de te pavaner.

— Et pourquoi pas ? C'est la première fois que nous sortons ensemble. Ça te déplaît ?

— Non, Démon. Pourquoi cela me déplairait-il ?

— Je ne voulais pas si toi tu ne voulais pas.

— Tu disais que tu voulais.

— Je veux faire ce que tu veux. Je ne peux pas être plus accommodante, n'est-ce pas ?

— Personne ne te demande d'être accommodante.

— Si on laissait tomber ? Je ne demandais qu'à être gentille aujourd'hui. Pourquoi tout gâcher ?

— Alors ramassons tout ça et filons.

— Où ?

— N'importe où ? Au foutu café. »

À Cannes ils achetèrent les journaux et un nouveau *Vogue* en édition française, *Le Chasseur français* et *Le Miroir des sports* et s'installèrent à une table en terrasse à l'abri du vent et lurent et sirotèrent leurs verres et de nouveau furent amis. David but du Haig et Catherine prit un armagnac-Perrier.

Deux jeunes filles qui s'étaient arrêtées et s'étaient garées le long du trottoir entrèrent à leur tour dans le café et s'assirent et commandèrent un Chambéry-cassis et une *fine à l'eau*[*]. L'une des deux était une vraie beauté et ce fut elle qui prit le brandy-soda.

« Qui sont ces deux-là ? dit Catherine. Tu le sais ?

— Je ne les ai jamais vues.

— Moi si. Je suis sûre qu'elles habitent dans le coin. Je les ai déjà vues à Nice.

— Il y en a une qui est très belle, dit David. En plus elle a de jolies jambes.

— Elles sont sœurs, dit Catherine. À vrai dire toutes les deux sont jolies.

— Mais il y en a une qui est belle. Elles ne sont pas américaines. »

Les deux jeunes filles se disputaient et Catherine dit à David, « Elles s'engueulent pour de bon, à mon avis.

— Comment savais-tu qu'elles sont sœurs ?

— C'est l'impression que j'ai eue à Nice. Maintenant je n'en suis pas si sûre. La voiture est immatriculée en Suisse.

— C'est une vieille Isotta.

— Si on attendait pour voir ce qui se passe ? Il y a longtemps qu'on n'a pas été témoins d'une tragédie.

— À mon avis il s'agit simplement d'un bon gros mélo italien.

— Ça se calme, donc ça devient sérieux.

— Ça va finir par exploser. Une sacrée belle fille celle-ci en tout cas.

— Oui, c'est vrai. Tiens la voici qui s'approche. »

David se leva.

« Je m'excuse, dit la jeune fille en anglais. Je vous en prie pardonnez-moi. Je vous en prie restez assis, dit-elle à David.

— Voulez-vous vous asseoir ? demanda Catherine.

— Je ne devrais pas. Mon amie est furieuse contre moi. Mais je lui ai dit que vous comprendriez. Vous me pardonnerez ?

— Doit-on lui pardonner ? dit Catherine à David.

— On lui pardonne.

— Je savais que vous comprendriez, dit la jeune fille. C'est seulement pour que vous me disiez où vous vous êtes fait couper les cheveux. » Elle rougit. « Ou bien est-ce comme copier une robe ? Mon amie disait que c'est encore plus grossier.

— Je vais vous donner l'adresse, dit Catherine.

— J'ai affreusement honte, dit la jeune fille. Vous n'êtes pas fâchée ?

— Bien sûr que non, dit Catherine. Prendriez-vous un verre avec nous ?

— Je ne devrais pas. Est-ce que je peux demander à mon amie de venir ? »

Elle retourna quelques instants à sa table et il y eut un bref et violent échange de mots étouffés.

« Mon amie regrette beaucoup mais elle ne peut pas se joindre à nous, dit la jeune fille. Mais j'espère que nous nous reverrons. Vous avez été tellement aimables.

— Alors qu'en dis-tu ? fit Catherine lorsque la jeune fille eut rejoint son amie. C'est mieux que rien, non ?

— Elle reviendra pour te demander où tu t'es fait faire ton pantalon. »

À l'autre table la dispute se poursuivait toujours. Puis les deux femmes se levèrent et s'approchèrent.

« Puis-je vous présenter mon amie la –

– Je m'appelle Nina.

– Notre nom est Bourne, dit David. Que c'est gentil de votre part de vous joindre à nous.

– Vous avez été très aimables de nous laisser vous rejoindre dit la belle. C'était très effronté. » Elle rougit.

« C'est très flatteur, dit Catherine. Mais c'est un très bon coiffeur.

– C'est certain », dit la belle. Elle parlait comme si elle était toujours à bout de souffle et elle rougit de nouveau. « Nous vous avons vue à Nice, dit-elle à Catherine. J'ai eu envie de vous parler alors. De vous demander je veux dire. »

Impossible qu'elle rougisse encore, se dit David. Pourtant elle rougit.

« Qui va se faire couper les cheveux ? demanda Catherine.

– Moi, dit la belle.

– Moi aussi, idiote, dit Nina.

– Tu disais que non.

– J'ai changé d'avis.

– *Je vais vraiment le faire*, dit la belle. Maintenant nous devons partir. Vous venez souvent dans ce café ?

– Quelquefois, dit Catherine.

– Eh bien, j'espère que nous vous reverrons un de ces jours, dit la belle. Au revoir et merci d'avoir été si compréhensifs. »

Les deux jeunes filles regagnèrent leur table et Nina héla le garçon et elles réglèrent et disparurent.

« Elles ne sont pas italiennes, dit David. La belle est gentille mais à force de rougir elle finirait par vous rendre nerveux.

— Elle est amoureuse de toi.

— Bien sûr. C'est *moi* qu'elle a vue à Nice.

— Ma foi si c'est de moi qu'elle est amoureuse, je n'y peux rien. Ce ne serait pas la première et ça leur a toujours fait le plus grand bien.

— Que penses-tu de Nina ?

— Une garce, dit Catherine.

— Une vraie louve. Ça devrait être amusant, je suppose.

— Je n'ai pas trouvé ça amusant, dit Catherine. J'ai trouvé ça triste.

— Moi aussi.

— On trouvera un autre café, dit-elle. De toute manière, elles sont parties maintenant.

— Elles m'ont fait froid dans le dos.

— Je sais, dit-elle. À moi aussi. Mais il y en avait une qui était gentille. Elle avait des yeux superbes. Tu as remarqué.

— Elle n'arrêtait pas de rougir affreusement, n'empêche.

— Moi je l'ai trouvée charmante. Pas toi ?

— Ma foi si.

— Les gens qui ne peuvent pas rougir ne valent rien.

— Nina a rougi une seule fois, dit David.

— Je pourrais facilement être très grossière avec Nina.

— Ça ne lui ferait ni chaud ni froid.

— C’est vrai. Elle est coriace.

— Que dirais-tu d’un autre verre avant de rentrer ?

— Je n’en ai pas besoin. Mais toi prends-en un.

— Je n’en ai pas besoin.

— Prends-en un autre. D’habitude, le soir tu en prends deux. J’en prendrai un petit pour te tenir compagnie.

— Non. On rentre. »

Au cours de la nuit il se réveilla et entendit le vent qui soufflait fort et furieux et se retourna et remonta le drap pour se couvrir l’épaule et referma les yeux. Il la sentit respirer tout contre lui et de nouveau ferma les yeux. Il sentit qu’elle respirait doucement et régulièrement, et se rendormit.

CHAPITRE XI

C'était le deuxième jour de vent et il n'avait pas faibli. David laissa en plan le récit de leur voyage pour écrire une histoire qui lui était venue quatre ou cinq jours plus tôt et n'avait cessé de s'étoffer, sans doute, se dit-il, pendant son sommeil au cours des deux dernières nuits. Il le savait, cela ne lui réussissait pas d'interrompre un travail une fois qu'il l'avait commencé mais il se sentait confiant et certain de bien avancer et il pensait pouvoir laisser en plan le long récit pour écrire l'histoire que, croyait-il, il devait écrire maintenant, sous peine de la perdre.

L'histoire commença sans aucune difficulté comme toujours commence une histoire quand elle est mûre, et il en fut bientôt à plus de la moitié et sentit qu'il devrait s'arrêter et la laisser décanter jusqu'au lendemain. S'il ne pouvait s'empêcher d'y revenir après avoir fait une pause, il s'y remettrait et la finirait. Mais il espérait bien ne pas y revenir et s'y remettre l'esprit frais le lendemain. C'était une bonne histoire et il se rappelait maintenant que depuis très longtemps il se proposait de l'écrire. L'histoire ne s'était pas imposée à lui au cours des derniers jours.

Sa mémoire n'avait pas été fidèle sur ce point. C'était la nécessité de l'écrire qui s'était imposée à lui. Il savait maintenant comment se terminait l'histoire. Il avait toujours connu le vent et les ossements blanchis par le sable mais maintenant ils avaient disparu et il inventait tout. Et maintenant tout était vrai parce que tout lui arrivait à mesure qu'il écrivait et seuls les ossements étaient morts et éparpillés et très loin derrière. L'histoire commençait maintenant par le sortilège dans la shamba[1] et il fallait qu'il l'écrive et il avait déjà bien avancé.

Il se sentait fatigué et heureux de son travail lorsqu'il trouva le billet de Catherine disant qu'elle n'avait pas voulu le déranger, était sortie et serait de retour pour le déjeuner. Il quitta la pièce et commanda son petit déjeuner et, tandis qu'on le lui préparait, Monsieur Aurol, le propriétaire, entra et ils parlèrent du temps. Monsieur Aurol disait qu'il arrivait parfois que le vent vienne de ce côté. Ce n'était pas un vrai mistral, vu la saison c'était sûr, mais il soufflait en général pendant trois jours. Désormais le vent était fou. Monsieur l'avait sans aucun doute remarqué. Il suffisait de se tenir au courant pour se rendre compte que depuis la guerre, le temps était toujours détraqué.

David dit qu'il n'avait pu se tenir au courant parce qu'il avait beaucoup voyagé mais on ne pouvait nier que le temps fût bizarre. Pas seulement le temps, dit Monsieur Aurol, tout était changé et ce qui n'était pas changé était en passe de l'être. Peut-être en fin de compte serait-ce pour le mieux et lui, pour sa

1. *Shamba* : Afrique : plantation (swahili). *(N.d.T.)*

part, n'y voyait pas d'objection. Monsieur, en homme d'expérience, voyait sûrement les choses de la même façon.

Sans aucun doute, dit David, en quête d'une absurdité décisive et ultime, il était indispensable de faire la critique des *cadres*.

Précisément, dit Monsieur Aurol.

Ils en restèrent là et David finit son café-crème et lut *Le Miroir des sports* et commença à se languir de Catherine. Il monta dans la chambre et dénicha *Far Away and Long Ago* et sortit sur la terrasse et s'installa au soleil près de la table à l'abri du vent pour lire ce livre délicieux. Catherine l'avait commandé à Paris chez Galignani en édition Dent pour le lui offrir et le jour où les livres étaient arrivés, il s'était senti vraiment riche. Les chiffres sur les relevés de la banque, les comptes en dollars et en francs n'avaient cessé, depuis le Grau-du-Roi, de lui paraître complètement irréels et jamais il n'avait considéré qu'il s'agissait d'argent véritable. Mais les livres de W.H. Hudson lui avaient donné le sentiment d'être riche et quand il l'avait dit à Catherine, elle avait été ravie.

Au bout d'une heure de lecture il commença vraiment à se languir de Catherine et se mit en quête du jeune garçon qui servait à table et le pria de lui apporter un whisky-Perrier. Plus tard il en prit un second. L'heure du déjeuner était depuis longtemps passée quand il entendit le bruit de la voiture qui gravissait la côte.

Elles remontèrent l'allée et il entendit leurs voix. Elles étaient excitées et heureuses, et brusquement la jeune fille se tut, et Catherine dit, « Vois un peu qui je t'amène.

— Je vous en prie, je sais que je n'aurais pas dû venir », dit la jeune fille. C'était la belle brune, l'une des deux filles qu'ils avaient rencontrées hier au café ; celle qui rougissait.

« Vous allez bien ? » dit David. Manifestement elle était allée chez le coiffeur et ses cheveux avaient été coupés court dans le style de ceux de Catherine à Biarritz. « Je vois que vous avez trouvé. »

La jeune fille rougit et regarda Catherine pour se donner du courage.

« Regarde-la, dit Catherine. Va donc l'ébouriffer un peu.

— Oh Catherine », dit la jeune fille. Puis s'adressant à David, « Vous pouvez si vous voulez.

— N'ayez pas peur, dit-il. Dans quoi vous imaginez-vous donc vous être fourrée ?

— Je ne sais pas, dit-elle. Je suis si heureuse d'être ici c'est tout.

— Où donc étiez-vous passées toutes les deux ? demanda David à Catherine.

— Chez Jean, bien sûr. Après, on s'est simplement arrêtées un moment et on a pris un verre et j'ai proposé à Marita de venir déjeuner. Tu n'es pas heureux de nous voir ?

— Je suis ravi. Voulez-vous un autre verre ?

— Voudrais-tu nous préparer des martinis ? demanda Catherine. Un seul ne vous ferait pas de mal, dit-elle à la jeune fille.

— Non je vous en prie. Je dois conduire.

— Voulez-vous un sherry ?

— Non je vous en prie. »

David passa derrière le bar et trouva des verres et un peu de glace, et prépara deux martinis.

« Je vais goûter le vôtre si vous permettez, lui dit la jeune fille.

— Vous n'avez plus peur de lui maintenant n'est-ce pas ? lui demanda Catherine.

— Pas du tout » dit la jeune fille. Elle rougit de nouveau. « Le goût me plaît beaucoup mais c'est affreusement fort.

— Ils sont forts, dit David. Mais le vent est très fort aujourd'hui et nous buvons selon le vent.

— Oh, fit la jeune fille. Est-ce que tous les Américains font pareil ?

— Seulement dans les vieilles familles, dit Catherine. Nous, les Morgan, les Woolworth, les Jelkse, les Juke. Vous savez bien.

— C'est dur pendant les blizzards et les mois d'ouragans, dit David. Je me demande parfois si nous tiendrons le coup jusqu'à la fin de l'équinoxe d'automne.

— Un jour que je n'aurai pas à conduire, j'aimerais bien en prendre un, dit la jeune fille.

— Rien ne vous oblige à boire sous prétexte que nous buvons, dit Catherine. Et ne vous formalisez pas si nous disons tout le temps des blagues. Regarde-la David. Tu n'es pas heureux que je l'aie amenée ?

— J'adore que vous disiez des blagues, dit la jeune fille. Vous devez me pardonner de me sentir si heureuse d'être ici.

— C'était très gentil à vous de venir », dit David.

Quand ils furent installés dans la salle à manger pour déjeuner à l'abri du vent, David demanda, « Que devient votre amie Nina ?

— Elle est partie.

— Elle était belle, dit David.

— Oui. On s'est chamaillées et elle est partie.

— C'était une garce, dit Catherine. Mais après tout, je crois que presque toutes les femmes sont des garces.

— Dans l'ensemble oui, dit la jeune fille. J'espère toujours que non, mais c'est vrai.

— Je connais beaucoup de femmes qui ne sont pas des garces, dit David.

— Ça ne m'étonne pas de toi.

— Nina était-elle heureuse ? demanda Catherine.

— J'espère qu'elle sera heureuse, dit la jeune fille. Chez les gens intelligents, le bonheur est la chose la plus rare qui soit.

— Vous n'avez pas eu tellement de temps pour vous en rendre compte.

— Quand on fait des erreurs, on se rend compte plus vite, dit la jeune fille.

— Toute la matinée vous avez été heureuse, dit Catherine. Tout a été merveilleux.

— Inutile de me le dire, dit la jeune fille. Et maintenant je suis plus heureuse que je crois l'avoir jamais été. »

Plus tard, une fois la salade servie, David demanda à la jeune fille, « Vous êtes installée loin d'ici sur la côte ?

— Je ne crois pas que je suis installée.

— Vraiment ? C'est bien dommage », dit-il et sentit la tension envahir la table et se raidir comme une aussière. Il regarda un instant la jeune fille qui gardait les cils baissés de sorte qu'ils lui frôlaient les joues, puis Catherine qui le regarda bien en face et dit, « Elle allait rentrer à Paris alors je lui ai dit pourquoi ne pas vous installer ici si Aurol a une chambre ? Montez donc déjeuner pour voir si vous plaisez à David et si l'endroit vous plaît. David, est-ce qu'elle te plaît ?

— Ce n'est pas un club ici, dit David. C'est un hôtel. » Catherine détourna les yeux et il s'empressa de venir à son aide, poursuivant comme si rien n'avait été dit. « Vous nous plaisez beaucoup et je suis sûr qu'Aurol aura une chambre. Il devrait être ravi d'avoir quelqu'un d'autre. »

Toujours assise à la table la jeune fille gardait les yeux baissés. « Je crois que ce ne serait pas raisonnable.

— Je vous en prie, restez quelques jours, dit Catherine. David et moi serions tous deux ravis de vous avoir. Quand il travaille je n'ai personne pour me tenir compagnie. Nous pourrions avoir de bons moments comme nous l'avons fait ce matin. Dis-le-lui, David. »

Qu'elle aille au diable, songea David. Qu'elle aille se faire foutre.

« Ne soyez pas sotte, dit-il. Appelez Monsieur Aurol s'il vous plaît, dit-il au jeune garçon qui faisait le service. Nous allons nous renseigner pour la chambre.

— Vraiment, ça ne vous ennuie pas ? demanda la jeune fille.

— On ne vous l'aurait pas demandé sinon, dit David. Vous nous plaisez et vous êtes très décorative.

— Je me rendrai utile si je peux, dit la jeune fille. J'espère trouver le moyen de l'être.

— Soyez heureuse comme tout à l'heure à votre arrivée, lui dit David. Ça, c'est utile.

— Je le suis en ce moment, dit la jeune fille. Je regrette de ne pas avoir pris le martini maintenant que je ne suis pas obligée de conduire.

— Vous pourrez en prendre un ce soir, dit Catherine.

— Ce sera formidable. Pouvons-nous aller voir les chambres maintenant et régler tout ? »

David l'avait emmenée en voiture à Cannes pour récupérer le vieux gros cabriolet Isotta et ses bagages à l'endroit où la voiture était restée garée devant le café.

En route elle dit, « Votre femme est merveilleuse et je suis amoureuse d'elle. »

Elle était assise à côté de lui et David ne tourna pas la tête pour voir si elle rougissait.

« Moi aussi je suis amoureux d'elle, dit-il.

— De vous aussi je suis amoureuse, dit-elle. Est-ce que c'est grave ? Est-ce que je peux ? »

Il laissa retomber son bras et referma la main sur son épaule et elle se pencha tout contre lui.

« Il faudra qu'on voie ça, dit-il.

— Je suis contente d'être plus petite.

— Plus petite que qui ?

— Catherine, dit-elle.

— C'est dingue de dire un truc pareil, dit-il.

— Eh bien je pensais que quelqu'un de ma taille vous plairait peut-être. Ou vous intéressez-vous uniquement aux femmes grandes ?

— Catherine n'est pas une femme grande.

— Bien sûr que non. Je voulais seulement dire que je n'étais pas aussi grande.

— Oui, et vous aussi vous êtes très noire.

— Oui. On aura l'air très beaux ensemble.

— Qui ?

— Catherine et moi et vous.

— Il le faudra bien.

— Ce qui veut dire quoi ?

— Eh bien nous ne pouvons pas éviter d'avoir l'air beaux ensemble pas vrai, puisque nous sommes beaux et ensemble ?

— Nous sommes ensemble maintenant.

— Non. » Il conduisait avec une seule main sur le volant, le dos plaqué contre le siège et les yeux fixés sur le croisement de la N 7 un peu en avant. Elle avait posé la main sur lui. « On roule dans la même voiture, c'est tout, dit-il.

— Mais je sens que je vous plais.

— Oui. Pour ça on peut compter sur moi, mais ça ne signifie rien.

— Ça signifie sûrement quelque chose.

— Ce que cela dit, rien d'autre.

— Voilà qui est très gentil », dit-elle et n'ajouta rien ni ne retira sa main avant qu'ils aient tourné sur le boulevard et se soient rangés derrière la vieille Isotta Fraschini garée en face du café sous les vieux arbres. Elle lui avait alors souri et était descendue de la petite voiture bleue.

Maintenant, à l'hôtel au milieu des pins que continuait à brasser le vent, David et Catherine étaient seuls dans leur chambre après qu'enfin elle fut revenue d'installer la jeune fille dans les deux chambres qu'elle avait prises.

« Je crois qu'elle se sentira bien, dit Catherine. Mais bien sûr à part la nôtre, la meilleure chambre est celle où tu travailles au bout du couloir.

— Et que je vais garder, dit David. J'avance sacrément bien et je refuse d'aller m'installer ailleurs pour faire plaisir à une garce d'importation.

— Pourquoi es-tu si violent ? dit Catherine. Personne ne t'a demandé de la céder. J'ai seulement dit que c'était la meilleure chambre, c'est tout. Mais les deux chambres d'à côté font très bien l'affaire.

— D'ailleurs c'est qui cette fille ?

— Ne sois pas si violent. C'est une fille gentille et elle me plaît. Je sais, c'était impardonnable de l'amener sans t'en avoir parlé et je m'excuse. Mais ce qui est fait est fait. J'ai pensé que ça te ferait plaisir d'avoir quelqu'un d'agréable et d'attirant avec qui je pourrais être amie et me balader quand tu travaillerais.

— Si tu as besoin de quelqu'un, ça me plaît.

— Je n'avais pas *besoin* de quelqu'un. Simplement j'ai rencontré par hasard quelqu'un qui m'a plu et je me suis dit qu'elle te plairait et que ce serait agréable pour elle de passer quelque temps ici.

— Mais qui est-elle ?

— Je n'ai pas épluché ses papiers. Interroge-la si tu y tiens.

— Ma foi, au moins, elle est décorative. Mais elle est à qui, cette fille ?

— Ne sois pas vulgaire. Elle n'est à personne.

— Dis-moi franchement.

— D'accord. Elle est amoureuse de nous deux, ou alors je suis folle.

— Tu n'es pas folle.

— Pas encore peut-être.

— Alors, quelle est la marche à suivre maintenant ?

— Je n'en ai aucune idée, dit Catherine.

— Je n'en ai aucune idée non plus.

— Disons que c'est bizarre et marrant.

— Je n'en ai aucune idée, dit David. As-tu envie qu'on aille nager ? On n'y est pas allés hier.

— Allons nager. Est-ce que tu crois qu'on devrait l'inviter ? Ce serait la moindre des politesses.

— On serait obligés de mettre des maillots.

— Aucune importance avec ce vent. Ce n'est pas une journée à rester sur le sable pour bronzer.

— J'ai horreur de me mettre en maillot quand je suis avec toi.

— Moi aussi. Mais demain le vent se sera peut-être calmé. »

Puis sur la route de l'Estérel, David au volant de la grosse vieille Isotta testant et critiquant les freins trop brutaux et constatant à quel point le moteur avait besoin d'être révisé, et tous les trois assis côte à côte, Catherine dit, « Il y a deux ou trois petites criques où on va nager sans maillot quand on est seuls. C'est la seule façon de devenir vraiment noirs.

— Ce n'est pas une bonne journée pour bronzer, dit David. Trop de vent.

— N'empêche qu'on peut nager sans maillot si ça vous tente, dit Catherine à la jeune fille. Si David n'y voit pas d'inconvénient. Ça pourrait être amusant.

— Je serais ravie, dit la jeune fille. Ça vous ennuie ? » demanda-t-elle à David.

Le soir David prépara des martinis et la jeune fille dit, « Est-ce que tout est toujours aussi merveilleux qu'aujourd'hui ?

— On a eu une journée agréable », dit David. Catherine n'était pas encore sortie de leur chambre et la jeune fille et lui étaient assis au petit bar que Monsieur Aurol avait fait aménager l'hiver précédent dans l'angle de la grande salle provençale.

« Quand je bois j'ai envie de dire des choses que je ne devrais jamais dire, dit la jeune fille.

— Alors ne les dites pas.

— Alors à quoi bon boire ?

— Ce n'est pas à cause des martinis. Vous n'en avez pris qu'un seul.

— Est-ce que vous étiez gêné quand on nageait ?

— Non. J'aurais dû l'être ?

— Non, dit-elle. J'ai été ravie de vous voir ainsi.

— Tant mieux, dit-il. Comment est le martini ?

— Très fort mais ça me plaît. Est-ce que Catherine et vous avez déjà nagé ainsi avec d'autres ?

— Non. Pourquoi le ferait-on ?

— Je vais devenir vraiment très bronzée.

— Je n'en doute pas.

— Préféreriez-vous que je ne sois pas aussi bronzée.

— Vous avez une jolie couleur. Arrangez-vous pour l'avoir partout si ça vous plaît.

— Je me disais que cela vous plairait peut-être qu'une de vos deux femmes soit plus claire que l'autre.

— Vous n'êtes pas ma femme.

— Si, dit-elle. Je vous l'ai déjà dit.

— Vous ne rougissez plus.

— Ça m'est passé quand on s'est baignés. J'espère que ça ne m'arrivera plus d'ici longtemps. C'est pourquoi j'ai tout dit — pour que ça me passe. Voilà pourquoi je vous l'ai dit.

— Il vous va bien, ce pull de cachemire, dit David.

— Catherine dit que nous devrions en porter toutes les deux. Vous ne m'en voulez pas de ce que je vous ai dit ?

— J'oublie ce que vous m'avez dit.

— Que je vous aime.

— Ne dites pas de sottises.

— Vous ne croyez donc pas que cela puisse arriver comme ça ? Comme ça m'est arrivé à moi pour vous deux.

— On ne tombe pas amoureux de deux personnes à la fois.

— Vous n'en savez rien, dit-elle.

— Tout ça ce sont des foutaises, dit-il. Des choses que l'on dit, c'est tout.

— Pas du tout. C'est vrai.

— Vous vous faites des idées, c'est tout. C'est une absurdité.

— D'accord, dit-elle. C'est une absurdité. Mais je suis ici.

— Oui. Vous êtes ici », dit-il. Il suivait des yeux Catherine qui traversait la pièce, souriante et heureuse.

« Salut les nageurs, dit-elle. Oh dommage. J'arrive trop tard pour voir Marita boire son premier martini.

— C'est toujours le premier, dit la jeune fille.

— Quel effet est-ce que ça lui fait, David ?

— Elle s'est mise à déconner.

— On va commencer par remettre ça. Quelle bonne idée de ressusciter le bar. Il est tellement rudimentaire, ce bar. On va lui trouver un miroir. Sans miroir, un bar n'est pas un bar.

— On peut en acheter un demain, dit la jeune fille. Ça me ferait plaisir de l'acheter.

— Ne jouez pas les riches, dit Catherine. On l'achètera toutes les deux et comme ça on pourra se regarder l'une l'autre quand on dira des conneries et on saura à quel point c'est con. Impossible de tromper un miroir de bar.

— C'est quand je commence à me trouver énigmatique dans un miroir que je sais que j'ai perdu, dit David.

— Tu ne perds jamais. Comment peux-tu perdre avec deux femmes ? fit Catherine.

— J'ai essayé de le lui dire, dit la jeune fille et pour la première fois de la soirée elle rougit.

— Elle est ta femme et je suis ta femme, dit Catherine. Et maintenant cesse d'être guindé et sois gentil avec tes femmes. Elles ne te plaisent pas comme elles sont ? Je suis la très blonde que tu as épousée.

— Tu es plus noire et plus blonde que celle que j'ai épousée.

— Toi aussi et je t'ai amené une fille très noire en guise de présent. Tu n'aimes pas ton présent ?

— Il me plaît beaucoup, mon présent.

— Et est-ce que ton avenir te plaît ?

— Je ne sais rien de mon avenir.

— Ce n'est pas un avenir noir, n'est-ce pas ? demanda la jeune fille.

— Très bien, dit Catherine. Non seulement elle est belle et riche et saine et affectueuse. Elle est capable de faire des plaisanteries. N'es-tu pas heureux de ce que je t'ai amené.

— Je préférerais être un noir présent qu'un noir avenir, dit la jeune fille.

— Elle remet ça, dit Catherine. Donne-lui un baiser David et fais-lui un beau présent. »

David passa son bras sur les épaules de la jeune fille et l'embrassa, et elle se mit à l'embrasser et détourna la tête. Et maintenant elle pleurait tête baissée et les deux mains crispées sur le bar.

« Fais une bonne plaisanterie maintenant, dit David à Catherine.

— Ça va très bien, dit la jeune fille. Ne me regardez pas. Ça va très bien. »

Catherine lui passa le bras sur les épaules et l'embrassa et lui caressa la tête.

« Ça ira très bien, dit la jeune fille. Je vous en prie, je le sais, tout ira très bien.

— Je suis désolée, dit Catherine.

— Je vous en prie, laissez-moi partir, dit la jeune fille. Il faut que je parte.

— Alors, fit David quand la jeune fille fut partie et que Catherine l'eut rejoint au bar.

— Pas la peine de le dire, dit Catherine. Je suis désolée David.

— Elle reviendra.

— Tu ne crois pas que tout ça c'est de la comédie ?

— Les larmes étaient vraies, si c'est ce que tu veux dire.

— Ne sois pas idiot. Tu n'es pas idiot.

— Je l'ai embrassée très prudemment.

— Oui. Sur la bouche.

— Tu croyais que j'allais l'embrasser où ?

— Tu as bien fait. Je ne t'ai pas critiqué.

— Je suis content que tu ne m'aies pas demandé de l'embrasser quand on était sur la plage.

— J'y ai pensé », dit Catherine. Elle se mit à rire et ce fut comme autrefois quand personne encore ne s'était mêlé à leur vie. « Tu as cru que j'allais le faire.

— Je l'ai cru et c'est pourquoi je me suis jeté à l'eau.

— Tu as drôlement bien fait. »

Ils se mirent à rire de plus belle.

« Ma foi, on est de meilleure humeur, dit Catherine.

— Dieu merci, dit David. Je t'adore, Démon, et c'est vrai je ne l'ai pas embrassée pour faire toutes ces histoires.

— Inutile de me le dire, dit Catherine. Je t'ai vu. C'était un effort pathétique.

— Je voudrais qu'elle s'en aille.

— Ne sois pas sans cœur, dit Catherine. Après tout je l'ai encouragée.

— J'ai essayé de ne pas le faire.

— Je l'ai provoquée à ton sujet. Je vais aller voir où elle est passée.

— Non. Attends encore un peu. Elle est trop sûre d'elle-même.

— Comment oses-tu dire une chose pareille, David. Tu viens tout juste de la faire craquer.

— Moi, sûrement pas.

— Eh bien autre chose alors. Je vais aller la chercher. »

Mais ce ne fut pas nécessaire car la jeune fille revint les rejoindre au bar et rougit et dit, « Je m'excuse. » Elle s'était passé de l'eau sur le visage et s'était brossé les cheveux et s'approcha de David et très rapidement l'embrassa sur les lèvres et dit, « Mon présent me plaît beaucoup. Quelqu'un aurait-il pris mon verre ?

— Je l'ai jeté, dit Catherine. David en préparera un autre.

— J'espère que cela vous plaît toujours d'avoir deux femmes, dit-elle. Parce que je suis la vôtre et je vais être aussi celle de Catherine.

— Moi, je ne m'intéresse pas aux femmes, dit Catherine, cela très calmement et d'une voix qui ni à ses propres oreilles ni à celles de David ne sonnait juste.

— Vraiment jamais ?

— Jamais encore.

— Moi, je peux être votre femme, si jamais vous en voulez une, et celle de David aussi.

— Vous ne trouvez pas que c'est une entreprise plutôt ambitieuse ? demanda Catherine.

— C'est pour ça que je suis venue ici, dit la jeune fille. J'ai pensé que c'était ça que vous désiriez.

— Je n'ai jamais eu une femme, dit Catherine.

— Quelle idiote je fais, dit la jeune fille. Je ne savais pas. Est-ce vrai ? Vous ne vous moquez pas de moi ?

— Je ne me moque pas de vous.

— Je me demande comment j'ai pu être aussi idiote », dit la jeune fille. Disons plutôt *abusée*, se dit David, et Catherine se le dit aussi.

Cette nuit-là dans le lit Catherine dit, « Je n'aurais jamais dû t'entraîner dans cette histoire. Vraiment pas du tout.

— Je voudrais qu'on ne l'ait jamais rencontrée.

— Il aurait pu nous arriver pire. Peut-être le mieux est-il encore d'aller jusqu'au bout pour s'en débarrasser.

— Tu pourrais la renvoyer.

— Je ne pense pas que ce soit la meilleure façon de régler ça, maintenant. Elle ne te fait donc aucun effet ?

— Oh si bien sûr.

— Je le savais. Mais je t'adore et tout ça n'est rien. Tu le sais toi aussi.

— Je n'en sais rien du tout, Démon.

— Eh bien surtout on ne sera pas sérieux. Je le sais, déjà, si tu es sérieux, c'est la mort. »

CHAPITRE XII

C'était le troisième jour de vent mais moins violent maintenant, et il s'assit à la table et relut toute l'histoire depuis le début jusqu'à l'endroit où il s'était arrêté, corrigeant au fil de sa lecture. Il se laissait prendre par l'histoire, vivant en elle et nulle part ailleurs, et quand il entendit dehors les voix des deux femmes, il n'y prêta pas attention. Lorsqu'elles passèrent devant la fenêtre il leva la main et leur fit bonjour. Elles aussi lui firent bonjour et la jeune fille brune sourit et Catherine porta ses doigts à ses lèvres. La jeune fille était très jolie dans la lumière du matin, le visage radieux et le teint animé. Comme toujours Catherine était belle. Il entendit la voiture démarrer et remarqua que c'était la Bugatti. Il se replongea dans l'histoire. C'était une bonne histoire et il la termina peu avant midi.

Il était trop tard pour prendre un petit déjeuner et il se sentait las d'avoir travaillé et n'avait pas envie de descendre en ville avec la vieille Isotta aux freins fatigués et à l'énorme moteur mal réglé, bien que Catherine eût laissé la clef avec un billet disant qu'elles étaient allées à Nice et s'arrêteraient au retour pour voir s'il était au café.

Ce que j'aimerais, se dit-il, c'est un grand litre de bière bien fraîche dans un gros verre épais avec une *pomme à l'huile** saupoudrée de gros poivre moulu. Mais la bière ne valait rien sur cette côte et il repensa tout heureux à Paris et aux autres lieux où il avait vécu et se sentit ravi d'avoir écrit quelque chose qui, il le savait, était bon et d'avoir terminé. C'était le premier texte qu'il parvenait à terminer depuis leur mariage. Terminer, voilà ce que tu dois faire, se dit-il. Si tu ne termines pas, ça ne vaut rien, bordel. Demain je reprendrai le récit au point où je l'ai laissé et je continuerai jusqu'à ce que j'aie terminé. Et comment est-ce que tu vas le terminer ? Comment est-ce que maintenant tu vas terminer ?

Dès qu'il se remit à penser au-delà de son travail, tout ce qu'il avait exclu grâce au travail lui revint. Il repensa à la nuit précédente, et à Catherine et la jeune fille ensemble aujourd'hui sur la route que Catherine et lui avaient suivie deux jours plus tôt, et il en eut la nausée. Elles devraient être sur le chemin du retour maintenant. C'est l'après-midi. Peut-être sont-elles au café. Ne sois pas trop sérieux, avait-elle dit. Mais elle voulait aussi dire autre chose. Peut-être sait-elle ce qu'elle est en train de faire. Peut-être sait-elle comment cela risque de tourner. Peut-être, oui, le sait-elle. Toi non.

Ainsi tu as travaillé et maintenant tu te ronges. Tu ferais mieux de te mettre à écrire une autre histoire. La plus difficile à écrire de toutes celles que tu as en tête. Vas-y et fais-le. Il faut que tu te ménages si tu veux pouvoir l'aider. En quoi est-ce que tu l'as aidée ?

Tu l'as beaucoup aidée, dit-il. Non, pas beaucoup, beaucoup signifie assez. Vas-y et dès demain commence la nouvelle histoire. Au diable demain. Quelle mentalité. *Demain*. Rentre et commence tout de suite.

Il glissa le billet et la clef dans sa poche et regagna sa pièce et s'assit et rédigea le premier paragraphe de la nouvelle histoire qu'il avait toujours remise à plus tard d'écrire depuis qu'il savait ce qu'était une histoire. Il l'écrivait par simples phrases déclaratives, se réservant de vivre et de rendre vivants les problèmes à venir. Le tout début était écrit et il lui suffisait de continuer. C'est tout, se dit-il. Tu vois comme est simple ce que tu ne peux pas faire. Puis il sortit sur la terrasse et s'assit et commanda un whisky Perrier.

Le neveu du propriétaire apporta les bouteilles et la glace et un verre pris au bar et dit, « Monsieur n'a pas pris de petit déjeuner.

— J'ai travaillé trop longtemps.

— *C'est dommage**, dit le garçon. Je peux vous apporter quelque chose ? Un sandwich ?

— Vous trouverez une boîte de maquereaux au vin blanc Capitaine Cook dans notre penderie. Ouvrez-la et servez m'en deux sur une assiette.

— Ils ne seront pas assez froids.

— Aucune importance. Apportez-les. »

Il resta là et mangea le maquereau au vin blanc et but le whisky coupé d'eau minérale. Ils n'étaient pas assez froids et de fait, c'était dommage. Il lut le journal du matin tout en mangeant.

Nous avions toujours du poisson frais au Grau-du-Roi, se dit-il, mais c'était il y a si longtemps. Il se mit à repenser au Grau-du-Roi et soudain il entendit la voiture qui gravissait la côte.

« Emportez-moi ça », dit-il au petit serveur et il se leva et entra dans le bar et se servit un whisky, y ajouta de la glace et remplit le verre avec du Perrier. Il gardait dans la bouche le goût piquant du poisson au vin blanc et il empoigna la bouteille d'eau minérale et but à même le goulot.

Il entendit leurs voix et soudain elles franchirent le seuil, aussi heureuses et gaies que la veille. Il vit Catherine, sa tête lumineuse comme un bouleau et son visage très noir rayonnant d'amour et d'excitation et l'autre, la jeune fille très brune, les cheveux encore pleins de vent, les yeux très brillants puis soudain de nouveau timide à mesure qu'elle approchait.

« On ne s'est pas arrêtées quand on a vu que tu n'étais pas au café, dit Catherine.

– J'ai travaillé tard. Comment te sens-tu, Démon ?

– Je me sens très bien. Ne me demande pas comment elle se sent, elle.

– Est-ce que vous avez bien travaillé, David ? demanda la jeune fille.

– Voilà une gentille épouse, dit Catherine. J'ai oublié de demander.

– Qu'avez-vous fait à Nice ?

– Est-ce qu'on peut avoir un verre et raconter ensuite ? »

Elles l'encadraient toutes proches et il les sentait toutes les deux.

« Avez-vous bien travaillé, David ? demanda-t-elle de nouveau.

– Bien sûr que oui, dit Catherine. Jamais il ne travaille autrement, idiote.

– Est-ce que c'est vrai, David ?

– Oui, dit-il et il lui ébouriffa les cheveux. Merci.

— Alors, on n'a pas droit à un verre, nous ? demanda Catherine. On n'a pas travaillé du tout. On a seulement acheté des choses et commandé des choses et fait du scandale.

— On n'a pas vraiment fait de scandale.

— Je ne sais pas, dit Catherine. D'ailleurs je m'en moque.

— C'était quoi, ce scandale ? demanda David.

— Ce n'était rien, dit la jeune fille.

— Ça ne m'a pas gênée, dit Catherine. Ça m'a plu.

— À Nice quelqu'un a fait une remarque à propos de son pantalon.

— Ce n'est pas un scandale ça, dit David. Nice est une grande ville. Vous devriez vous y attendre en allant là-bas.

— Ai-je l'air différente ? demanda Catherine. Dommage qu'on n'ait pas livré le miroir. Est-ce que tu trouves que j'ai l'air différente, toi ?

— Non. » David la regardait. Elle avait l'air très blonde et ébouriffée et plus noire que jamais et très excitée et provocante.

« Tant mieux, dit-elle. Parce que j'ai essayé.

— Tu n'as rien fait du tout, dit la jeune fille.

— Mais si et ça m'a plu et je veux un autre verre.

— Elle n'a rien fait du tout, David, dit la jeune fille.

— Ce matin j'ai arrêté la voiture sur la longue ligne droite et je l'ai embrassée et elle m'a embrassée et aussi en revenant de Nice et encore tout à l'heure quand nous sommes descendues de voiture. » Catherine posa sur lui un regard aimant mais rebelle, puis dit : « C'était amusant et j'ai bien aimé. Embrasse-la toi aussi. Le gosse n'est pas là. »

David se tourna vers la jeune fille et brusquement elle se cramponna à lui et ils s'embrassèrent. Il n'avait pas eu l'intention de l'embrasser et, quand il le fit il ne s'attendait pas à ce que ce fût ainsi.

« Ça suffit, dit Catherine.

— Comment ça va ? » dit David à la jeune fille. Elle était de nouveau timide et heureuse.

« Je me sens heureuse comme vous m'avez dit de l'être, lui dit la jeune fille.

— Maintenant tout le monde est heureux, dit Catherine. Nous avons partagé tout le remords. »

Ils firent un très bon déjeuner et burent du tavel bien frais tout au long du repas, les hors-d'œuvre, le poulet et la ratatouille, la salade et les fruits et le fromage. Ils avaient tous très faim et plaisantèrent beaucoup et personne ne fut sérieux.

« Il y a une merveilleuse surprise pour dîner ou même avant, dit Catherine. Elle dépense l'argent comme un Indien ivre les revenus de son puits de pétrole, David.

— Est-ce qu'ils sont gentils ? demanda la jeune fille. Ou bien est-ce qu'ils ressemblent aux maharajas ?

— David t'en parlera. Il vient de l'Oklahoma.

— Je croyais qu'il venait d'Afrique de l'Est.

— Non. Certains de ses ancêtres ont fui l'Oklahoma et l'ont emmené en Afrique de l'Est quand il était tout petit.

— Ce devait être passionnant.

— Il a écrit un roman au sujet de sa vie en Afrique de l'Est au temps où il était gosse.

— Je sais.

— Vous l'avez lu ? lui demanda David.

— Mais oui, dit-elle. Est-ce que vous voulez me poser des questions dessus ?

— Non, dit-il. Je le connais bien.

— Et j'en ai pleuré, dit la jeune fille. Dedans, c'était votre père ?

— D'une certaine manière.

— Je suis sûre que vous l'aimiez beaucoup.

— Oui.

— Tu ne m'en as jamais parlé, dit Catherine.

— Tu ne me l'as jamais demandé.

— J'aurais dû ?

— Non, dit-il.

— J'ai adoré le livre, dit la jeune fille.

— N'en rajoute pas, dit Catherine.

— Mais pas du tout.

— Quand tu l'as embrassé —

— Tu m'as demandé de le faire.

— Ce que je voulais savoir quand tu m'as coupé, dit Catherine, c'est si tu pensais à lui comme à un écrivain quand tu l'as embrassé et trouvais ça si bon ? »

David se versa un verre de tavel et en but quelques gorgées.

« Je ne sais pas, dit la jeune fille. Je ne pensais pas.

— Tant mieux, dit Catherine. J'avais peur que ce soit comme pour les coupures de presse. »

La jeune fille avait l'air parfaitement perplexe et Catherine expliqua, « La critique sur le deuxième livre. Il en a écrit deux tu sais.

— Je n'ai lu que *The Rift*.

— Le deuxième, c'est une histoire de pilotes et d'avions. Pendant la guerre. Le seul bon truc jamais écrit sur les pilotes et les avions.

— Foutaises, dit David.

— Attends de l'avoir lu, dit Catherine. Ce livre, il fallait être en train de mourir pour l'écrire et il fallait être complètement détruit. Ne crois surtout pas que je ne sais rien de ses livres simplement parce que je ne me dis pas qu'il est écrivain quand je l'embrasse.

— Je pense qu'on devrait faire la sieste, dit David. Tu devrais aller faire un somme, Démon. Tu es fatiguée.

— J'ai trop parlé, dit Catherine. C'était un bon déjeuner et si j'ai trop parlé et me suis vantée, je le regrette.

— Je t'ai adorée quand tu parlais des livres, dit la jeune fille. Tu étais admirable.

— Je ne me sens pas admirable. Je suis fatiguée, dit Catherine. As-tu beaucoup de choses à lire, Marita ?

— J'ai encore deux livres, dit la jeune fille. Plus tard si tu veux bien, je t'en emprunterai quelques-uns.

— Puis-je passer te voir plus tard ?

— Si tu veux », dit la jeune fille.

David ne regarda pas la jeune fille et elle ne le regarda pas.

« Je ne te dérangerai pas ? dit Catherine.

— Rien de ce que je fais n'est important », dit la jeune fille.

Catherine et David étaient allongés côte à côte sur le lit de leur chambre tandis que dehors c'était le dernier jour du vent, et ce n'était plus comme la sieste d'autrefois.

« Je peux raconter maintenant ?

— J'aimerais mieux qu'on laisse tomber.

— Non, laisse-moi raconter. Ce matin quand j'ai pris la voiture j'avais très peur et j'ai essayé de très bien conduire et je me sentais toute creuse en dedans. Puis devant j'ai commencé à voir Cannes tout là-haut sur la colline et devant le long de la mer la route était vide jusqu'au bout et j'ai regardé derrière et elle était vide et j'ai quitté la route pour m'arrêter dans les broussailles. Là où on dirait de la sauge. Je l'ai embrassée et elle m'a embrassée et on est restées là dans la voiture et je me sentais très bizarre et puis on est entrées dans Nice et je ne sais pas si les gens s'en rendaient compte ou non. Mais sur le moment ça m'était égal et on est allées partout et on a tout acheté. Elle adore acheter. Quelqu'un a dit quelque chose de grossier mais à dire vrai ce n'était rien. Et puis sur le chemin du retour on s'est arrêtées et elle a dit que ce serait mieux si j'étais sa femme et j'ai dit que de toute façon je m'en fichais, et vraiment j'étais contente parce qu'après tout maintenant je suis femme et je ne savais pas quoi faire. Jamais je n'ai senti à ce point que jamais je n'ai rien su. En tout cas elle est gentille et je crois qu'elle voulait m'aider. J'ai dit que je ne pourrais pas conduire si elle faisait ça et c'est pour ça qu'on s'est arrêtées. Je l'ai seulement embrassée mais je sais que ça m'a fait de l'effet. Après on est restées là un bon moment et puis je suis rentrée directement. Je l'ai embrassée avant qu'on entre et on était heureuses et ça m'a plu et ça me plaît encore.

— Alors maintenant tu l'as fait, dit prudemment David, et pour toi c'est fini.

— Mais pas du tout. Ça m'a plu et maintenant je vais le faire vraiment.

— Non. Rien ne t'y oblige.

— Si et je vais continuer à le faire jusqu'à ce que j'en aie assez et que je sois guérie.

— Qui sait si tu guériras.

— Moi. Mais vraiment il le faut David. Je ne savais pas que je serais jamais ainsi. »

Il ne dit rien.

« Je vais revenir, dit-elle. Si je suis sûre d'une chose, c'est que je finirai par guérir. Je t'en prie fais-moi confiance. »

Il ne dit rien.

« Elle m'attend. Tu ne m'as pas entendue le lui demander ? C'est comme laisser tomber quelque chose avant d'avoir fini.

— Je rentre à Paris, dit David. Tu peux me joindre par l'intermédiaire de la banque.

— Non, dit-elle. Tu dois m'aider.

— Je ne peux pas t'aider.

— Tu peux. Tu ne peux pas t'en aller. Je ne pourrais pas supporter que tu t'en ailles. Je ne veux pas être avec elle. C'est simplement quelque chose qu'il faut que je fasse. Tu ne comprends donc pas ? Je t'en prie comprends. Tu comprends toujours.

— Pas cette histoire.

— Je t'en prie essaie. Tu as toujours compris jusqu'ici. Tu sais que tu comprenais. Tout. N'est-ce pas ?

— Oui. Avant.

— Tout a commencé avec nous et il n'y aura plus que nous quand j'en aurai fini. Je ne suis amoureuse de personne d'autre.

— Ne le fais pas.

— Il le faut. Depuis que j'ai commencé à aller à l'école, j'ai toujours eu plein d'occasions de le faire et plein de gens qui voulaient le faire avec moi. Et je n'ai jamais voulu le faire et jamais je ne l'ai fait. Mais maintenant il le faut. »

Il ne dit rien.

« Je t'en prie, comprends. »

Il ne dit rien.

« D'ailleurs elle est amoureuse de toi et tu peux l'avoir et comme ça tout effacer.

— C'est dingue ce que tu dis, Démon.

— Je sais, dit-elle. J'arrête.

— Fais un somme, dit-il. Reste là tout près et sois calme et on va s'endormir tous les deux.

— Je t'aime tant, dit-elle. Et je le lui ai dit, c'est toi mon vrai partenaire. Je lui en ai bien trop dit sur toi mais elle n'a pas envie de parler d'autre chose. Je suis calme maintenant, aussi je vais partir.

— Non. Ne pars pas.

— Si, dit-elle. Attends-moi. Je ne serai pas très longue. »

Quand elle rentra dans la chambre David n'était pas là et elle resta un long moment immobile et regarda le lit puis s'approcha de la porte de la salle de bains et l'ouvrit et resta là à se regarder dans le long miroir. Son visage était vide d'expression et elle se regarda de la tête jusqu'aux pieds sans la moindre expression sur le visage. La lumière avait presque complètement disparu quand enfin elle entra dans la salle de bains et ferma la porte derrière elle.

CHAPITRE XIII

David rentra de Cannes en voiture au crépuscule. Le vent s'était calmé et il laissa la voiture à la place habituelle et remonta le chemin jusqu'à l'endroit où la lumière tombait sur le patio et le jardin. Marita sortit sur le seuil et vint à sa rencontre.

« Catherine se sent très mal, dit-elle. Je vous en prie, soyez gentil avec elle.

— Allez au diable toutes les deux, dit David.

— Moi, oui. Mais pas elle. Vous ne devez pas David.

— Ne me dites pas ce que je dois et ce que je ne dois pas faire.

— Vous ne voulez donc pas prendre soin d'elle ?

— Pas particulièrement.

— Moi si.

— Ça, vous l'avez fait.

— Ne soyez pas idiot, dit-elle. Vous n'êtes pas un idiot. Cette fois c'est sérieux, croyez-moi.

— Où est-elle ?

— À l'intérieur et elle vous attend. »

David passa la porte. Catherine était assise devant le bar désert.

« Hello, dit-elle. On n'a pas livré le miroir.

— Hello, Démon, dit-il. Je suis désolé d'être en retard. »

Il fut stupéfait de son air morne et de sa voix sans timbre.

« Je croyais que tu étais parti, dit-elle.

— Tu n'as donc pas vu que je n'avais rien emporté ?

— Je n'ai pas regardé. Tu aurais pu partir sans rien emporter.

— Non, dit David. Je suis simplement descendu en ville.

— Oh, dit-elle et se mit à regarder le mur.

— Le vent tombe, dit-il. Il fera une belle journée demain.

— Demain ne m'intéresse pas.

— Bien sûr que si.

— Non pas du tout. Ne me demande pas de m'y intéresser.

— Je ne te le demande pas, dit-il. As-tu pris un verre ?

— Non.

— Je vais t'en préparer un.

— Ça ne servira à rien.

— Qui sait. Nous sommes toujours nous. » Il préparait la boisson et elle l'observait machinalement tandis qu'il la mélangeait puis remplissait les verres.

« N'oublie pas l'olive à l'ail », dit-elle.

Il lui tendit l'un des verres et leva le sien et très doucement trinqua. « À nous. »

Elle vida le contenu de son verre sur le bar et le regarda couler sur le bois. Puis elle prit l'olive et la mit dans sa bouche. « Il n'y a plus de nous, dit-elle. Plus maintenant. »

David tira un mouchoir de sa poche et essuya le bar et prépara un autre verre.

« Tout est de la merde », dit Catherine. David lui tendit le verre et elle le regarda un instant puis le vida sur le bar. David l'essuya de nouveau et tordit son mouchoir. Puis il but son martini et en prépara deux autres.

« Celui-ci, tu vas le boire, dit-il. Allez bois-le.

— Bois-le », dit-elle. Elle leva le verre et dit, « Eh bien à toi et à ton foutu mouchoir. »

Elle but tout puis tint le verre levé, le regardant, et David eut la certitude qu'elle allait le lui lancer au visage. Puis elle le posa et en extirpa l'olive à l'ail et la mangea très délicatement et tendit le noyau à David.

« Une pierre semi-précieuse, dit-elle. Mets-la dans ta poche. J'en prendrai un autre si tu me le prépares.

— Mais celui-ci bois-le doucement.

— Oh je suis tout à fait bien maintenant, dit Catherine. Tu ne remarqueras probablement rien de changé. Je suis sûre que ça arrive à tout le monde.

— Tu te sens mieux ?

— Beaucoup mieux vraiment. On perd quelque chose et ça n'existe plus, c'est tout. On ne perd jamais que ce qu'on avait. Mais on trouve autre chose. Il n'y a aucun problème, n'est-ce pas ?

— Est-ce que tu as faim ?

— Non. Mais je suis sûre que tout s'arrangera. Tu as dit que ça s'arrangerait, n'est-ce pas ?

— Bien sûr.

— Ce qu'on a perdu, je voudrais pouvoir me rappeler ce que c'était. Mais c'est sans importance, n'est-ce pas ? Tu as dit que c'était sans importance.

— Aucune importance.

— Alors soyons gais. De toute manière ça n'existe plus.

— C'était sans doute quelque chose qu'on a oublié, dit-il. On le retrouvera.

— Je sais que j'ai fait quelque chose. Mais c'est fini.

— Tant mieux.

— Ce n'était la faute de personne, de toute manière.

— Ne parle pas de fautes.

— Je sais ce que c'était maintenant, sourit-elle. Mais je n'ai pas été infidèle. C'est vrai David. Comment est-ce que je pourrais l'être. Je ne pourrais pas l'être. Tu le sais. Comment as-tu pu dire que je l'étais. Pourquoi est-ce que tu l'as dit ?

— Tu n'as pas été infidèle.

— Bien sûr que non. Dommage que tu l'aies dit pourtant.

— Je ne l'ai pas dit, Démon.

— Quelqu'un l'a dit. Mais je ne l'ai pas été. J'ai simplement fait ce que j'avais dit que je ferais. Où est Marita ?

— Dans sa chambre je crois.

— Je suis contente d'être bien de nouveau. Dès que tu as retiré ce que tu avais dit je me suis sentie bien. Dommage que ce ne soit pas toi qui l'aies fait pour que je retire ce que j'ai dit de toi. On est de nouveau nous n'est-ce pas ? Je n'ai rien tué.

— Non. »

Elle sourit de nouveau. « C'est très bien. Je vais aller la chercher. Est-ce que ça t'ennuie ? Elle se faisait du souci pour moi. Avant que tu reviennes.

— Vraiment ?

— J'ai beaucoup parlé, dit Catherine. Je parle toujours trop. Elle est extraordinairement gentille, David, une fois qu'on la connaît. Elle a été très bonne avec moi.

— Qu'elle aille au diable.

— Non. Tout ça, tu l'as retiré. Tu te souviens ? Je ne veux pas que tout ça recommence. Et toi ? C'est trop perturbant. Vraiment.

— D'accord, va la chercher. Elle sera heureuse de voir que tu es bien de nouveau.

— Je le sais et tu dois l'aider à se sentir bien elle aussi.

— Bien sûr. Est-ce qu'elle a mauvaise conscience ?

— Seulement quand moi je l'avais. Quand je savais que j'étais infidèle. Je ne l'avais jamais été avant, tu sais. Va la chercher, David. Comme ça elle n'aura pas mauvaise conscience. Non laisse, j'y vais. »

Catherine franchit le seuil et David la regarda sortir. Ses gestes étaient moins mécaniques et sa voix était plus ferme. Lorsqu'elle revint, elle avait le sourire et sa voix était presque naturelle.

« Elle vient dans une minute, dit-elle. Elle est adorable, David. Je suis si heureuse que tu l'aies amenée.

La jeune fille entra et David dit, « Nous vous attendions. »

Elle le regarda puis détourna les yeux. Puis elle le regarda de nouveau et se tint très droite et dit, « Je suis désolée d'être en retard.

— Vous êtes très en beauté, dit David et c'était tout à fait vrai mais jamais il n'avait vu personne avec des yeux aussi tristes.

— David, prépare-lui un verre s'il te plaît. J'en suis à mon deuxième, dit Catherine à la jeune fille.

— Je suis contente que tu te sentes mieux, dit la jeune fille.

— C'est grâce à David si je me sens de nouveau bien, dit Catherine. Je lui ai tout raconté et expliqué comme c'était charmant et il comprend parfaitement. En fait il approuve. »

La jeune fille regarda David et il vit que ses dents mordaient sa lèvre supérieure et ce que lui disaient ses yeux. « C'était morne en ville. Le bain m'a manqué, dit-il.

— Tu ne sais pas ce que tu as manqué, dit Catherine. Tu as tout manqué. C'est ce que toute ma vie j'ai eu envie de faire et voilà je l'ai fait et j'ai adoré ça. »

La jeune fille gardait les yeux fixés sur son verre.

« Le plus merveilleux, c'est que maintenant je me sens tellement adulte. Mais c'est exténuant. Bien sûr c'est ce que je voulais, et voilà je l'ai fait et je sais que je ne suis qu'une apprentie mais je ne le serai pas toujours.

— Demande de prime d'apprentissage, dit David qui prit alors un risque et dit avec beaucoup d'entrain : tu ne parles donc jamais d'autres choses ? La perversion est ennuyeuse et passée de mode. Je ne savais pas que les gens comme nous s'y intéressaient encore.

— Je suppose qu'en réalité c'est intéressant seulement la première fois qu'on le fait, dit Catherine.

— Et en plus, uniquement pour celui ou celle qui le fait et sacrément ennuyeux pour tous les autres, dit David. Vous êtes d'accord, Princesse.

— Tu l'appelles Princesse ? demanda Catherine. Joli et gentil, ce nom.

— Je ne peux tout de même pas l'appeler M'dme ni Altesse, dit David. Vous êtes d'accord, Princesse ? Au sujet de la perversion ?

— J'ai toujours trouvé ça surfait et idiot, dit-elle. C'est simplement quelque chose que font les filles parce qu'elles n'ont rien de mieux à faire.

— Mais quoi qu'on fasse, c'est toujours intéressant la première fois, dit Catherine.

— Oui, dit David. Mais aurais-tu envie de toujours parler de ta première promenade à cheval à Steeplechase Park ou de la façon dont tu as, toi-même, personnellement, décollé en solitaire et toute seule piloté un avion perdu très loin de la terre tout là-haut dans le ciel ?

— J'ai honte, dit Catherine. Regarde-moi et vois si je n'ai pas honte ? »

David l'entoura de son bras.

« N'aie pas honte, dit-il. Rappelle-toi seulement comme tu serais heureuse d'entendre cette chère Princesse raconter comment elle a décollé aux commandes de cet avion, elle toute seule et l'avion, et il n'y avait rien entre la terre et elle, imagine la Terre, avec un T majuscule, rien d'autre que son *avion* et ils auraient pu tous les deux être *tués* et écrabouillés en horribles *petits morceaux* et elle aurait perdu son argent et sa santé et sa raison et sa vie avec un V majuscule et ses parents bien-aimés ou moi ou toi ou

Jésus, tout ça avec des majuscules, si elle s'était "écrasée" – mets le mot "*écrasée*" entre guillemets.

– As-tu jamais piloté en solitaire, Princesse ?

– Non, dit la jeune fille. Rien ne m'y oblige maintenant. Mais je voudrais bien un autre verre. Je vous aime, David.

– Embrasse-la encore comme tout à l'heure, dit Catherine.

– Dans un moment, dit David. Je prépare les verres.

– Je suis si heureuse qu'on soit tous redevenus amis et que tout aille bien », dit Catherine. Elle était très animée maintenant et sa voix était naturelle et presque détendue.

« J'ai oublié la surprise que Princesse a achetée ce matin. Je vais aller la chercher. »

Quand Catherine fut partie, la jeune fille prit la main de David et la serra très fort, et puis l'embrassa. Ils restèrent là assis et se regardèrent. Elle lui caressait la main du bout des doigts, comme distraitement. Elle lovait ses doigts autour des siens puis les relâchait. « On n'a pas besoin de parler, dit-elle. Vous ne tenez pas à m'entendre faire un discours, n'est-ce pas ?

– Non. Mais il faudra bien qu'on parle tôt ou tard.

– Aimeriez-vous que je parte ?

– Ce serait plus intelligent de partir.

– Pourquoi ne pas m'embrasser pour que je sache si je peux rester ? »

Catherine était revenue, suivie du petit serveur qui portait un plateau avec une grosse boîte de caviar dans un bol plein de glace et une assiette de pain grillé. « C'était un baiser merveilleux, dit-elle. Tout le monde a vu, aussi il n'y a plus à redouter le scandale ni rien, dit Catherine. Ils sont en train de préparer un hachis de blanc d'œufs et d'oignons. »

C'était du caviar gris très gros et très ferme et Catherine le versa à la cuillère sur les minces tranches de pain grillé.

« Princesse t'a acheté une caisse de Böllinger Brut 1915 et il y en a du frais. Tu ne crois pas qu'on devrait en boire une bouteille avec ça ?

– Bien sûr, dit David. Et même buvons-en pendant tout le repas.

– N'est-ce pas une chance que nous soyons riches, Princesse et moi, comme ça, jamais tu n'auras de souci à te faire. Nous prendrons grand soin de lui, n'est-ce pas Princesse ?

– Nous devons essayer très fort, dit la jeune fille. J'essaie d'étudier ses besoins. Nous n'avons rien trouvé d'autre pour aujourd'hui. »

CHAPITRE XIV

Il dormait depuis environ deux heures quand la lumière du jour le réveilla et il contempla Catherine qui dormait paisiblement et semblait heureuse dans son sommeil. Il la laissa ainsi, belle et jeune et innocente, puis passa dans la salle de bains ; il prit une douche et enfila un short et pieds nus traversa le jardin pour gagner la chambre où il travaillait. Le ciel était lavé maintenant que le vent s'était calmé et c'était le petit matin frais d'une journée nouvelle vers la fin de l'été.

Il reprit la nouvelle et difficile histoire et travailla en s'attaquant à chacune des choses que des années durant il avait toujours remis à plus tard d'affronter. Il travailla presque jusqu'à onze heures et quand il en eut fini pour la journée il ferma la porte à clef et sortit et trouva les deux femmes en train de jouer aux échecs à l'une des tables du jardin. Toutes deux étaient fraîches et jeunes et aussi jolies que le ciel matinal lavé par le vent.

« Elle me bat une fois de plus, dit Catherine. Comment vas-tu, David ? »

La jeune fille lui sourit très timidement.

Ce sont les deux femmes les plus charmantes que j'aie jamais vues, pensa David. Et maintenant, que nous réserve cette journée ? « Comment ça va vous deux ? dit-il.

— Nous allons très bien, dit la jeune fille. Et vous, ça c'est bien passé ?

— Tout est difficile mais ça vient bien, dit-il.

— Vous n'avez pas pris de petit déjeuner.

— Il est trop tard pour le petit déjeuner, dit David.

— Ridicule, dit Catherine. C'est toi l'épouse de service aujourd'hui, Princesse. Force-le à prendre un petit déjeuner.

— Vous ne voudriez pas du café et des fruits, David ? s'enquit la jeune fille. Vous devriez prendre quelque chose.

— Je prendrai un peu de café noir, dit David.

— Je vais vous apporter quelque chose », dit la jeune fille en s'éloignant pour entrer dans l'hôtel.

David resta assis à la table près de Catherine et elle posa l'échiquier et les pièces sur une chaise. Elle lui ébouriffa les cheveux et dit, « As-tu oublié que tu as une tête argent toi aussi ?

— Oui, dit-il.

— Ça va s'éclaircir de plus en plus et moi je serai de plus en plus blonde et aussi plus noire de corps.

— Ce sera merveilleux.

— Oui et je suis complètement guérie. »

La jolie jeune fille brune s'approchait avec un plateau où étaient posés un petit bol rond rempli de caviar, un demi-citron, une cuillère et deux morceaux de pain grillé, et le serveur apportait une bouteille de Böllinger dans un seau et un plateau chargé de trois verres.

« Voici qui fera du bien à David, dit la jeune fille. Ensuite on pourra aller se baigner avant le déjeuner. »

Après la baignade et le bain de soleil sur la plage et un long et copieux déjeuner lui aussi arrosé de Böllinger, Catherine dit, « Je me sens vraiment fatiguée et j'ai sommeil.

– Tu as nagé très loin, dit David. On va faire la sieste.

– Je veux dormir pour de bon, dit Catherine.

– Est-ce que tu te sens bien, Catherine ? demanda la jeune fille.

– Oui. Morte de sommeil c'est tout.

– On va te mettre au lit, dit David. Est-ce que vous auriez un thermomètre ? demanda-t-il à la jeune fille.

– Je suis sûre de ne pas avoir de température, dit Catherine. Je veux simplement dormir un grand moment. »

Quand elle fut couchée, la jeune fille apporta le thermomètre et David prit la température de Catherine et aussi son pouls. La température était normale et le pouls était à soixante-douze.

« Le pouls est un peu rapide, dit-il. Mais je ne sais pas quel est ton pouls normal.

– Moi non plus mais il est sans doute trop rapide.

– Je ne crois pas que le pouls signifie grand-chose si la température est normale, dit David. Mais si tu as de la fièvre, je ramènerai un médecin de Cannes.

– Je ne veux pas de médecin, dit Catherine. Je veux seulement dormir. Puis-je dormir maintenant ?

– Oui, ma belle. Si tu as besoin de moi, appelle. »

Ils restèrent là et la regardèrent s'endormir puis sortirent très doucement et David s'approcha sur les dalles et jeta un coup d'œil par la fenêtre. Catherine dormait paisiblement et son souffle était régulier. Il approcha deux chaises et une table et ils s'assirent à l'ombre près de la fenêtre de Catherine et regardèrent là-bas au loin la mer bleue à travers les pins. « À quoi pensez-vous ? demanda David.

– Je ne sais pas. Elle était heureuse ce matin. Comme vous l'avez vue quand vous vous êtes arrêté d'écrire.

– Et maintenant ?

– Peut-être une simple réaction à ce qui s'est passé hier ? C'est une fille très naturelle. David, et ça c'est naturel.

– Hier c'était comme aimer quelqu'un qui vient de mourir, dit-il. Ce n'était pas bien. » Il se leva et s'approcha de la fenêtre et jeta un coup d'œil à l'intérieur. Catherine dormait dans la même position et avait le souffle léger. « Elle dort bien, dit-il à la jeune fille. Vous n'aimeriez pas faire un petit somme ?

– Je crois que si.

– Je descends dans la pièce où je travaille, dit-il. Il y a une porte qui communique avec la vôtre, avec un verrou de chaque côté. Il suivit les dalles et ouvrit la porte de sa pièce fermée à clef puis tira le verrou de la porte qui séparait les deux chambres. Il resta là et attendit puis entendit glisser le verrou de l'autre côté, puis la porte s'ouvrit. Ils s'assirent côte à côte sur le lit et il l'entoura de son bras. « Embrassez-moi, dit David.

— J'adore vous embrasser, dit-elle. J'adore tellement. Mais je ne peux pas faire le reste.

— Non ?

— Non, je ne peux pas. »

Puis elle dit, « N'y a-t-il rien d'autre que je puisse faire pour vous maintenant ? J'ai tellement honte pour le reste mais vous le savez, ça pourrait faire des histoires.

— Allongez-vous simplement près de moi.

— J'adorerais ça.

— Faites ce qui vous plaît.

— Promis, dit-elle. Vous aussi je vous en prie. Faisons ce qu'on peut. »

Catherine dormit tout l'après-midi et jusqu'au début de la soirée. David et la jeune fille étaient assis au bar et prenaient ensemble un verre et la jeune fille dit, « Finalement on ne l'a jamais livré, ce miroir.

— Vous en avez parlé au vieux Aurol ?

— Oui. Il était ravi.

— Je ferais mieux de lui verser un droit de bouchon ou quelque chose sur le Böllinger.

— Je lui ai fait cadeau de quatre bouteilles et de deux très bonnes bouteilles de *fine**. Il n'a pas à se plaindre. J'avais peur que ce soit Madame qui fasse des histoires.

— Vous aviez tout à fait raison.

— Je n'ai pas envie de causer des histoires, David.

— Non, dit-il. Je ne crois pas que vous en ayez envie. »

Le petit serveur était entré pour leur apporter de la glace et David prépara deux martinis et en posa un devant elle. Le serveur ajouta les olives à l'ail puis retourna à la cuisine.

« Je vais voir ce que devient Catherine, dit la fille. Ou les choses s'arrangeront ou elles ne s'arrangeront pas. »

Elle resta absente environ dix minutes et il goûta au verre de la jeune fille et décida de le boire avant qu'il ne soit chaud. Il le prit dans sa main et le porta à ses lèvres et comme il l'effleurait de ses lèvres, il constata qu'il en éprouvait du plaisir parce que c'était son verre à elle. C'était évident et indéniable. Il ne te manquait plus que ça, pensa-t-il. Il ne te manquait plus que ça pour que les choses soient vraiment parfaites. Être amoureux des deux à la fois. Que t'est-il donc arrivé depuis mai dernier ? D'ailleurs qu'est-il advenu de toi ? Mais il porta de nouveau le verre à ses lèvres et il eut la même réaction que la première fois. Bon d'accord, se dit-il, pense à faire ton travail. Le travail, c'est tout ce qui te reste. Tu as intérêt à en mettre un coup.

La jeune fille revint et à l'instant même où il la vit entrer, le visage heureux, il sut ce qu'il ressentait pour elle.

« Elle s'habille, dit la jeune fille. Elle se sent très bien. N'est-ce pas merveilleux ?

— Si, dit-il, comme toujours plein d'amour pour Catherine elle aussi.

— Qu'est devenu mon verre ?

— Je l'ai bu, dit-il. Parce que c'était le vôtre.

— Vraiment, David ? » Elle rougit et se sentit heureuse.

« Je ne saurais le dire mieux, dit-il. En voici un autre. »

Elle le goûta et passa très légèrement ses lèvres sur le bord du verre puis le lui passa et il fit de même et but une longue gorgée. « Vous êtes très belle, dit-il. Et je vous aime. »

CHAPITRE XV

Il entendit démarrer la Bugatti et comme il n'y avait aucun bruit de moteur dans le pays où il vivait, il ressentit le bruit comme une surprise et une intrusion. Il était complètement détaché de tout sauf de l'histoire qu'il écrivait et il vivait dedans à mesure qu'il la bâtissait. Les passages difficiles qu'il avait redoutés, il les affrontait maintenant un à un et, ce faisant, les gens, le pays, les journées et les nuits, et le temps tout était là au fur et à mesure qu'il écrivait. Il continuait à travailler et se sentait aussi las que s'il eût passé la nuit à traverser le désert parsemé de blocs volcaniques, et le soleil les avait rattrapés lui et les autres alors que les lacs gris et desséchés étaient encore loin en avant. Il sentait le poids du lourd fusil à double canon qu'il portait sur l'épaule, la main plaquée sur la gueule, et il sentait le goût du caillou dans sa bouche. Au-delà du miroitement des lacs desséchés, il apercevait le bleu lointain de l'escarpement. Devant lui il n'y avait personne, et derrière s'étirait la longue file des porteurs qui avaient atteint ce point avec trois heures de retard, et le savaient.

Ce n'était pas lui, bien sûr, qui ce matin-là s'était trouvé là ; pas plus d'ailleurs qu'il n'avait porté la veste de velours rapiécée et passée à en être maintenant presque blanche, les aisselles mangées de sueur, qu'il enleva alors et tendit à son serviteur et son frère Kamba qui partageait avec lui le remords et le secret de leur retard, le regardant humer l'odeur âcre et piquante et secouer la tête avec dégoût puis grimacer un sourire tandis qu'il jetait la veste sur son épaule noire en la tenant par les manches comme ils se remettaient en marche à travers le gris desséché par la fournaise, la gueule du fusil dans la main droite, le canon en équilibre sur l'épaule, les lourdes crosses pointant vers l'arrière en direction de la file des porteurs.

Ce n'était pas lui, mais à mesure qu'il écrivait, c'était lui et lorsque quelqu'un le lirait, au bout du compte, ce serait celui qui le lirait et ce qu'ils trouveraient quand ils atteindraient l'escarpement, s'ils l'atteignaient jamais, et il ferait en sorte qu'ils en atteignent le pied avant le midi de cette même journée ; celui qui le lirait alors découvrirait ce qu'il y avait là et l'aurait pour toujours.

Tout ce que ton père a découvert, il l'a découvert aussi pour toi, songea-t-il, le bon, le merveilleux, le mauvais, le très mauvais, le vraiment très mauvais, le véritablement mauvais et enfin l'infiniment pire. Quel dommage qu'un homme si doué pour le malheur et pour la joie ait tourné ainsi, songea-t-il. Il se sentait toujours heureux quand il se rappelait son père et son père, il le savait, aurait aimé l'histoire.

Il était près de midi lorsqu'il sortit de la chambre et pieds nus sur les dalles traversa le patio pour gagner l'entrée de l'hôtel. Dans la grande salle, des ouvriers s'affairaient à poser un miroir sur le mur derrière le bar. Monsieur Aurol et le jeune serveur étaient là eux aussi et il leur dit quelques mots et passa dans la cuisine où se trouvait Madame.

« Est-ce que vous avez de la bière, Madame ? lui demanda-t-il.

– *Mais certainement, Monsieur Bourne**, dit-elle et alla prendre une bouteille bien fraîche dans la glacière.

– Je boirai à la bouteille, dit-il.

– Comme Monsieur désire, dit-elle. Les dames ont pris la voiture pour aller à Nice, je crois. Monsieur a bien travaillé ?

– Très bien.

– Monsieur travaille trop. Ça ne vaut rien de sauter le petit déjeuner.

– Est-ce qu'il reste encore un peu de ce caviar dans la boîte ?

– Je suis sûre que oui.

– J'en prendrai une ou deux cuillerées.

– Monsieur est bizarre, dit Madame. Hier vous l'avez mangé avec du champagne. Aujourd'hui c'est avec de la bière.

– Aujourd'hui je suis seul, dit David. Savez-vous si mon vélo est toujours dans la *remise** ?

– Il devrait y être », dit Madame.

David prit une cuillerée de caviar et tendit la boîte à Madame. « Prenez-en donc un peu, Madame. C'est très bon.

– Je ne devrais pas, dit-elle.

— Ne dites pas de bêtises, lui dit-il. Prenez. Prenez un morceau de pain grillé. Prenez un verre de champagne. Il en reste un peu dans la glacière. »

Madame prit une cuillerée de caviar et l'étala sur un morceau de pain grillé rescapé du petit déjeuner et se servit un verre de rosé.

« C'est excellent, dit-elle. Maintenant nous allons mettre le reste de côté.

— Est-ce que vous ressentez quelque chose d'agréable ? demanda David. Je vais en prendre encore une cuillerée.

— Ah, Monsieur. Il ne faut pas plaisanter ainsi.

— Pourquoi pas ? dit David. Celles avec qui je plaisante d'habitude ne sont pas là. Si ces deux jolies dames rentrent, dites-leur que je suis parti me baigner, voulez-vous ?

— Certainement. La petite est une beauté. Pas aussi belle que Madame bien sûr.

— Je ne la trouve pas trop laide, dit David.

— C'est une beauté, Monsieur, et très charmante.

— Elle fera l'affaire jusqu'à ce qu'autre chose se pointe, dit David. Puisque vous la trouvez jolie.

— Monsieur, dit-elle, au comble de la réprobation.

— Pourquoi toutes ces réformes architecturales ? demanda David.

— Le nouveau *miroir** pour le bar. C'est un si gentil cadeau pour la maison.

— Tout le monde est plein de gentillesse, dit David. De gentillesse et d'œufs d'esturgeon. Demandez au petit de vérifier mes pneus pendant que je me mets quelque chose aux pieds et cherche une casquette, voulez-vous ?

— Monsieur aime aller pieds nus. Moi aussi en été.

— Nous irons pieds nus ensemble un de ces jours.

— Monsieur, fit-elle avec véhémence.

— Est-ce qu'Aurol est jaloux ?

— *Sans blague**, dit-elle. Je dirai aux deux belles dames que vous êtes parti vous baigner.

— Surtout qu'Aurol ne touche pas au caviar, dit David. *À bientôt chère Madame**.

— *À tout à l'heure, Monsieur**. »

Sur la route au goudron luisant qui montait à travers les pins tandis qu'il s'éloignait de l'hôtel, il sentit la traction dans ses bras et ses épaules et la poussée de ses pieds sur les pédales tandis qu'il grimpait sous le chaud soleil dans l'odeur des pins et le petit vent léger venu de la mer. Il courba le dos et tira légèrement sur ses mains et sentit la cadence qui d'abord avait été heurtée quand il s'était mis en selle, se faire peu à peu régulière tandis que défilaient les petites bornes hectométriques puis la première borne kilométrique coiffée de rouge et bientôt la deuxième. Au cap la route plongeait pour suivre la mer et il freina et mit pied à terre et accrocha le vélo à son épaule et descendit en le portant le long du sentier qui menait à la plage. Il le laissa appuyé contre un pin qui exsudait la senteur résineuse de cette journée chaude, et il sauta sur les rochers, se déshabilla et posa ses espadrilles sur son short, sa chemise et sa casquette, puis plongea du haut des rochers dans la mer froide et limpide et profonde. Il remonta à travers la lumière changeante et lorsque sa tête émergea, il la secoua pour se vider les oreilles puis piqua vers le large. Il fit la planche et se laissa flotter et contempla le ciel et les premiers nuages blancs qui montaient avec la brise.

Il regagna finalement la crique et grimpa sur les rochers rouge sombre et resta assis là au soleil à regarder la mer en contrebas. Il se sentait heureux d'être seul et d'avoir fini son travail de la journée. Puis le sentiment de solitude qu'il éprouvait toujours après le travail surgit soudain et il se mit à penser aux deux filles et à regretter leur absence ; non l'absence de l'une ou l'autre en particulier tout d'abord, mais leur absence à toutes les deux. Puis il pensa à elles, non de façon critique, ni comme à un problème d'amour ou de sentiment, ni d'obligation ni en rapport avec ce qui s'était passé ou se passerait, ni comme à un problème de conduite à tenir dans le présent ou l'avenir, mais pensa simplement combien il regrettait leur absence. Il se languissait de toutes les deux, séparément et ensemble, et il les voulait toutes les deux.

Assis là au soleil sur le rocher à contempler la mer en contrebas, il savait que c'était mal de les vouloir toutes les deux mais ne pouvait s'en empêcher. Pour l'une comme pour l'autre rien ne peut tourner bien et pour toi non plus maintenant, se dit-il. Mais ne te mets pas à blâmer qui tu aimes ni à répartir le blâme. Il sera réparti le moment venu et pas par toi.

Il regardait la mer en contrebas et s'efforçait de réfléchir clairement à la situation et cela ne donnait rien. Le pire, c'était ce qui était arrivé à Catherine. Le pire ensuite, c'était qu'il avait, lui, commencé à s'attacher à l'autre fille. Il n'avait pas besoin de faire son examen de conscience pour savoir qu'il aimait Catherine ni qu'il était mal d'aimer deux femmes à la fois et que jamais il n'en sortirait rien de bon. Il ne savait pas encore à quel point cela pouvait être affreux. Il savait seulement que cela avait commencé. Vous voilà déjà tous les trois enchevêtrés comme trois pignons qui actionnent la même roue, se dit-il, et il se dit aussi que l'un des pignons patinait, ou du moins, était sérieusement endommagé. Il plongea profond dans l'eau froide et limpide où personne ne lui manquait puis remonta et secoua la tête et de nouveau s'éloigna, puis fit demi-tour pour regagner la plage.

Il se rhabilla, encore tout mouillé au sortir de l'eau et fourra sa casquette dans sa poche, puis regrimpa jusqu'à la route avec la bicyclette sur l'épaule et l'enfourcha, poussant ferme pour gravir la petite colline et sentant dans ses cuisses le manque d'entraînement tandis qu'il plaquait la plante de ses pieds sur les pédales pour garder la cadence qui l'emportait jusqu'au sommet de la route noire comme si le vélo et lui n'étaient qu'un seul et même animal muni de roues. Puis il se mit en roue libre, ses doigts effleurant les freins, accélérant dans les virages, dévalant la route noire et luisante qui coupait à travers les pins, pour rejoindre enfin l'embranchement qui menait à l'arrière-cour de l'hôtel où la mer brillait de son bleu estival au-delà des arbres.

Les filles n'étaient pas encore rentrées et il monta dans sa chambre et prit une douche, passa une chemise propre et un short et se rendit au bar armé de son beau miroir tout neuf. Il appela le serveur et le pria de lui apporter un citron, un couteau et un peu de glace, et lui montra alors comment préparer un Tom Collins. Puis il se jucha sur un des tabourets et regarda dans le miroir en levant le grand verre. Je me demande bien si j'aurais pris ou non un verre avec toi si je t'avais rencontré il y a quatre mois, se dit-il. Le serveur lui apporta l'*Éclaireur de Nice* et il se mit à lire pour tromper l'attente. Il avait été déçu de voir que les filles n'étaient pas encore de retour et elles lui manquaient et il commença à se sentir inquiet.

Lorsqu'elles entrèrent, enfin, Catherine était très gaie et très excitée et la jeune fille était contrite et très calme.

« Hello, chéri, dit Catherine à David. Oh regarde le miroir. Ils ont fini par le poser. C'est un très beau miroir, non. Il est affreusement critique, n'empêche. Je monte faire un brin de toilette avant le déjeuner. Désolée que nous soyons en retard.

– Nous nous sommes arrêtées en ville et avons pris un verre, dit la jeune fille à David. Désolée de vous avoir fait attendre.

– Un verre ? » dit David.

La jeune fille leva deux doigts. Elle leva le visage et l'embrassa et s'éclipsa. David se replongea dans la lecture du journal.

Lorsque Catherine apparut, elle portait le corsage de lin bleu foncé qu'aimait David et un pantalon de toile et elle dit, « Chéri j'espère que tu n'es pas fâché. Ce n'était pas vraiment notre faute. J'ai vu Jean et je lui ai proposé de prendre un verre avec nous et il a dit oui et il a été si gentil.

– Le coiffeur ?

– Jean. Bien sûr. Quel autre Jean pourrais-je bien connaître à Cannes ? Il a été si gentil et il a demandé de tes nouvelles. Puis-je avoir un martini, chéri ? Je n'en ai pris qu'un seul.

– Le déjeuner devrait être prêt maintenant.

– Rien qu'un, chéri. Ils n'ont que nous pour le déjeuner. »

David prépara deux martinis en prenant son temps et la jeune fille entra. Elle portait une robe blanche en peau d'ange et avait l'air nette et fraîche. « Je peux en avoir un moi aussi, David ? Il a fait très chaud. Comment était-ce ici ?

– Tu aurais dû rester et t'occuper de lui, dit Catherine.

– Je me suis très bien débrouillé, dit David. La mer était très bonne.

– Tu emploies des adjectifs tellement intéressants, dit Catherine. Ils donnent tellement de vie à tout.

– Désolé, dit David.

– Encore un autre mot "dandy", dit Catherine. Explique ce que signifie "dandy" à ta nouvelle petite. C'est un américanisme.

– Je crois le savoir, dit la jeune fille. "Dandy" c'est le troisième mot de *Yankee Doodle Dandy*[1]. Ne sois pas de mauvaise humeur s'il te plaît Catherine.

– Je ne suis pas de mauvaise humeur, dit Catherine. Mais il y a deux jours quand tu m'as fait des avances c'était simplement "dandy" mais aujourd'hui, à supposer que j'en aie eu le moins du monde envie, toi tu as cru bon de réagir comme si j'étais une je ne sais trop quoi.

1. « *Yankee Doodle Dandy* » : chant populaire de la Guerre de l'Indépendance. *(N.d.T.)*

— Je suis désolée, Catherine, dit la jeune fille.

— Encore un “désolé”, dit Catherine. Comme si ce n’était pas toi qui m’as appris le peu que je sais.

— Et si on déjeunait ? dit David. Il a fait chaud aujourd’hui Démon, et tu es fatiguée.

— Je suis fatiguée de tout le monde, dit Catherine. Je vous en prie, pardonnez-moi.

— Il n’y a rien à pardonner, dit la jeune fille. Je regrette d’avoir été vieux jeu. Je ne suis pas venue ici pour me comporter ainsi. » Elle s’approcha de Catherine et très gentiment et très doucement l’embrassa. « Et maintenant, sois gentille, dit-elle. Si on passait à table ?

— Est-ce qu’on n’a pas déjà déjeuné ? demanda Catherine.

— Non, Démon, dit David. Nous allons déjeuner maintenant. »

À la fin du déjeuner Catherine qui, à part quelques moments d’absence, s’était montrée raisonnable tout au long du repas, dit, « Pardonnez-moi je vous prie mais je crois que je devrais aller dormir.

— Laisse-moi t’accompagner et voir si tu t’endors, dit la jeune fille.

— À dire vrai, je crois que j’ai trop bu, dit Catherine.

— Je vais venir et je ferai un somme moi aussi, dit David.

— Non je t’en prie David. Viens quand je serai endormie si tu veux », dit Catherine.

Au bout d’une demi-heure environ, la jeune fille sortit de la chambre. « Elle se sent très bien, dit-elle. Mais il faut être très prudents et gentils avec elle et ne penser qu’à elle. »

Quand David entra dans la chambre, Catherine était éveillée et il s'approcha et s'assit sur le lit.

« Je ne suis pas une infirme, bon sang, dit-elle. J'ai trop bu, c'est tout. Je le sais. Je suis désolée de vous avoir menti. Comment est-ce que j'ai pu faire ça, David ?

— Tu ne te souvenais pas.

— Non. Je l'ai fait exprès. Tu veux bien me reprendre ? J'en ai assez d'être garce.

— Tu n'as jamais été partie.

— Si tu me reprends, je n'en demande pas plus. Je serai ta femme vraiment fidèle et vraiment fidèlement le serai. Est-ce que ça te plairait ? »

Il l'embrassa.

« Embrasse-moi pour de bon.

— Oh, dit-elle. Je t'en prie, lentement. »

Ils nagèrent dans la crique où ils étaient allés le premier jour. David avait eu l'intention d'envoyer les deux femmes se baigner puis de prendre la vieille Isotta pour descendre à Cannes faire régler les freins et réviser l'allumage. Mais Catherine lui avait demandé d'être très gentil et de venir se baigner avec elles et de s'occuper de la voiture le lendemain et elle paraissait de nouveau si heureuse et raisonnable et gaie après sa sieste et Marita avait dit de façon très sérieuse, « Voulez-vous venir s'il vous plaît ? » Aussi les avait-il conduites jusqu'à l'embranchement qui menait à la crique et leur avait fait constater en route à quel point les freins étaient dangereux.

« Vous finirez par vous tuer avec cette voiture, dit-il à Marita. C'est un crime de la conduire dans un état pareil.

– Est-ce que j'aurais dû la changer pour une neuve ? demanda-t-elle.

– Grand Dieu non. Laissez-moi simplement faire régler les freins pour commencer.

– On a besoin d'une voiture plus grande avec assez de place pour nous tous, dit Catherine.

– C'est une bonne voiture, dit David. Simplement elle a sacrément besoin d'être retapée. Mais c'est une voiture trop puissante pour vous.

– Voyez s'ils peuvent la réparer comme il faut, dit la jeune fille. Sinon on achètera le genre de voiture qui vous plaît. »

Puis ils restèrent à bronzer sur la plage et David dit d'une voix paresseuse, « Allons donc nager.

– Verse-moi un peu d'eau sur la tête, dit Catherine. J'ai mis un petit seau dans le sac.

– Oh c'est merveilleux, dit-elle. Encore un s'il te plaît. Sur mon visage aussi. »

Elle resta allongée sur le sable dur sur son peignoir blanc en plein soleil et David et la jeune fille s'éloignèrent vers le large et contournèrent les rochers à l'entrée de la crique. La jeune fille nageait en avant et David la rattrapa. Il allongea le bras et lui empoigna un pied et la serra dans ses bras et l'embrassa tandis qu'ils faisaient du surplace. Elle paraissait lisse et étrange dans l'eau et ils semblaient être de la même taille tandis que, corps plaqués l'un contre l'autre, ils faisaient du surplace et s'embrassaient. Puis sa tête disparut et il se pencha en arrière et elle émergea en riant et en secouant sa tête qui était lisse comme celle d'un phoque et de nouveau elle approcha ses lèvres des siennes et ils continuèrent à s'embrasser jusqu'au moment où tous deux s'enfoncèrent. Côte à côte ils se laissèrent flotter et se caressèrent puis s'embrassèrent très fort et très gaiement et une fois encore s'enfoncèrent.

« Je ne m'inquiète plus de rien maintenant, dit-elle, quand de nouveau ils émergèrent. Vous non plus vous ne devez pas vous inquiéter.

— D'accord, dit-il et ils regagnèrent le rivage.

— Tu ferais mieux de te mettre à l'eau, Démon, dit-il à Catherine. Tu finiras par avoir trop chaud à la tête.

— D'accord. Allons-y, dit-elle. Au tour de Princesse de bronzer maintenant. Attends que je lui passe un peu d'huile.

— Pas trop, dit la jeune fille. Est-ce que je peux moi aussi avoir un seau d'eau sur la tête.

— Ta tête est déjà toute mouillée, dit Catherine.

— Je voulais seulement sentir, dit la jeune fille.

— Descends dans l'eau, David, et ramènes-en un bien froid, dit Catherine. » Et quand il eut versé l'eau de mer fraîche et limpide sur la tête de Marita, ils la laissèrent allongée le visage sur les bras et s'éloignèrent vers le large. Ils se laissèrent flotter comme des animaux marins et Catherine dit, « N'est-ce pas que ce serait merveilleux si je n'étais pas folle ?

— Tu n'es pas folle.

— Pas cet après-midi, dit-elle. En tout cas pas encore. Est-ce qu'on peut nager encore plus loin ?

— On est déjà passablement loin, Démon.

– D'accord. Faisons demi-tour dans ce cas. Mais l'eau est profonde et si belle ici.

– Est-ce que tu as envie de plonger encore une fois avant de rentrer ?

– Rien qu'une fois, dit-elle. Ici où c'est très profond.

– On descendra tant qu'on pourra tenir. »

CHAPITRE XVI

Il se réveilla alors qu'il faisait à peine assez jour pour distinguer les troncs des pins et il sortit du lit, prenant soin de ne pas réveiller Catherine, trouva son short et, nu-pieds sur les dalles humides de rosée, longea la façade de l'hôtel jusqu'à la porte de sa pièce. Comme il ouvrait la porte, il sentit, de nouveau, la caresse de la brise venue de la mer qui annonçait ce que serait la journée.

Lorsqu'il s'assit le soleil n'était pas encore levé et il lui sembla qu'il avait en partie rattrapé le temps qui s'était perdu dans l'histoire. Mais à mesure qu'il relisait son écriture nette et appliquée et que les mots l'emportaient et le replongeaient dans l'autre pays, il perdait cet avantage et se retrouvait confronté au même problème, et quand le soleil surgit de la mer il y avait longtemps que pour lui il avait surgi et, ses bottes maintenant blanchies et encroûtées de sel, il se trouvait déjà fort avant dans la traversée des lacs gris, desséchés et saumâtres. Il sentait le poids du soleil sur sa tête et son cou et son dos. Sa chemise était mouillée et il sentait la sueur ruisseler dans son dos et entre ses cuisses. Quand il se redressait pour se reposer, respirant lentement, et que sa chemise se décollait de ses épaules, il la sentait sécher au soleil et voyait les plaques blanches que laissaient en séchant sur le tissu les sels de son corps. Il se sentait et se voyait là debout et savait qu'il ne pouvait rien faire d'autre sinon continuer.

À dix heures et demie il avait traversé les lacs et se trouvait bien au-delà. Déjà il avait atteint le fleuve et la grande figuerie où ils dresseraient leur camp. L'écorce des arbres était vert et jaune et les branches étaient lourdes. Des babouins avaient mangé les figues sauvages et des crottes de babouins et des figues éclatées jonchaient le sol. L'odeur était infecte.

Mais il était la demie de dix heures à la montre qu'il portait au poignet quand il y jeta un coup d'œil, là dans la chambre où assis à une table il sentait la brise qui maintenant montait de la mer, et le temps réel était le soir et il était assis à même le sol adossé à la souche gris-jaune d'un arbre avec un verre de whisky coupé d'eau à la main et les figues avaient été balayées et il regardait les porteurs occupés à découper le kongoni qu'il avait abattu dans le premier petit marécage herbeux qu'ils avaient franchi avant d'atteindre la rivière.

Je leur laisserai de la viande, se dit-il, et quoi qu'il advienne, c'est un camp heureux ce soir. Aussi rangea-t-il ses crayons et ses carnets et il ferma à clef la valise et passa la porte et, pieds nus sur les dalles maintenant sèches et chaudes, se dirigea vers le patio de l'hôtel.

La jeune fille était assise à l'une des tables et lisait un livre. Elle portait un maillot rayé et une jupe de tennis et des espadrilles et elle leva les yeux en le voyant et David crut qu'elle allait rougir mais elle parut se retenir et dit, « Bonjour, David. Vous avez bien travaillé ?

— Oui, beauté », dit-il.

Elle se leva alors et l'embrassa pour lui souhaiter le bonjour et dit, « Je suis très heureuse alors. Catherine est partie à Cannes. Elle m'a demandé de vous dire que je devais vous emmener nager.

— Elle ne voulait pas que vous l'accompagniez en ville ?

— Non. Elle a voulu que je reste. Elle a dit que vous vous étiez levé affreusement tôt pour travailler et que vous vous sentiriez peut-être seul quand vous auriez terminé. Est-ce que je peux commander quelque chose pour le petit déjeuner ? Vous ne devriez pas toujours sauter le petit déjeuner. »

La jeune fille se rendit à la cuisine et revint en apportant des *œufs au plat avec jambon** et de la moutarde anglaise et de la Savora.

« Est-ce que c'était difficile aujourd'hui ? lui demanda-t-elle.

— Non, dit-il. C'est toujours difficile mais en même temps c'est facile. Ça a très bien marché.

— Je voudrais bien vous aider.

— Personne ne peut aider, dit-il.

— Mais je peux aider pour d'autres choses n'est-ce pas ? »

Il faillit dire il n'y a pas d'autres choses mais ne le dit pas et au contraire il dit, « Vous l'avez fait et vous le faites. »

Il essuya les dernières traces d'œuf et de moutarde sur l'assiette plate au moyen d'un petit morceau de pain puis but un peu de thé. « Vous avez bien dormi ? demanda-t-il.

— Très bien, dit la jeune fille. J'espère que ce n'est pas déloyal.

— Non. C'est intelligent.

— Si nous laissions tomber les politesses ? demanda la jeune fille. Tout était si simple et si parfait jusqu'ici.

— Oui. Laissons tomber. Et même laissons tomber les autres foutaises, "Je ne peux pas" David par exemple, dit-il.

— D'accord, dit-elle en se levant. Si vous avez envie d'aller nager, je serai dans ma chambre. »

Il se leva. « Je vous en prie ne partez pas, dit-il. J'arrête de jouer les emmerdeurs.

— N'arrêtez surtout pas pour moi, dit-elle. Oh David, comment sommes-nous allés nous fourrer dans une histoire pareille ? Pauvre David. Ce que vous font les femmes. » Elle lui caressait la tête et le regardait en souriant. « Je vais prendre les affaires de bain si vous avez envie de nager.

— Bien, dit-il. Je vais prendre mes espadrilles. »

Ils étaient allongés sur le sable à l'endroit où David avait étalé les peignoirs et les serviettes à l'ombre d'un rocher rouge, et la jeune fille dit, « Va nager, moi j'irai après. »

Très doucement et lentement il se souleva pour se détacher et s'écarter d'elle puis entra dans l'eau et s'éloigna et piqua une tête à l'endroit où l'eau était froide et descendit très profond. Lorsqu'il fit surface, il nagea vers le large face au clapotis de la brise puis revint vers le rivage où l'attendait la jeune fille, dans l'eau jusqu'à la taille, sa tête noire lisse et mouillée, son corps brun clair tout ruisselant. Il la tint serrée contre lui et les vagues déferlèrent autour d'eux.

Ils s'embrassèrent et elle dit, « Toutes nos affaires ont été emportées par la mer.

— Nous devons rentrer.

— Plongeons rien qu'une fois tous les deux en nous tenant bien serrés. »

À leur retour à l'hôtel Catherine n'était pas encore rentrée et après s'être douchés et changés, David et Marita s'installèrent au bar devant deux martinis. Ils s'observaient dans le miroir. Ils s'observaient avec une grande attention puis tout en l'observant David se caressa du doigt le bout du nez et elle rougit.

« Ces choses, je veux en avoir davantage, dit-elle. Des choses qui ne seraient qu'à nous, comme ça je ne serais pas jalouse.

— À ta place je ne jetterais pas trop d'ancres, dit-il. Tu risquerais d'embrouiller les cordes.

— Non. Je trouverai des choses à faire pour te retenir.

— Voilà une bonne Princesse à l'esprit pratique, dit-il.

— Je voudrais tant pouvoir changer ce nom. Pas toi ?

— Les noms vous collent à la peau, dit-il.

— Dans ce cas changeons vraiment le mien, dit-elle. Est-ce que cela t'ennuierait tellement ?

— Non... *Haya*.

— Dis-le encore s'il te plaît.

— *Haya*.

— Est-ce bien ?

— Très bien. C'est un petit nom rien que pour nous. Jamais pour personne d'autre.

— Que veut dire *Haya* ?

— Celle qui rougit. La timide. »

Il la tint serrée très fort et elle se pelotonna contre lui et sa tête vint se poser sur son épaule.

« Embrasse-moi rien qu'une fois », dit-elle.

Catherine entra dans la grande salle les cheveux en bataille, tout excitée et débordante de satisfaction et de gaieté.

« Tu *as réussi* à l'emmener nager, dit-elle. Et c'est vrai, vous êtes plutôt beaux tous les deux, bien qu'encore tout mouillés d'être passés sous la douche. Laissez-moi vous regarder.

— Laisse-moi te regarder *toi*, dit la jeune fille. Qu'as-tu fait à tes cheveux ?

— Ils sont *cendre*[*], dit Catherine. Ça te plaît ? C'est un nouveau rinçage qu'expérimente Jean.

— C'est très beau », dit la jeune fille.

Les cheveux de Catherine étaient d'une couleur étrange mise en valeur par son visage très noir. Elle prit le verre de Marita et tout en buvant à petites gorgées, s'examina dans le miroir et dit, « C'était bien ce bain ?

— Nous avons bien nagé tous les deux, dit la jeune fille. Mais pas aussi longtemps qu'hier.

— Il est si bon ce verre, David, dit Catherine. Pourquoi tes martinis sont-ils toujours meilleurs que ceux des autres ?

— Le gin, dit David.

— Tu veux bien m'en préparer un, s'il te plaît ?

— Tout de même pas maintenant, Démon. On est sur le point de déjeuner.

— Mais si, dit-elle. J'irai dormir après déjeuner. Tu ne sais pas ce que c'est de se faire décolorer et redécolorer et tout le reste. C'est épuisant.

— En fait c'est quoi maintenant la couleur de tes cheveux ? demanda David.

— C'est presque blanc, dit-elle. Ça devrait te plaire. Mais je veux les garder ainsi pour voir combien de temps ça dure.

— C'est blanc comment ? demanda David.

— À peu près comme de la mousse de savon, dit-elle. Tu te rappelles ? »

Ce soir-là Catherine était tout à fait différente de ce qu'elle avait été à midi. Ils la trouvèrent assise au bar en rentrant de se baigner. La jeune fille s'était arrêtée dans sa chambre et quand David entra dans la grande salle il dit, « Qu'es-tu encore allée te faire, Démon ?

— Un shampooing pour me débarrasser de ce foutu truc, dit-elle. Ça laissait des taches grises sur l'oreiller. »

Elle était d'une beauté saisissante, ses cheveux d'une teinte argentée très claire et presque incolore qui faisait paraître son visage plus noir encore qu'à l'ordinaire.

« Tu es vraiment trop belle, bon sang, dit-il. Mais je préférerais qu'on n'ait pas touché à tes cheveux.

— Il est trop tard maintenant. Est-ce que je peux te dire autre chose ?

— Bien sûr.

— J'ai l'intention de ne rien boire demain et je vais étudier l'espagnol et me remettre à lire et cesser de penser uniquement à ma petite personne.

— Grand Dieu, dit David. Tu as eu une rude journée. Bon, laisse-moi prendre un verre et puis monter me changer.

— Je serai ici, dit Catherine. Mets ta chemise bleu foncé, veux-tu ? Celle que je t'ai achetée pareille à la mienne. »

David prit son temps pour passer sous la douche et se changer et quand il revint il trouva les deux filles assises ensemble au bar et il regretta de ne pouvoir en peindre un tableau.

« J'ai tout dit à Princesse, dit Catherine, et que je viens de tourner une page et que je veux que tu l'aimes elle aussi et que tu peux l'épouser elle aussi si elle veut bien de toi.

— Ce serait possible en Afrique si j'étais officiellement musulman. On a droit à trois épouses.

— Je pense que ça serait beaucoup plus agréable si on était tous mariés, dit Catherine. Comme ça personne ne pourrait nous critiquer. Est-ce que tu veux vraiment l'épouser, Princesse ?

— Oui, dit la jeune fille.

— Je suis si contente, dit Catherine. Tout ce qui me tracassait avant est devenu tellement simple.

— Vraiment tu accepterais ? demanda David à la jeune fille brune.

— Oui, dit-elle, propose-le-moi. »

David la regarda. Elle était très sérieuse et très excitée. Il revit son visage avec ses yeux clos pour se protéger du soleil et ses cheveux si noirs sur la blancheur du peignoir étalé sur le sable jaune tel qu'il l'avait vu quand enfin ils avaient fait l'amour. « Je te le proposerai, dit-il. Mais pas dans ce foutu bar.

— Ce n'est pas un foutu bar, dit Catherine ; c'est notre bar à nous, très spécial, et on a acheté le miroir. Je voudrais qu'on puisse vous marier ce soir.

— Ne dis pas de conneries, dit David.

— Pas du tout, dit Catherine. Je parle très sérieusement. Vraiment.

— Est-ce que tu veux un verre ? demanda David.

— Non, dit Catherine. Je veux d'abord que tout soit clair. Regardez-moi et comprenez. » La jeune fille gardait les yeux baissés et David regardait Catherine. « J'ai bien réfléchi à tout cet après-midi, dit-elle. C'est vrai. N'est-ce pas que je te l'ai dit, Marita ?

— Oui c'est vrai », dit la jeune fille.

David vit qu'elle parlait sérieusement et qu'elles étaient parvenues à une forme d'entente dont il ne savait rien.

« Je reste ta femme, dit Catherine. Ça, pour commencer. Je veux que Marita aussi soit ta femme pour me seconder, et comme ça elle héritera de moi.

— Mais pourquoi faut-il qu'elle hérite ?

— Les gens font toujours leur testament, dit-elle. Et ça, c'est plus important qu'un testament.

— Et toi ? demanda David à la jeune fille.

— Si tu le veux, je le veux.

– Bon, dit-il. Ça vous ennuie qu'on prenne un verre ?

– Prends-en un toi s'il te plaît, dit Catherine. Tu comprends je ne veux pas causer ta ruine si un jour je suis folle et incapable de prendre une décision. Pas question non plus de me laisser enfermer. Ça aussi je l'ai décidé. Elle t'aime et tu l'aimes un peu. Je le sens. Tu ne trouveras jamais quelqu'un comme elle et je ne veux pas qu'un jour tu ailles trouver une foutue salope ou que tu restes solitaire.

– Allons assez d'idées noires, dit David. Tu as une santé de fer.

– Eh bien, on va le faire, dit Catherine. On va tout arranger. »

CHAPITRE XVII

Le soleil illuminait maintenant la chambre et c'était une journée nouvelle. Tu ferais mieux de te mettre au travail, se dit-il. Tu ne peux rien faire pour que les choses redeviennent comme avant. Une seule personne le pourrait et elle ne peut pas savoir comment elle sera à son réveil ni si elle sera là à son réveil. Peu importe ce que tu ressens. Tu ferais mieux de te mettre au travail. Et pour ça il faut que tu aies les idées claires. Tu n'as pas les idées claires pour le reste. Rien ne t'aidera. Rien n'aurait pu t'aider depuis que tout a commencé.

Quand finalement il se replongea dans l'histoire le soleil était déjà haut et il avait oublié les deux femmes. Il lui avait fallu penser à ce que son père aurait pensé ce soir-là assis par terre adossé au tronc jaune du figuier avec à la main la tasse émaillée remplie de whisky coupé d'eau. Son père avait toujours traité le mal à la légère, ne lui laissant jamais la moindre chance et niant son importance, de sorte qu'il n'avait ni réalité ni forme ni dignité. Il traitait le mal comme un vieil ami digne de confiance, se disait David, et le mal, quand il le contaminait, ne savait jamais qu'il avait marqué un point. Son père, il le savait, n'était pas vulnérable et, contrairement à la plupart des gens qu'il avait rencontrés, seule la mort pouvait le tuer. Finalement il savait ce qu'avait pensé son père et le sachant, il ne l'intégrait pas à l'histoire. Il se contentait d'écrire ce que faisait son père et ce qu'il ressentait et, ce faisant, il devenait son père et ce que son père disait à Molo était ce que lui-même disait. Il dormit bien à même le sol au pied de l'arbre et il se réveilla et entendit tousser le léopard. Plus tard il n'entendit pas le léopard rôder dans le camp mais il savait qu'il était là et il se rendormit. Le léopard cherchait de la viande et il y avait beaucoup de viande de sorte qu'il n'y avait aucun problème. Le matin avant l'aube assis près des cendres du feu avec à la main la tasse à l'émail ébréché, il demanda à Molo si le léopard avait emporté de la viande et Molo dit, « Ndiyo » et il lui dit, « Il y en a beaucoup là où on va. Va, secoue-les qu'on puisse commencer à grimper. »

Depuis deux jours déjà ils traversaient les hautes terres boisées et verdoyantes qui s'étendaient au-delà de l'escarpement lorsque enfin ils firent halte, et il fut tout heureux à cause du pays et de leur journée et de la distance qu'ils avaient couverte. Il avait comme son père la faculté d'oublier le moment présent et de ne rien redouter de ce que réservait l'avenir. Il leur restait une autre journée et une autre nuit à passer dans ces hautes terres inconnues quand enfin il s'arrêta, et aujourd'hui il avait vécu deux journées et une nuit.

Maintenant qu'il quittait ce pays, son père était encore avec lui tandis qu'il refermait la porte à clef et regagnait la grande salle et le bar.

Il dit au petit serveur qu'il ne voulait pas de petit déjeuner et de lui apporter un whisky-Perrier et le journal du matin. Il était midi passé et il avait eu l'intention de prendre la vieille Isotta pour descendre à Cannes et s'assurer que les réparations seraient faites mais, il le savait, les garages étaient maintenant fermés et il était trop tard. Il préféra rester au bar parce que c'était au bar qu'à cette heure il aurait trouvé son père et, comme il venait de rentrer de la montagne, il était impatient de le voir. Dehors le ciel était très semblable au ciel qu'il avait quitté. Il était d'un bleu profond et les nuages étaient des cumulus blancs et il accueillit avec joie la présence de son père au bar jusqu'au moment où, jetant un coup d'œil dans le miroir, il vit qu'il était seul. Il avait eu l'intention de demander deux choses à son père. Son père, qui menait sa vie de façon plus désastreuse que tous ceux qu'il avait rencontrés, donnait des conseils merveilleux. Des conseils qu'il distillait de la pulpe amère de ses erreurs passées avec l'adjonction stimulante des nouvelles erreurs qu'il était sur le point de commettre, et il les dispensait avec une pertinence et une précision empreintes de l'autorité d'un homme qui, ayant écouté tous les macabres attendus de la sentence prononcée contre lui, ne leur accordait pas plus d'importance qu'il n'en eût accordé aux minuscules caractères sur un billet de paquebot transatlantique.

Il était navré que son père ne fût pas resté mais il entendait les conseils assez clairement et il sourit. Son père les lui aurait donnés avec plus d'exactitude mais lui, David, s'était arrêté d'écrire parce qu'il était fatigué et, fatigué, il ne pouvait rendre justice au style de son père. Personne ne le pouvait, en réalité, et parfois son père lui-même ne le pouvait pas. Il savait maintenant, plus que jamais, pourquoi il avait toujours remis à plus tard d'écrire cette histoire et il le savait aussi, il ne devait pas y penser maintenant qu'il l'avait laissée en plan, sous peine de se retrouver incapable de l'écrire.

Tu ne dois pas t'inquiéter avant de t'y remettre ni quand tu t'arrêtes, se dit-il. Tu as de la chance de l'avoir et surtout ne commence pas à tâtonner maintenant. Si tu n'es pas capable de respecter la façon dont tu mènes ta vie, fais en sorte de respecter ton métier. Du moins tu connais ton métier. Mais à dire vrai, c'était une histoire plutôt affreuse. Grand Dieu oui, affreuse.

Il prit une nouvelle gorgée de son whisky-Perrier et par la porte contempla le jour d'été au déclin. Comme toujours il commençait à se détendre et le grand verre de raide arrangeait les choses. Il se demanda où étaient passées les femmes. Elles étaient une fois de plus en retard et il espérait que cette fois il ne serait rien arrivé de grave. Il n'avait rien d'un personnage tragique, le fait d'avoir son père et d'être un écrivain le lui interdisait, et tandis qu'il finissait son whisky-Perrier il eut le sentiment de l'être encore moins. Il n'avait jamais connu de matin où il ne s'était pas senti tout heureux au réveil jusqu'au moment où l'énormité du jour l'effleurait, et ce jour d'aujourd'hui il l'avait accepté pour lui-même comme il avait accepté tous les autres. Il avait perdu toute capacité de souffrance personnelle, ou du moins le pensait, et ne pouvait être authentiquement blessé que par ce qui arrivait aux autres. Du moins il le croyait, à tort bien sûr dans la mesure où il ne savait pas alors à quel point peuvent changer nos capacités, ni à quel point l'autre pouvait changer, et c'était une certitude confortable. Il pensa aux deux femmes et souhaita qu'elles arrivent enfin. Il se faisait trop tard pour aller nager avant le déjeuner mais il avait envie de les voir. Il pensait à toutes les deux. Puis il monta dans leur chambre, à Catherine et lui, et prit une douche et se rasa. Il achevait de se raser quand il entendit la voiture approcher et il sentit dans son ventre la brusque sensation de vide. Puis il entendit leurs voix et les entendit rire et il prit un short et une chemise propres et les enfila et sortit pour voir comment les choses tourneraient.

Tous les trois prirent sagement quelques verres puis un déjeuner qui était bon mais léger et ils burent du tavel et comme ils en étaient au fromage et aux fruits Catherine dit, « Est-ce que je devrais lui raconter ?

– Si tu veux », dit la jeune fille. Elle prit son verre de vin et en but une bonne partie.

« J'ai oublié comment le raconter, dit Catherine. On a trop attendu.

– Tu ne peux donc pas te rappeler ? dit la jeune fille.

– Non, j'ai oublié et c'était merveilleux. On avait tout mis au point et c'était vraiment merveilleux. »

David se versa un autre verre de tavel.

« Pourquoi ne pas essayer de t'en tenir simplement aux faits ? demanda-t-il.

– Je connais les faits, dit Catherine. Les faits, c'est que hier tu as fait la sieste avec moi puis tu es allé dans la chambre de Marita mais aujourd'hui tu peux tout simplement aller là-bas. Mais j'ai tout gâché maintenant et ce que je voudrais c'est que nous puissions simplement faire la sieste tous ensemble.

— Pas la sieste, s'entendit dire David.

— Probablement pas, dit Catherine. Eh bien je regrette d'avoir tout raconté de travers et de n'avoir pas pu m'empêcher de dire ce que je souhaitais. »

Dans la chambre il dit à Catherine, « Qu'elle aille au diable.

— Non, David. Elle a voulu faire ce que je lui ai demandé. Peut-être qu'elle pourra te le raconter.

— Qu'elle aille se faire baiser.

— Ma foi, tu l'as déjà fait, dit-elle. Le problème n'est pas là. Va lui parler David. Et si tu as envie de la baiser, eh bien baise-la un bon coup à ma santé.

— Ne sois pas grossière.

— C'est toi qui as employé le mot. Je n'ai fait que te renvoyer la balle. Comme au tennis.

— D'accord, dit David. Et qu'est-ce qu'elle est censée me dire ?

— Mon discours, dit Catherine. Celui que j'ai oublié. N'aie pas l'air si grave sinon je ne te laisse pas partir. Tu as un charme fou quand tu es grave. Tu ferais mieux d'y aller avant qu'elle oublie le discours.

— Que le diable t'emporte toi aussi.

— Voilà qui est bien. Cette fois tu réagis mieux. Tu me plais quand tu es moins raide. Embrasse-moi pour me dire au revoir. Bon après-midi plutôt. Tu ferais vraiment mieux d'y aller, sinon elle finira vraiment par oublier le discours. Est-ce que tu vois comme je suis sage et raisonnable ?

— Tu n'es ni raisonnable ni sage.

— Je te plais pourtant.

— Bien sûr.

— Tu veux bien que je te dise un secret ?

— Un nouveau.

— Un vieux.

— D'accord.

— Tu n'es pas très difficile à corrompre et c'est extraordinairement marrant de te corrompre.

— Tu devrais le savoir.

— C'était simplement un secret pour rire. Il n'y a pas de corruption. On s'amuse c'est tout. Vas-y et oblige-la à te faire mon discours avant qu'elle oublie elle aussi. Vas-y et sois sage David. »

Dans la pièce à l'autre bout de l'hôtel David était allongé sur le lit et il dit, « Qu'est-ce que c'est que cette histoire en fait ?

— Simplement ce qu'elle disait hier soir, dit la jeune fille. Elle est tout à fait sérieuse. Tu n'as pas idée comme elle est sérieuse.

— Est-ce que tu lui as dit que nous avions fait l'amour ?

— Non.

— Elle le savait.

— Est-ce important ?

— On ne l'aurait pas cru.

— Prends un verre de vin, David, et détends-toi. Je ne suis pas indifférente, dit-elle. J'espère que tu le sais.

— Je ne le suis pas non plus », dit-il.

Puis leurs lèvres s'unirent et, contre le sien, il sentit son corps et ses seins contre sa poitrine et ses lèvres se plaquer contre les siennes puis s'ouvrir, sa tête osciller de droite à gauche et son souffle et le contact de sa boucle de ceinture contre son ventre et dans ses mains.

Ils étaient allongés sur la plage et David regardait le ciel et le mouvement des nuages et ne pensait à rien. Penser ne servait à rien et quand il s'était allongé il s'était dit que s'il ne pensait pas, alors ce qui n'allait pas disparaîtrait peut-être. Les deux femmes parlaient mais il ne les écoutait pas. Il restait allongé et regardait le ciel de septembre et quand les deux femmes furent devenues silencieuses, il se mit à penser et sans regarder la jeune fille il demanda, « À quoi penses-tu ?

— À rien, dit-elle.

— Demande-moi à moi, dit Catherine.

— Je peux deviner ce que tu penses.

— Non tu ne peux pas. Je pensais au Prado.

— Est-ce que tu y es allée ? demanda David à la jeune fille.

— Pas encore, dit-elle.

— On ira, dit Catherine. Quand peut-on y aller David ?

— N'importe quand, dit David. Je veux d'abord terminer mon histoire.

— Est-ce que tu y travailles beaucoup, à cette histoire ?

— C'est ce que je fais ! Je ne peux pas travailler davantage.

— Je n'avais pas l'intention de te presser.

— Je ne me presserai pas, dit-il. Si vous commencez à trouver le temps long, partez toutes les deux sans m'attendre et je vous rejoindrai là-bas.

— Je ne veux pas faire ça, dit Marita.

— Ne sois pas sotte, dit Catherine. Il essaie simplement d'être noble.

— Non. Vous pouvez partir.

— Sans toi ce ne serait pas du tout drôle, dit Catherine. Tu le sais. Toutes les deux en Espagne, ça n'aurait rien de drôle.

— Il travaille, Catherine, dit Marita.

— Il pourrait travailler en Espagne, dit Catherine. Un tas d'écrivains espagnols ont forcément travaillé en Espagne. Je suis prête à parier que j'écrirais très bien en Espagne si j'étais écrivain.

— Je peux écrire en Espagne, dit David. Quand est-ce que tu veux qu'on parte ?

— Que le diable t'emporte, Catherine, dit Marita. Il est au beau milieu d'une histoire.

— Il y travaille depuis plus de six semaines, dit Catherine. Pourquoi est-ce qu'on ne peut pas aller à Madrid ?

— J'ai dit qu'on pouvait, dit David.

— Je t'interdis de faire ça, dit la jeune fille à Catherine. Je t'interdis d'essayer de faire ça. N'as-tu donc pas la moindre conscience ?

— Ça te va bien de parler de conscience, dit Catherine.

— J'ai de la conscience pour certaines choses.

— C'est parfait. Je suis heureuse de te l'entendre dire. Et maintenant veux-tu bien essayer d'être polie et ne pas la ramener quand quelqu'un essaie d'imaginer ce qui serait le mieux pour tout le monde ?

— Je vais nager », dit David.

La jeune fille se leva et le suivit et une fois loin de la crique tandis qu'ils faisaient du surplace elle dit, « Elle est folle.

— Alors ne la blâme pas.

— Mais qu'est-ce que tu vas faire ?

— Terminer cette histoire et en commencer une autre.

— Alors qu'est-ce qu'on fait toi et moi ?

— Ce qu'on peut. »

CHAPITRE XVIII

Il termina l'histoire en quatre jours. Il y mit toute la tension qui s'était accumulée à mesure qu'il l'écrivait et son côté modeste redoutait qu'elle ne fût pas finalement aussi bonne qu'il le croyait. Son côté froid et dur savait qu'elle était meilleure.

« Comment est-ce que ça s'est passé aujourd'hui ? demanda la jeune fille.

— J'ai fini.

— Est-ce que je peux la lire ?

— Si tu veux.

— Vraiment ça ne t'ennuierait pas ?

— Tout est dans la valise, les deux cahiers du dessus. » Il lui tendit la clef puis s'assit au bar et but un whisky-Perrier et lut le journal du matin. Elle revint et s'assit un peu à l'écart sur un tabouret et lut l'histoire.

Lorsqu'elle eut fini de lire elle recommença depuis le début et il se prépara un second whisky-soda et la regarda tandis qu'elle lisait. Lorsqu'elle eut fini pour la deuxième fois il dit, « Est-ce que ça te plaît ? »

— Ce n'est pas de ces choses qui plaisent ou ne plaisent pas, dit-elle. Il s'agit de ton père, n'est-ce pas.

— Bien sûr.

— Est-ce à ce moment-là que tu as cessé de l'aimer ?

— Non. Je l'ai toujours aimé. C'est à ce moment-là que j'ai appris à le connaître.

— C'est une histoire affreuse et elle est merveilleuse.

— Je suis content qu'elle te plaise, dit-il.

— Je vais la remettre à sa place maintenant, dit-elle. J'aime entrer dans la chambre quand la porte est fermée à clef.

— Ça c'est à nous », dit David.

Quand ils revinrent de la plage ils trouvèrent Catherine dans le jardin.

« Ainsi vous êtes rentrés, dit-elle.

— Oui, dit David. On a bien nagé. Dommage que tu n'aies pas été là.

— Eh bien, je n'y étais pas, dit-elle. À supposer que ça vous intéresse.

— Où es-tu allée ? demanda David.

— Je suis allée à Cannes m'occuper de mes affaires, dit-elle. Vous êtes tous les deux en retard pour déjeuner.

— Je m'excuse, dit David. Est-ce que tu veux prendre quelque chose avant de déjeuner.

— Excuse-moi s'il te plaît Catherine, dit Marita. Je reviens dans un instant.

— Tu continues à boire avant le déjeuner ? demanda Catherine à David.

— Oui, dit-il. À mon avis, ça n'a pas d'importance quand on fait beaucoup d'exercice.

— Il y avait un verre à whisky vide sur le bar quand je suis entrée.

— Oui, dit David. Pour tout dire, j'ai pris deux whiskies.

— "Pour tout dire" le singea-t-elle. Tu es très britannique aujourd'hui.

— Vraiment ? dit-il. Je ne me sentais pas très britannique. Je me sentais plutôt comme un pauvre con de Tahitien.

— C'est simplement ta façon de parler qui m'agace, dit-elle. Le choix de tes mots.

— Je vois, dit-il. Est-ce que tu veux t'envoyer un verre avant qu'on serve la bouffe ?

— Pas la peine de faire le clown.

— Les meilleurs clowns ne parlent pas, dit-il.

— Personne ne t'a accusé d'être le meilleur des clowns, dit-elle. Oui. J'aimerais bien un verre si ce n'est pas trop te demander d'en préparer un. »

Il prépara trois martinis, qu'il dosa tour à tour séparément et versa dans le pichet où nageait un gros morceau de glace, puis brassa le tout.

« Pour qui le troisième verre ?

— Marita.

— Ta dulcinée ?

— Ma quoi ?

— Ta dulcinée ?

— C'est bien ce que tu as dit, lui dit David. Je n'avais jamais entendu personne utiliser ce mot et je n'avais absolument pas le moindre espoir de jamais l'entendre. Tu es vraiment merveilleuse.

— C'est un mot parfaitement banal.

— C'est vrai d'ailleurs, dit David. Mais tout de même, avoir l'incroyable courage et le culot de l'utiliser dans la conversation ! Démon, sois gentille maintenant. Est-ce que tu ne pourrais pas dire “ta ténébreuse dulcinée” ? »

Catherine détourna les yeux en levant son verre.

« Et dire qu'avant je trouvais amusant ce genre de sarcasmes, dit-elle.

— Et si tu faisais un effort pour être courtoise ? demanda David. Si on était courtois tous les deux ?

— Non, dit-elle. Tiens voici ta, ma foi je ne sais comment tu l'appelles, l'air plus gentille et innocente que jamais. Je dois dire que je suis heureuse de l'avoir eue avant que toi tu l'aies. *Chère* Marita — dis-moi, est-ce que David a travaillé avant de se mettre à boire aujourd'hui ?

— Est-ce que tu as travaillé, David ? demanda Marita.

— J'ai terminé une histoire, dit David.

— Et je suppose que Marita l'a déjà lue ?

— Oui, elle l'a lue.

— Tu sais, jamais je n'ai lu une seule histoire de David. Je ne m'en mêle jamais. J'ai seulement essayé de faire en sorte qu'économiquement il puisse se consacrer à travailler de son mieux. »

David but une gorgée de son verre et la regarda. C'était comme toujours la même femme, belle et merveilleusement bronzée et ses cheveux blanc ivoire lui barraient le front comme une cicatrice. Seuls ses yeux avaient changé et aussi ses lèvres qui disaient des choses qu'elles étaient incapables de dire.

« J'ai trouvé que c'était une très bonne histoire, dit Marita. Une histoire étrange et, comment dit-on, *pastorale**. Et puis c'est devenu affreux mais je ne saurais expliquer pourquoi. J'ai trouvé que c'était *magnifique**.

— Eh bien, dit Catherine. Nous parlons tous français, tu sais. Toute cette explosion de sentimentalité, tu aurais aussi bien pu faire tout ça en français.

— J'ai été profondément émue par l'histoire, dit Marita.

— Parce que David l'a écrite ou parce qu'elle est vraiment réussie ?

— Les deux, dit Marita.

— Eh bien, dit Catherine, y a-t-il la moindre raison alors pour que je ne puisse pas la lire, cette extraordinaire histoire ? C'est moi qui ai avancé l'argent.

— Tu as fait quoi ? demanda David.

— Peut-être pas exactement. C'est vrai tu avais quinze cents dollars quand tu m'as épousée et le livre sur tous ces dingues d'aviateurs s'est bien vendu, n'est-ce pas ? Tu ne m'as jamais dit combien. Mais c'est vrai j'ai avancé une somme substantielle et, tu dois l'admettre, tu as eu la vie plus confortable qu'avant de m'épouser. »

La jeune fille ne disait rien et David observait le serveur qui dressait la table sur la terrasse. Il regarda sa montre. Il restait environ vingt minutes avant l'heure habituelle de leur déjeuner. « J'aimerais monter faire un brin de toilette si tu permets, dit-il.

— Laisse tomber ta sacrée politesse d'hypocrite, dit Catherine. Pourquoi est-ce que je ne peux pas la lire, cette histoire ?

— Elle est seulement écrite au crayon. Elle n'a même pas été recopiée. Tu n'aurais pas envie de la lire comme ça.

— Marita l'a lue comme ça.

— Lis-la après déjeuner alors.

— Est-ce que c'est dégoûtant ?

— C'est une histoire où il est question de l'Afrique autrefois, bien avant la guerre de 1914. À l'époque de la guerre des Maji-Maji. La révolte indigène de 1905 au Tanganyika.

— J'ignorais que tu écrivais des romans historiques.

— Je voudrais que tu laisses tomber, dit David. C'est une histoire qui se passe en Afrique à l'époque où j'avais à peu près huit ans.

— Je veux la lire. »

David s'était réfugié tout au bout du bar et lançait des dés avec un gobelet de cuir. La jeune fille était juchée sur un tabouret à côté de Catherine. Il la regardait qui regardait Catherine occupée à lire.

« Ça commence bien, dit-elle. Bien que ton écriture soit atroce. Le pays est superbe. Tout le passage. Ce que Marita a improprement appelé la partie *pastorale.* »

Elle posa le premier carnet et la jeune fille le prit et le garda sur ses genoux, les yeux toujours fixés sur Catherine.

Catherine continuait à lire et ne disait plus rien maintenant. Elle en était au milieu de la deuxième partie. Brusquement elle déchira le cahier en deux et le jeta à terre.

« C'est horrible, dit-elle. C'est bestial. Voilà donc comment était ton père.

— Non, dit David. Mais c'était une de ses façons d'être. Tu n'es pas allée jusqu'au bout.

— Pour rien au monde je n'irais jusqu'au bout.

— Je ne voulais pas que tu le lises du tout.

— Non. Vous avez comploté tous les deux pour me forcer à le lire.

— Est-ce que je peux avoir la clef, David, pour le mettre en sécurité dans la valise ? » demanda la jeune fille. Elle avait ramassé les deux moitiés du cahier. Elles n'étaient qu'arrachées. Elles n'étaient pas déchirées. David lui donna sa clef.

« C'est encore plus horrible écrit comme ça dans ce cahier d'écolier, dit Catherine. Tu es un monstre.

— C'était une révolte très étrange, dit David.

— Et toi il faut que tu sois très étrange pour écrire sur ce sujet, dit-elle.

— Je t'avais demandé de ne pas lire l'histoire. »

Elle pleurait maintenant. « Je te hais », dit-elle.

Ils étaient dans leur chambre et au lit et il était tard.

« Elle partira et tu me feras enfermer ou piquer ? dit Catherine.

— Non. Ce n'est pas vrai.

— Mais tu avais proposé que nous allions en Suisse.

— Si tu es tellement inquiète on pourrait consulter un bon médecin. De la même façon qu'on irait consulter un dentiste.

— Non. On m'enfermerait. Je le sais. Tout ce qui pour nous est innocent, pour eux c'est dingue. Je les connais, ces endroits.

— La route est facile et belle. On passerait par Aix et Saint-Rémy et on remonterait la vallée du Rhône de Lyon jusqu'à Genève. On irait le voir et on demanderait quelques bons conseils et on profiterait du voyage pour bien s'amuser.

— Je refuse d'y aller.

— Un médecin très bon très intelligent qui —

— Je refuse d'y aller. Est-ce que tu m'as entendue ? Je refuse d'y aller. Je refuse. Tu veux que je me mette à hurler ?

— D'accord. N'y pense plus pour le moment. Essaie seulement de dormir.

— Si je ne suis pas forcée d'y aller.

— On n'est pas forcés.

— Alors je vais dormir. Est-ce que tu as l'intention de travailler demain matin ?

— Oui. Pourquoi pas.

— Tu feras du bon travail, dit-elle. Je le sais. Bonne nuit David. Dors bien toi aussi. »

Il demeura longtemps sans dormir. Lorsque enfin il s'endormit il fit des rêves de l'Afrique. Ce furent de beaux rêves jusqu'à ce que l'un d'eux le réveille. Il se leva alors et passa directement de ce rêve à son travail. Avant que le soleil surgisse de la mer, il était déjà bien avancé dans son histoire et il ne quitta pas des yeux l'endroit où il en était pour voir comme le soleil était rouge. Dans l'histoire il attendait que la lune se lève et il sentait les poils de son chien se hérisser sous sa main tandis qu'il le caressait pour le faire tenir tranquille et tous les deux regardaient et écoutaient tandis que la lune montait et leur donnait des ombres. Son bras entourait le cou du chien maintenant et il le sentait frissonner. Tous les bruits de la nuit s'étaient tus. Ils n'entendirent pas l'éléphant et David ne le vit que lorsque le chien tourna la tête et parut s'incruster dans David. Puis l'ombre de l'éléphant les recouvrit et il passa tout près sans faire le moindre bruit et ils sentirent son odeur portée par la brise qui descendait de la montagne. Il avait une odeur forte mais vieille et âcre, et lorsqu'il fut passé, David vit que la défense gauche était si longue qu'elle semblait toucher le sol. Ils attendirent mais il ne passa pas d'autres éléphants, puis David et le chien s'élancèrent en courant dans le clair de lune. Le chien le suivait de près et lorsque David fit halte, le chien fourra son museau dans le pli de son genou. David tenait à revoir le vieux mâle et ils le rattrapèrent à l'orée de la forêt. Il se dirigeait vers la montagne et maintenant avançait lentement face à la brise nocturne. David s'en approcha suffisamment pour de nouveau le voir couper la lune et sentir l'âcre odeur de la vieillesse mais il ne put voir la défense droite. Il avait peur de se rapprocher davantage à cause du chien et il le ramena sous le vent et le plaqua contre le pied d'un arbre et s'efforça de lui faire comprendre. Il crut que le chien resterait là et il y resta mais quand David se leva pour de nouveau se rapprocher de la masse de l'éléphant, il sentit le museau humide dans le pli de son genou.

Tous deux suivirent l'éléphant jusqu'au moment où il parvint à une clairière au milieu des arbres. Il s'arrêta là, agitant ses énormes oreilles. Sa silhouette massive était dans l'ombre mais, bien sûr, la lune éclairait sa tête. David s'approcha par-derrière et de la main bloqua doucement la gueule du chien puis, retenant son souffle il se déplaça sans bruit vers la droite en restant à la lisière de la brise nocturne qui lui frôlait la joue, la suivant, sans jamais la laisser s'interposer entre lui et la silhouette massive jusqu'au moment où il vit la tête de l'éléphant et les grandes oreilles qui s'agitaient lentement. La défense droite était aussi épaisse que sa propre cuisse et elle s'incurvait presque à toucher le sol.

Lui et le chien se retirèrent, le vent lui caressant le cou maintenant, et ils rebroussèrent chemin pour sortir de la forêt et regagner le terrain découvert. Le chien allait en avant maintenant et il s'arrêta à l'endroit où David avait laissé les deux épieux de chasse plantés en bordure de la piste quand ils suivaient l'éléphant. Il les jeta sur son épaule dans leur étui de lanières tressées, en gardant à la main son meilleur épieu dont pas un instant il ne s'était séparé, et ils reprirent la piste pour rejoindre la shamba. La lune était haute maintenant et il se demanda pourquoi aucun bruit de tam-tam ne montait de la shamba. Si son père se trouvait là-bas et qu'il n'y avait pas de tam-tam, il se passait quelque chose d'étrange.

CHAPITRE XIX

Ils étaient allongés sur le sable ferme de la plus petite des trois criques, celle où ils allaient toujours lorsqu'ils étaient seuls, et la jeune fille dit, « Elle n'ira pas en Suisse.

– Elle ne devrait pas non plus aller à Madrid. L'Espagne c'est un endroit moche pour craquer.

– J'ai l'impression que nous sommes mariés depuis toujours et n'avons jamais eu que des problèmes. » Elle lui repoussa les cheveux sur le front et l'embrassa. « Tu as envie de nager maintenant ?

– Oui. On va plonger du grand rocher. Le très très grand.

– Toi plonge, dit-elle. Moi je nagerai jusque là-bas et tu plongeras par-dessus ma tête.

– D'accord. Mais ne bouge pas quand je plongerai.

– Essaie de plonger le plus près possible. »

Levant la tête, elle le regarda en équilibre sur le grand rocher, arc brun se découpant sur le ciel bleu. Puis il piqua vers elle et l'eau jaillit d'un trou juste derrière son épaule. Il se retourna sous l'eau et émergea en face d'elle et secoua la tête. « J'ai visé un peu juste », dit-il.

Ils nagèrent jusqu'à la pointe et regagnèrent le rivage puis se séchèrent mutuellement et se rhabillèrent sur la plage.

« Tu as vraiment aimé que je plonge aussi près ?

— J'ai adoré. »

Il l'embrassa et elle était froide et fraîche d'avoir nagé et elle gardait le goût de la mer.

Lorsque Catherine entra ils étaient encore assis au bar. Elle était fatiguée et calme et polie.

À table elle dit, « Je suis allée à Nice puis j'ai pris la petite Corniche et je me suis arrêtée au-dessus de Villefranche et j'ai regardé un croiseur qui entrait dans le port et après il était tard.

— Tu n'étais pas très en retard, dit Marita.

— Mais c'était très bizarre, dit Catherine. Toutes les couleurs étaient trop lumineuses. Même les gris étaient lumineux. On aurait dit que les oliviers scintillaient.

— Ça c'est la lumière de midi, dit David.

— Non. Je ne crois pas, dit-elle. Ce n'était pas très joli et c'était merveilleux quand je me suis arrêtée pour regarder le bateau. Il ne paraissait pas tellement gros pour avoir un si gros nom.

— Je t'en prie, mange un peu de steak, dit David. Tu n'as presque rien mangé.

— Je m'excuse, dit-elle. C'est bon. J'aime bien le tournedos.

— Voudrais-tu autre chose à la place de la viande ?

— Non. Je mangerai la salade. Est-ce que tu penses que nous pourrions avoir une bouteille de Perrier-Jouët ?

— Bien sûr.

— Il était toujours si bon, ce vin, dit-elle. Et il nous rendait toujours si heureux. »

Plus tard dans leur chambre Catherine dit, « Ne te fais pas de souci, David, je t'en prie. Seulement tout va tellement plus vite depuis quelque temps.

— Comment ? » demanda-t-il. Il lui caressait le front.

« Je ne sais pas. Tout à coup ce matin j'étais vieille et même la saison n'était pas la bonne. Puis les couleurs ont commencé à être fausses. Je me suis inquiétée et j'ai voulu faire le nécessaire pour que tu sois protégé.

— Tu sais merveilleusement protéger les autres.

— Je vais le faire mais j'étais si lasse et le temps manquait et je savais que ce serait tellement humiliant si l'argent venait à manquer et si tu devais emprunter alors que je n'avais rien prévu ni signé et simplement été négligente selon mon habitude. Et puis je me suis inquiétée pour ton chien.

— Mon chien ?

— Oui ton chien dans l'histoire en Afrique. Je suis entrée dans la chambre pour voir si tu n'avais besoin de rien et j'ai lu l'histoire. Pendant que Marita et toi vous parliez dans l'autre chambre. Je n'ai pas écouté. Tu avais laissé tes clefs dans ton short quand tu t'étais changé.

— J'en suis à peu près à la moitié, lui dit-il.

— Je la trouve merveilleuse, dit-elle. Mais elle m'effraie. L'éléphant était tellement étrange et ton père aussi. Lui je ne l'ai jamais beaucoup aimé mais, à part toi David, c'est le chien que j'aime le plus, et je suis tellement inquiète pour lui.

— C'était un chien merveilleux. Tu ne dois pas t'inquiéter pour lui.

— Est-ce que je peux lire ce qui lui est arrivé aujourd'hui dans l'histoire ?

— Bien sûr, si tu en as envie. Mais il est à la shamba maintenant et tu n'as pas à t'inquiéter pour lui.

— S'il va bien j'attendrai pour le lire que tu repar-les de lui. Kibo. Il avait un nom adorable.

— C'est le nom d'une montagne. L'autre partie c'est Mawenzi.

— Toi et Kibo. Je t'aime tellement. Vous étiez tel-lement semblables.

— Tu te sens mieux, Démon.

— Probablement, dit Catherine. Je l'espère. Mais ça ne durera pas. Dans la voiture ce matin je me sentais tellement heureuse puis brusquement j'étais vieille, tellement vieille que rien n'avait plus d'im-portance.

— Tu n'es pas vieille.

— Si je le suis. Je suis plus vieille que les vieux ha-bits de ma mère et je ne survivrai pas à ton chien. Pas même dans une histoire. »

CHAPITRE XX

David avait fini d'écrire et il se sentait vide et creux de s'être forcé à continuer bien au-delà de l'endroit où il aurait dû s'arrêter. Il ne pensait pas que c'était important ce jour-là, car la lassitude marquait toute cette partie de l'histoire aussi avait-il ressenti la fatigue dès qu'ils avaient repris la piste. Longtemps il avait été plus dispos et en meilleure forme que les deux hommes et s'était impatienté de la lenteur de la traque et des haltes régulières que son père imposait toutes les heures à l'heure juste. Il aurait pu avancer beaucoup plus vite que Juma et son père mais quand il commença à se fatiguer, eux étaient toujours semblables à eux-mêmes et à midi ils se contentèrent de l'habituelle pause de cinq minutes, et il avait noté que Juma forçait un peu l'allure. Peut-être pas. Peut-être l'allure lui avait-elle seulement paru plus rapide, mais les bouses étaient maintenant plus fraîches bien que pas encore chaudes au toucher. Juma lui donna le fusil à porter quand ils trouvèrent le dernier tas de bouses mais au bout d'une heure il le regarda et le lui reprit. Ils avaient jusqu'alors gravi d'une allure régulière le flanc de la montagne mais la piste descendait maintenant et à travers une trouée dans la forêt il vit loin devant le terrain accidenté.

« C'est ici que ça devient dur, Davey », dit son père.

Ce fut alors qu'il comprit qu'après les avoir mis sur la piste, il aurait dû être renvoyé à la shamba. Juma l'avait compris depuis longtemps. Son père le comprenait maintenant et il n'y avait rien à faire. C'était encore une de ses erreurs et il n'y avait désormais rien à faire sinon à parier sur la chance. David baissa les yeux et regarda la grosse galette de l'empreinte laissée par le pied de l'éléphant et vit l'endroit où les fougères avaient été foulées et où la tige brisée d'une herbe en fleur se desséchait au-dessus de la cassure. Juma la ramassa et regarda le soleil. Juma tendit au père de David la tige brisée et son père la roula entre ses doigts. David remarqua que les fleurs blanches ployaient et déjà se flétrissaient. Mais elles n'avaient pas encore séché au soleil ni perdu leurs pétales.

« Ça sera une femelle, dit son père. Allons-y. »

En fin d'après-midi ils suivaient toujours la piste à travers le terrain accidenté. Il y avait longtemps maintenant qu'il avait envie de dormir et tandis qu'il observait les deux hommes, il se rendait compte que l'envie de dormir était son véritable ennemi et il suivait leur allure et s'efforçait de résister et d'échapper au sommeil qui l'accablait. Les deux hommes se relevaient toutes les heures pour pister et celui qui se trouvait en deuxième position se retournait à intervalles réguliers pour s'assurer qu'il était toujours avec eux. Quand à la nuit tombante ils dressèrent de nouveau un bivouac dans la forêt, il s'endormit dès qu'il s'assit et s'éveilla alors que Juma, ses mocassins à la main, lui palpait les pieds en quête d'ampoules. Son père l'avait recouvert de sa veste et était assis près de lui, un morceau de viande froide et deux biscuits à la main. Il lui tendit une gourde remplie de thé froid.

« Il faudra qu'il s'alimente, Davey, dit son père. Tes pieds sont en bon état. Ils sont aussi sains que ceux de Juma. Mange ça lentement et bois un peu de thé et rendors-toi. Tout va bien.

— Je regrette d'avoir eu tellement sommeil.

— Kibo et toi avez chassé et marché toute la nuit. Pourquoi n'aurais-tu pas sommeil ? Tu peux avoir encore un peu de viande si tu veux.

— Je n'ai pas faim.

— Bon. On peut tenir encore trois jours. Demain on trouvera encore de l'eau. Un tas de ruisseaux descendent de la montagne.

— Où est-ce qu'il va ?

— Juma croit le savoir.

— Est-ce que ça se présente mal ?

— Pas trop mal, Davey.

— Je vais me rendormir, avait dit David. Je n'ai pas besoin de ta veste.

— Juma et moi avons ce qu'il faut, dit son père. J'ai toujours chaud quand je dors, tu sais. »

David s'était endormi avant même que son père lui dise bonne nuit. Puis à un certain moment il se réveilla le clair de lune en plein sur le visage et il s'imagina l'éléphant quelque part dans la forêt agitant ses immenses oreilles, la tête ployant sous le poids de ses défenses. David se dit alors, là dans la nuit, que s'il se sentait vide en y repensant, c'était parce qu'il se réveillait le ventre creux. Mais ce n'était pas cela et il s'en rendit compte au cours des trois jours qui suivirent.

Dans l'histoire il s'était efforcé de ressusciter l'éléphant tel que Kibo et lui l'avaient vu, la nuit où la lune s'était levée. Peut-être en suis-je capable, se dit David, peut-être en suis-je capable. Mais tandis qu'il enfermait dans la valise le travail de sa journée et sortait de la pièce et refermait la porte, il se dit, Non tu n'en es pas capable. L'éléphant était vieux et s'il n'y avait pas eu ton père, il y aurait eu quelqu'un d'autre. Il n'y a rien que tu puisses faire, sinon tout relater de la façon dont ça s'est passé. Aussi dois-tu relater chaque journée mieux encore que tu n'en es capable et utiliser le chagrin que tu éprouves maintenant pour comprendre comment t'est venu le tout premier chagrin. Et tu dois toujours te rappeler les choses auxquelles tu croyais parce que si tu les comprends, elles seront là dans le récit et tu ne les trahiras pas. Le récit est l'unique progrès que tu fais.

Il passa derrière le bar et prit la bouteille de Haig et une demi-bouteille de Perrier bien frais et se prépara un verre et l'emporta dans la grande cuisine pour parler à Madame. Il lui dit qu'il allait descendre à Cannes et ne serait pas rentré pour déjeuner. Elle le gronda de boire du whisky à jeun et il lui demanda si elle avait quelque chose de froid qu'il pourrait prendre l'estomac vide avec le whisky. Elle apporta un peu de poulet froid et le découpa en tranches et le servit sur une assiette et lui prépara une salade d'endives et il retourna au bar et se prépara un autre verre et revint s'asseoir à la table de la cuisine.

« Surtout n'allez pas boire ça avant de manger, Monsieur, dit Madame.

– Ça me fait du bien, lui dit-il. Au mess pendant la guerre on buvait ça comme du vin.

– C'est un miracle que vous ne soyez pas tous ivrognes.

– Comme les Français », dit-il et ils discutèrent du problème de l'alcoolisme dans la classe ouvrière française, dont ils convinrent tous deux, et elle le taquina parce que ses femmes l'avaient laissé seul. Il dit qu'elles commençaient à le fatiguer toutes les deux et serait-elle disposée à les remplacer maintenant ? Non, dit-elle, il lui faudrait fournir d'autres preuves qu'il était un homme avant de pouvoir séduire une femme du Midi. Il dit qu'il allait descendre à Cannes où au moins il était sûr de trouver un repas digne de ce nom et reviendrait pareil à un lion, et alors gare aux femmes du Midi. Ils s'embrassèrent affectueusement en échangeant le baiser du client favori et de la brave *femme**, puis David monta pour prendre une douche, se raser et se changer.

Il se sentit bien après et tout ragaillardi d'avoir bavardé avec Madame. Je me demande ce qu'elle dirait si elle savait tout ce qui se passe, se dit-il. Les choses avaient changé depuis la guerre et Monsieur et Madame avaient tous deux le sens des choses, et ils souhaitaient vivre avec leur temps. Nous les clients sommes tous trois des *gens très bien**. Tant que cela paie et n'a rien de violent, il n'y a aucun mal à ça. Les Russes sont partis, les Anglais commencent à être pauvres, les Allemands sont ruinés, et maintenant il y a ce mépris des conventions qui pourrait fort bien être le salut de toute la côte. Nous sommes des pionniers d'oser ouvrir la saison d'été que tout le monde considère encore comme une folie. Il regarda dans la glace son visage dont un seul côté était rasé. Quand même, se dit-il, tu n'as pas besoin d'être pionnier au point de ne pas te raser l'autre joue. Puis avec une répugnance circonspecte et critique, il remarqua la blancheur quasi argentée de ses cheveux.

Il entendit la Bugatti gravir la longue côte et s'engager sur le gravier et s'arrêter.

Catherine entra dans la pièce. Elle avait un foulard sur la tête et des lunettes et elle les enleva et embrassa David. Il la serra contre lui et dit : « Comment vas-tu ?

– Pas tellement bien, dit-elle. Il faisait trop chaud. » Elle le regarda avec un sourire et posa le front sur son épaule. « Je suis contente d'être à la maison. »

Il sortit et prépara un Tom Collins et l'apporta à Catherine qui venait de prendre une douche froide. Elle prit le grand verre froid et but une gorgée puis le plaqua contre la peau lisse, sombre et bronzée de son ventre. Elle effleura tour à tour avec le verre le bout de ses deux seins qui aussitôt dardèrent, puis but une longue gorgée et de nouveau plaqua le verre froid contre son ventre. « C'est merveilleux », dit-elle.

Il l'embrassa et elle dit, « Oh, c'est merveilleux. J'avais oublié. Je ne vois pas pour quelle raison je devrais renoncer à tout ça. Et toi ?

– Non.

— Eh bien, je n'en ai pas, dit-elle. Il n'est pas question que je te lègue prématurément à quelqu'un d'autre. C'était une idée stupide.

— Habille-toi et rejoins-moi dehors, dit David.

— Non. Je veux m'amuser avec toi comme avant.

— Comment ?

— Tu sais. Pour te rendre heureux.

— Heureux comment ?

— Comme ça.

— Attention, dit-il.

— Je t'en prie.

— D'accord, comme tu veux.

— Comme la première fois au Grau-du-Roi.

— Comme tu veux.

— Merci de me céder cette fois parce que —

— Ne dis rien.

— C'est exactement comme au Grau-du-Roi mais encore plus merveilleux parce qu'il fait jour et qu'on s'aime encore davantage parce que je suis partie. Je t'en prie allons doucement et doucement et doucement —

— Oui doucement.

— Est-ce que tu es —

— Oui.

— Est-ce que tu es vraiment ?

— Oui si tu veux.

— Oh je le veux tellement et tu l'es et je l'ai. Je t'en prie va doucement et laisse-moi le garder.

— Tu l'as.

— Oui je l'ai. Je l'ai oui je l'ai. Oh oui je l'ai. Je l'ai. Je t'en prie viens maintenant avec moi. Je t'en prie est-ce que tu peux maintenant — »

Ils restèrent là allongés sur les draps de Catherine, sa jambe brune coiffant la sienne, lui caressant doucement du bout des orteils ses plantes de pieds, se souleva sur les coudes et détacha sa bouche de la sienne et dit, « Es-tu heureux que je sois revenue ? »

— Toi, dit-il. Oui tu es revenue.

— Tu n'as jamais cru que je reviendrais. Hier il n'y avait plus rien et tout était fini et maintenant me voici. Est-ce que tu es heureux ?

— Oui.

— Est-ce que tu te souviens qu'avant je voulais seulement être tellement noire et maintenant je suis la femme blanche la plus noire du monde.

— Et la plus blonde. Tu es comme de l'ivoire. C'est toujours ce que je me dis. Et aussi tu es lisse comme l'ivoire.

— Je suis tellement heureuse et je veux qu'on s'amuse bien tous les deux comme on l'a toujours fait. Mais ce qui est à moi est à moi. Je n'ai pas l'intention de t'abandonner à elle comme je l'ai fait et de ne rien garder. Ça c'est fini.

— Ce n'est pas particulièrement clair, dit David. Mais tu es vraiment de nouveau très bien, n'est-ce pas ?

— Je le suis vraiment, dit Catherine. Je ne suis pas triste ni morbide ni misérable.

— Tu es gentille et adorable.

— Tout est merveilleux et changé. Ce sera chacun son tour, dit Catherine. Tu es à moi aujourd'hui et demain. Et tu es à Marita pour les deux jours d'après. Mon Dieu, j'ai faim. C'est la première fois que j'ai faim depuis une semaine. »

Quand en fin d'après-midi Catherine et David revinrent de se baigner ils descendirent jusqu'à Cannes pour prendre les journaux de Paris puis s'arrêtèrent au café et lurent et bavardèrent avant de rentrer. Après s'être changé, David trouva Marita assise au bar en train de lire. Il vit que le livre était le sien. Celui qu'elle n'avait pas lu. « Est-ce que tu as bien nagé ? demanda-t-elle.

— Oui. Nous avons nagé très loin.

— Avez-vous plongé du haut des grands rochers ?

— Non.

— Je suis contente, dit-elle. Comment se sent Catherine ?

— Plus gaie.

— Oui. Elle est très intelligente.

— Comment te sens-tu ? Est-ce que tu te sens bien ?

— Très bien, je lis ce livre.

— Comment est-ce ?

— Je ne pourrai te le dire qu'après-demain. Je lis très lentement de sorte que ça dure.

— Qu'est-ce que c'est que ça ? Le pacte ?

— Je suppose. Mais si j'étais toi, je ne m'inquiéterais pas trop au sujet du livre ni de ce que j'éprouve pour toi. Rien n'est changé.

— Très bien, dit David. Mais tu m'as beaucoup manqué ce matin.

— Après-demain, dit-elle. Ne te fais pas de souci. »

CHAPITRE XXI

La journée du lendemain dans l'histoire fut très mauvaise car bien avant midi, il avait compris que ce n'était pas uniquement le besoin de sommeil qui différenciait un petit garçon des hommes. Durant les trois premières heures il fut en meilleure forme qu'eux et demanda à Juma de lui laisser porter le fusil de .303, mais Juma secoua la tête. Il ne souriait pas et il avait toujours été le meilleur ami de David et lui avait appris à chasser. Hier il me l'a proposé, se dit David, et aujourd'hui je suis en bien meilleure condition que je ne l'étais hier. Et c'était vrai, mais avant même dix heures il se rendait compte que la journée serait mauvaise, voire pire que la veille. Il était aussi stupide de sa part de s'imaginer qu'il pourrait pister avec son père que de s'imaginer qu'il pourrait se battre contre lui. Il se rendait compte aussi que ce n'était pas uniquement parce qu'ils étaient des hommes. Ils étaient des chasseurs professionnels et, il le savait maintenant, c'était pour cette raison que Juma ne gaspillait jamais rien, pas même un sourire. Ils savaient tout ce qu'avait fait l'éléphant, se montraient les indices sans échanger un mot, et quand la traque devenait difficile son père se rangeait toujours à l'avis de Juma. Lorsqu'ils firent halte au bord d'un ruisseau pour remplir les gourdes, son père dit, « Tiens le coup au moins jusqu'à ce soir, Davey ! » Puis lorsqu'ils eurent enfin laissé derrière eux le terrain accidenté et recommencé à grimper en direction de la forêt, les traces bifurquèrent vers la droite pour rejoindre une vieille piste à éléphants. Il vit que son père et Juma discutaient et quand il les rejoignit, Juma regardait en arrière dans la direction d'où ils venaient puis au loin un îlot de collines rocailleuses au milieu du pays sec et semblait chercher à s'orienter sur les crêtes de trois collines bleues là-bas à l'horizon.

« Juma sait où il va maintenant, expliqua son père. Il croyait le savoir avant, puis il est allé se fourrer dans ce machin. » Il jeta un regard en arrière sur le pays qu'ils avaient traversé durant toute la journée. « Là où il va maintenant, le terrain n'est pas trop difficile mais il faudra grimper. »

Ils avaient grimpé jusqu'à la tombée de la nuit puis de nouveau bivouaqué. David avait tué deux perdrix noires avec sa fronde comme une petite compagnie traversait la piste juste avant le coucher du soleil. Les oiseaux étaient venus s'asperger de poussière sur la vieille piste à éléphants, avançant en bon ordre et bien ronds, et quand le caillou brisa le dos de l'un des oiseaux qui se mit à tressauter et à se convulser dans un grand battement d'ailes, un autre se précipita pour le piquer du bec et David rechargea sa fronde et la banda et décocha le caillou en plein dans les côtes du deuxième oiseau. Comme il se précipitait pour le plaquer à terre, les autres s'enfuirent dans un bruissement d'ailes. Juma avait tourné la tête et cette fois il sourit et David ramassa les deux oiseaux, chauds et dodus et au plumage lisse et leur cogna la tête contre la poignée de son couteau de chasse.

Puis là où ils avaient dressé leur camp pour la nuit son père dit, « Jamais je n'avais rencontré cette espèce de francolin aussi haut. C'est drôlement bien d'avoir réussi un doublé. »

Juma embrocha les oiseaux sur un bâton et les fit cuire au-dessus des braises d'un tout petit feu. Son père but un whisky coupé d'eau dans le petit godet qui servait de bouchon à sa gourde, tandis qu'allongés sur le sol ils regardaient Juma préparer la viande. Plus tard Juma leur donna à chacun une poitrine avec le cœur et, pour sa part, mangea les deux cous et le dos et les pattes.

« Ça arrange bien les choses, Davey, dit son père. On a largement de quoi se nourrir maintenant.

— Est-ce qu'on est encore loin derrière ? demanda David.

— En fait on est très près, dit son père. Le tout c'est de savoir s'il marche quand la lune se lève. C'est-à-dire une heure plus tard cette nuit et deux heures plus tard que quand tu l'as repéré.

— Pourquoi est-ce que Juma croit savoir où il va ?

— Il l'a blessé et tué son *askari* pas très loin d'ici.

— Quand ça ?

— Il y a cinq ans, à ce qu'il dit. Ce qui peut vouloir dire n'importe quand. Quand tu étais encore un *toto*, à ce qu'il dit.

— Est-ce qu'il a toujours été seul depuis ?

— Il dit que oui. Il ne l'a pas vu. En a seulement entendu parler.

— Il est gros comment d'après lui ?

— Pas loin de mille kilos. Jamais je n'en ai vu d'aussi gros. Il dit qu'il n'y a jamais eu qu'un seul éléphant encore plus gros et lui aussi il venait de tout près d'ici.

— Je ferais mieux de dormir, dit David. J'espère être en meilleure forme demain.

— Tu as été formidable aujourd'hui, dit son père. J'ai été très fier de toi. Juma aussi. »

Pendant la nuit quand il s'éveilla après que la lune fut levée, il eut la certitude qu'ils n'étaient pas du tout fiers de lui sinon peut-être de l'adresse dont il avait fait montre en tuant les deux oiseaux. Il avait découvert l'éléphant pendant la nuit et l'avait suivi pour s'assurer qu'il avait bien ses deux défenses puis était revenu pour chercher les deux hommes et les mettre sur la piste. David le savait, ça ils en étaient fiers. Mais du moment où l'implacable poursuite avait commencé, il était devenu inutile pour eux et un danger pour le succès de leur entreprise, tout comme Kibo l'avait été pour lui lorsqu'en pleine nuit il s'était rapproché de l'éléphant et, il le savait, tous deux avaient dû se reprocher amèrement de ne pas l'avoir renvoyé quand il était encore temps. Les défenses de l'éléphant pesaient deux cent livres chacune. Depuis que ces défenses avaient atteint une taille supérieure à la normale, l'éléphant n'avait cessé d'être pourchassé et maintenant, tous les trois, ils allaient le tuer. David était certain maintenant qu'ils le tueraient parce que lui, David, avait tenu le coup toute la journée et s'était accroché alors même qu'à partir de midi il ne se sentait plus la force de soutenir l'allure. De cela aussi ils étaient sans doute fiers. Mais il n'avait en rien été utile à la chasse et ils eussent été beaucoup plus tranquilles sans lui. Maintes fois au cours de la journée il avait regretté d'avoir trahi l'éléphant et il se rappelait même que l'après-midi il avait regretté de l'avoir jamais vu. Réveillé là sous la clarté de la lune, il se rendait compte que ce n'était pas vrai.

Toute la matinée, en écrivant, il avait essayé de se rappeler avec exactitude ce qu'il avait ressenti et ce qui s'était passé ce jour-là. Le plus difficile était de rendre avec exactitude ce qu'il avait ressenti et d'éviter que ce qu'il avait ressenti par la suite ne le dénature. Les détails du terrain étaient aussi précis et nets que le matin avant qu'avec l'épuisement tout se raccourcisse et se prolonge, cela il l'avait bien rendu. Mais le plus difficile avait été de rendre le sentiment qu'il avait éprouvé envers l'éléphant et, il le savait, il lui faudrait prendre du champ puis y revenir pour être sûr que c'était tel que cela avait été, non par la suite, mais ce jour-là. Il le savait, le sentiment avait commencé à prendre forme mais, trop épuisé, il n'avait pu se le rappeler avec exactitude.

Toujours absorbé par ce problème et continuant à vivre dans l'histoire, il ferma sa valise à clef et sortit de la pièce et suivit les dalles qui menaient à la terrasse où Marita était installée dans un fauteuil à l'ombre d'un pin, face à la mer. Elle lisait et comme il marchait nu-pieds elle ne l'entendit pas. David la regarda et fut tout heureux de la voir. Puis il se rappela l'absurde situation et regagna l'hôtel et se dirigea vers leur chambre, à Catherine et lui. Elle n'était pas dans la chambre et, toujours en proie au sentiment que l'Afrique était parfaitement réelle et qu'en ce lieu où il se trouvait, tout était faux et irréel, il passa sur la terrasse pour parler à Marita.

« Bonjour, dit-il. Est-ce que tu as vu Catherine ?

– Elle est partie je ne sais où, dit la jeune fille. Elle a dit de te prévenir qu'elle reviendrait. »

Tout à coup cela n'avait plus rien d'irréel.

« Tu ne sais pas où elle est allée ?

– Non, dit la jeune fille. Elle a pris son vélo.

– Mon Dieu, dit David. Elle n'est pas montée sur un vélo depuis qu'on a acheté la Bug.

– C'est ce qu'elle m'a dit. Elle s'y remet. Tu as eu une bonne matinée ?

– Je ne sais pas. Je le saurai demain.

– Est-ce que tu prends un petit déjeuner ?

– Je ne sais pas. Il est tard.

– Je voudrais que tu en prennes un.

– Je vais rentrer faire un brin de toilette », lui dit-il.

Il avait pris une douche et se rasait quand Catherine entra. Elle portait un de ses vieux maillots du Grau-du-Roi et un pantalon de lin très court coupé au ras du genou et elle avait chaud et son maillot était trempé.

« C'est merveilleux, dit-elle. Mais j'avais oublié à quel point grimper peut vous faire mal aux cuisses.

– Est-ce que tu es allée très loin, Démon ?

– Six kilomètres, dit-elle. Ce n'était rien mais j'avais oublié les *côtes*[*].

– Il fait affreusement chaud maintenant pour faire du vélo à moins de partir très tôt le matin, dit David. Mais je suis content que tu t'y sois remise. »

Elle était sous la douche maintenant et quand elle sortit elle dit, « Maintenant regarde comme on est noirs tous les deux. Tout à fait comme on l'avait prévu.

— Tu es plus noire.

— Pas tellement. Tu es extraordinairement noir toi aussi. Regarde-nous tous les deux. »

Ils se regardèrent l'un l'autre debout côte à côte dans le long miroir de la porte.

« Oh tu nous aimes bien comme ça, dit-elle. C'est bon. Moi aussi. Touche ici et regarde. »

Elle se tenait très droite et il posa la main sur ses seins.

« Je vais passer une de mes jupes étroites et comme ça tu sauras tout ce que je pense, dit-elle. C'est drôle, non, que nos cheveux n'aient pas du tout de couleur quand ils sont mouillés ? Ils sont pâles comme les algues. »

Elle prit un peigne et se peigna les cheveux en arrière de sorte qu'on eût dit qu'elle sortait de la mer.

« Maintenant je vais recommencer à coiffer les miens comme ça, dit-elle. Comme au Grau-du-Roi et ici au printemps.

— Je les aime bien comme ça sur ton front.

— Je commence à en avoir assez maintenant. Mais je peux si ça te plaît. Crois-tu qu'on pourrait descendre en ville et prendre le petit déjeuner au café ?

— Tu n'as donc pas pris de petit déjeuner ?

— Je voulais t'attendre.

— D'accord, dit-il. Allons prendre un petit déjeuner. Moi aussi j'ai faim. »

Ils prirent un très bon petit déjeuner avec café au lait, brioche et confiture de framboises et *œufs au plat avec jambon**, et quand ils eurent terminé, Catherine demanda, « Est-ce que tu accepterais de m'accompagner chez Jean ? C'est le jour où je dois me faire faire un shampooing et aussi, je vais me les faire couper.

— Je t'attendrai ici.

— S'il te plaît, tu ne veux pas venir ? Tu es déjà venu et ça n'a fait de mal à personne.

— Non, Démon. Je l'ai fait une fois, mais une fois ça suffit. C'est comme se faire tatouer, tiens. Ne me demande pas ça.

— Ça ne signifie rien sinon pour moi. Je veux qu'on soit tout à fait pareils.

— On ne peut pas être pareils.

— On pourrait si tu voulais bien.

— Vraiment je n'en ai pas envie.

— Pas même si je dis que rien d'autre ne me fait envie ?

— Si au moins tu avais envie de quelque chose de sensé !

— C'est ce que je fais. Mais j'ai envie qu'on soit pareils et tu l'es presque et ça ne serait pas du tout compliqué. La mer a fait tout le travail.

— Alors laissons faire la mer.

— J'en ai envie aujourd'hui.

— Après tu seras heureuse, je suppose.

— Je suis heureuse maintenant parce que tu vas le faire et je resterai heureuse. Tu adores me voir ainsi. Je sais que tu adores. Penses-y de cette façon.

— C'est idiot.

— Non pas du tout. Pas quand il s'agit de toi et que tu le fais pour me plaire.

— Est-ce que tu seras vraiment malheureuse si je ne le fais pas ?

— Je ne sais pas. Mais très.

— D'accord, dit-il. Vraiment, ça a tellement d'importance pour toi ?

— Oui, dit-elle. Oh, merci. Ça ne sera pas très long cette fois. J'ai prévenu Jean qu'on viendrait et il reste ouvert exprès pour nous.

— Est-ce que tu es toujours aussi sûre de ce que je ferai ?

— Je savais que si tu savais comme j'en avais envie tu le ferais.

— J'avais très envie de ne pas le faire. Tu n'aurais pas dû demander.

— Ça te sera égal. Ce n'est rien et après ce sera drôle. Ne t'inquiète pas à cause de Marita.

— Comment ça Marita ?

— Elle m'a dit de te demander de le faire pour elle si tu ne voulais pas le faire pour moi.

— Ne raconte pas d'histoires.

— Non. Elle l'a dit ce matin. »

« Je voudrais que tu te voies, dit Catherine.

— Je suis content de ne pas me voir.

— Je voudrais que tu te regardes dans la glace.

— Je ne pourrais pas.

— Au moins regarde-moi. C'est comme ça que tu es et c'est moi qui l'ai fait et tu n'y peux rien maintenant. Voilà à quoi tu ressembles.

— Impossible qu'on ait vraiment fait ça, dit David. Impossible.

— Eh bien si, on l'a fait, dit Catherine. Et tu me ressembles. Aussi il serait temps que ça te plaise.

— On ne peut pas avoir fait ça, Démon.

— Si on l'a fait. D'ailleurs tu le savais. Seulement tu ne voulais pas regarder. Et maintenant on est damnés. Je l'étais et maintenant toi aussi tu l'es. Regarde-moi et vois à quel point ça te plaît. »

David la regarda et regarda ses yeux qu'il aimait et son visage très noir et la couleur ivoire incroyablement mate de ses cheveux et vit combien elle paraissait heureuse et il commença à comprendre quelle chose complètement absurde il avait acceptée.

CHAPITRE XXII

Il ne croyait pas pouvoir reprendre le fil de l'histoire ce matin-là et longtemps il ne put pas. Mais il savait qu'il le fallait et en fin de compte il avait commencé et ils suivaient les traces de l'éléphant sur une vieille piste à éléphants qui coupait à travers la forêt comme une route au sol usé et tassé. On aurait dit que les éléphants n'avaient cessé de la parcourir depuis l'époque où la lave descendue de la montagne s'était refroidie et que les arbres s'étaient mis à pousser denses et haut. Juma était sûr de lui et ils allaient bon train. Son père et Juma paraissaient tous deux très confiants et la marche sur la route aux éléphants était si facile que Juma lui donna le .303 à porter tandis qu'ils cheminaient dans la lumière marbrée de la forêt. Puis ils perdirent la piste parmi les monceaux encore fumants de bouses fraîches et les empreintes plates et rondes d'un troupeau d'éléphants qui avait emprunté la route à éléphants en sortant de la forêt dense qui sur la gauche bordait la piste. Furieux, Juma avait repris le .303 à David. Ce ne fut qu'au cours de l'après-midi qu'ils rattrapèrent et contournèrent le troupeau, les masses grises visibles à travers les arbres et le mouvement des grandes oreilles et les trompes curieuses qui s'enroulaient et se déroulaient, dans le fracas des branches brisées, le fracas des arbres renversés et les borborygmes dans le ventre des éléphants et le bruit gras et sourd des bouses qui tombaient.

Ils avaient enfin trouvé la piste du vieux mâle et quand elle bifurqua pour suivre une route à éléphants plus petite, Juma avait regardé le père de David et grimacé un sourire qui dénuda ses dents limées et son père avait hoché la tête. À voir leur expression, on aurait pu croire qu'ils partageaient quelque ignoble secret, la même expression qu'ils avaient eue cette nuit-là à la shamba quand il les avait rejoints.

Il ne leur fallut pas longtemps pour découvrir le secret. Il se trouvait dans la forêt un peu sur la droite et les traces du vieux mâle y menaient. C'était un crâne aussi haut que la poitrine de David et blanchi par le soleil et les pluies. Un profond enfoncement marquait le front et des stries s'amorçaient entre les orbites blanches et vides pour diverger et se perdre dans les trous vides et déchiquetés à l'endroit où les défenses avaient été arrachées. Juma désigna l'endroit où le grand éléphant qu'ils traquaient avait fait halte le temps de regarder le crâne, et l'endroit où de sa trompe il l'avait écarté et repoussé un peu plus loin sur le sol et l'endroit où à côté les pointes de ses défenses avaient effleuré le sol. Il montra à David le trou isolé au centre de l'enfoncement dans l'os blanc du front, puis les quatre autres trous regroupés dans l'os autour du trou de l'oreille. Il regarda David et son père en souriant et prit une balle de .303 dans sa poche et en inséra la pointe dans le trou au milieu de l'os du front.

« C'est ici que Juma a blessé le gros mâle, dit son père. C'était lui son *askari.* Son ami, en fait, parce que lui aussi c'était un gros mâle. Il a chargé et Juma l'a abattu et lui a donné le coup de grâce dans l'oreille. »

Juma montrait les ossements épars et comment le grand mâle avait circulé au milieu. Juma et le père de David étaient tous deux ravis de ce qu'ils avaient trouvé.

« Combien de temps crois-tu que son ami et lui sont restés ensemble ? demanda David à son père.

– Je n'en ai pas la moindre idée, dit son père. Demande à Juma.

– Toi demande-lui », s'il te plaît.

Son père et Juma avaient échangé quelques paroles puis Juma avait regardé David et s'était mis à rire.

« Probablement quatre ou cinq fois la longueur de ta vie, dit le père de David à son fils. Il n'en sait rien et à vrai dire il s'en fiche. »

Pas moi, se dit David. Je l'ai vu au clair de lune et il était seul mais moi j'avais Kibo. Kibo m'a lui aussi. Le vieux mâle ne faisait de mal à personne et maintenant on l'a traqué jusqu'à l'endroit où il est venu pour voir son ami mort et maintenant on va le tuer. C'est ma faute. Je l'ai trahi.

Maintenant Juma avait repéré la piste et il fit signe à son père et ils se mirent en route.

Mon père n'a pas besoin de tuer des éléphants pour vivre, se dit David. Si je ne l'avais pas vu, Juma ne l'aurait jamais trouvé. Il avait eu une chance de le tuer et il n'avait réussi qu'à le blesser et à tuer son ami. On l'a trouvé, Kibo et moi, et jamais je n'aurais dû le leur dire et lui, j'aurais dû le garder comme un secret et il aurait été à moi pour toujours et eux, je les aurais laissés continuer à se saouler à la bière en compagnie de leurs *bibis* à la shamba. Juma était tellement saoul qu'on n'arrivait pas à le réveiller. Je garderai le secret sur tout et pour toujours. Je ne leur raconterai plus jamais rien. S'ils le tuent, Juma boira sa part de l'ivoire à moins qu'il ne s'achète une autre foutue bonne femme. Pourquoi n'as-tu pas aidé l'éléphant quand tu le pouvais ? Il t'aurait suffi le deuxième jour de ne pas continuer. Non, ça n'aurait pas suffi à les arrêter. Juma aurait continué. Tu n'aurais jamais dû le leur dire. Jamais, jamais, ne leur dis rien. Essaie de t'en souvenir. Jamais jamais plus ne dis plus jamais rien à personne. Jamais ne dis plus jamais plus rien à personne.

Son père attendit qu'il les rejoigne et dit très doucement, « Il s'est reposé ici. Il n'avance pas aussi vite qu'avant. On ne va plus tarder à le rattraper.

— Saloperie de chasse à l'éléphant, avait dit David très calmement.

— Comment ça ? demanda son père.

— Saloperie de chasse à l'éléphant, dit David doucement.

— Tâche de ne pas la saloper », avait dit son père et il l'avait regardé froidement.

Une chose est sûre, s'était dit David. Il n'est pas idiot. Il a tout compris maintenant et plus jamais il ne me fera confiance. Tant mieux. Je ne veux pas qu'il me fasse confiance parce que jamais plus jamais ni à lui ni à personne je ne dirai plus jamais rien jamais plus rien. Jamais au grand jamais.

Ce fut à ce point de la chasse qu'il s'arrêta ce matin-là. Il le savait, ça ne lui venait pas encore bien. Il n'avait pas rendu l'énormité du crâne au moment où par hasard ils étaient tombés dessus dans la forêt ni les tunnels que les insectes avaient creusés dessous dans la terre et qui étaient apparus comme des galeries abandonnées ou des catacombes quand l'éléphant avait déplacé le crâne. Il n'avait pas rendu la longueur impressionnante des ossements blanchis ni le cercle que décrivaient les traces de l'éléphant autour du lieu de la tuerie ni comment en les suivant il était parvenu à voir l'éléphant quand il s'était déplacé puis à voir ce qu'avait vu l'éléphant. Il n'avait pas su rendre la largeur impressionnante de cette piste à éléphants qui coupait à travers la forêt comme une route parfaite ni les arbres lisses et usés par les frottements ni la façon dont d'autres pistes la recoupaient de sorte qu'on eût dit la carte du métro de Paris. Il n'avait pas rendu la lumière dans la forêt où se rejoignaient les cimes des arbres et il n'avait pas clarifié certaines choses qu'il devait à tout prix rendre telles qu'elles étaient alors, non telles qu'elles lui revenaient maintenant. Les distances importaient peu dans la mesure où les distances varient toujours et telles on se les rappelle, telles elles ont été. Mais le changement de ses sentiments à l'égard de son père et de Juma et de l'éléphant était aggravé par la grande fatigue qui l'avait engendré. La fatigue avait provoqué l'éveil de la conscience. La conscience s'éveillait et il s'en rendait compte à mesure qu'il écrivait. Mais la terrible et authentique prise de conscience restait encore à venir et il ne devait pas la suggérer par d'arbitraires formules rhétoriques mais en se rappelant les choses bien réelles qui l'avaient provoquée. Demain il mettrait tout cela au point puis continuerait.

Il rangea les cahiers de son manuscrit dans la valise et ferma celle-ci à clef et il sortit de sa chambre et longea la façade de l'hôtel pour rejoindre Marita qui était en train de lire.

« Est-ce que tu veux un petit déjeuner ? demanda-t-elle.

— Je crois que j'aimerais mieux un verre.

— Allons le prendre au bar, dit-elle. Il y fait plus frais. »

Ils entrèrent et s'assirent sur les tabourets et David versa une rasade de Haig dans un verre et le remplit de Perrier bien frais.

« Qu'est devenue Catherine ?

— Elle est partie très heureuse et très gaie.

— Et comment te sens-tu ?

— Heureuse et timide et plutôt calme.

— Trop timide pour que je t'embrasse ? »

Ils s'enlacèrent et il sentit que déjà il redevenait un. Il ne s'était pas rendu compte à quel point il avait été divisé et scindé car, dès qu'il s'était mis à son travail, il avait écrit en puisant dans un noyau intérieur que rien ne pouvait fendre ni même égratigner. Il le savait et c'était là sa force, dans la mesure où en lui tout le reste risquait de se déchirer.

Ils restèrent au bar tandis que le serveur dressait la table et la première fraîcheur de l'automne imprégnait la brise qui montait de la mer et bientôt, assis là à la table sous les pins, ils la sentirent de nouveau tandis qu'ils mangeaient et buvaient.

« Cette petite brise fraîche vient tout droit du Kurdistan, dit David. Les tempêtes d'équinoxe ne vont plus tarder.

— Elles ne viendront pas aujourd'hui, dit la jeune fille. Inutile de s'en soucier aujourd'hui.

— Il n'y a pas eu le moindre coup de vent depuis le jour où on s'est rencontrés à Cannes au café.

— Vraiment, tu te rappelles des choses qui remontent aussi loin ?

— Ça paraît encore plus loin que la guerre.

— J'ai eu la guerre ces trois derniers jours, dit la jeune fille. Je viens à peine d'en sortir ce matin.

— Je n'y pense jamais, dit David.

— Maintenant je l'ai lu, lui dit Marita, mais toi je ne comprends pas. Tu n'as jamais exprimé clairement ce à quoi tu croyais. »

Il lui remplit son verre puis remplit à nouveau le sien.

« Je ne l'ai su qu'après, dit-il. C'est pourquoi je n'ai pas essayé de faire comme si je savais. J'ai arrêté d'y penser au moment où ça se passait. Je me contentais de sentir et de voir et d'agir et de penser tactiquement. C'est pourquoi le livre n'est pas meilleur. Parce que je n'étais pas assez intelligent.

— C'est un très bon livre. Toutes les histoires d'avions sont merveilleuses et aussi la tendresse à l'égard des autres et même des avions.

— Je parle bien des gens et des choses techniques et tactiques, dit David. Je ne veux pas faire de sentiment ni me vanter. Mais, Marita, on ne se connaît pas quand on est vraiment impliqué. Soi-même ne mérite pas qu'on y réfléchisse. Sur le moment ce serait honteux.

— Mais après on sait.

— Bien sûr. Parfois.

— Est-ce que je peux lire le récit ? »

David versa de nouveau du vin dans les verres.

« Qu'est-ce qu'elle t'a raconté en fait ?

— Elle m'a assuré qu'elle m'avait tout raconté. Elle raconte très bien, tu sais.

— J'aimerais mieux que tu ne le lises pas, dit David. Ça ne servirait qu'à faire des histoires. Je ne savais pas qu'il y aurait toi quand je l'ai écrit et je ne peux pas l'empêcher de te raconter des choses mais je ne suis pas obligé non plus de te les faire lire.

— Donc je ne peux pas le lire ?

— J'aimerais mieux pas. Mais je ne veux pas te donner des ordres.

— Dans ce cas il faut que je te le dise, dit la jeune fille.

— Elle te l'a fait lire ?

— Oui. Elle a dit qu'il le fallait.

— Que le diable l'emporte.

— Elle n'a pas fait ça pour faire le mal. C'était au moment où elle était si inquiète.

— Donc tu as tout lu ?

— Oui. C'est merveilleux. Tellement meilleur que le dernier livre, et maintenant les histoires sont encore tellement meilleures, tellement meilleures que tout le reste.

— Et le passage sur Madrid ? » Il la regarda et elle leva les yeux vers lui et s'humecta les lèvres et ne détourna pas les yeux et dit très posément, « Je savais déjà tout ça parce que je suis exactement comme toi. »

Tandis qu'ils étaient allongés côte à côte, Marita dit, « Tu ne penses pas à elle quand tu me fais l'amour ?

— Non, idiote.

— Tu ne veux pas que je te fasse ses choses à elle ? Parce que tu sais, je les connais toutes et je suis capable de les faire.

— Cesse de parler et contente-toi de sentir.

— Je suis capable de les faire mieux qu'elle.

— Cesse de parler.

— Ne te crois pas obligé de —

— Ne parle pas.

— Mais tu n'es pas obligé de —

— Personne n'est obligé mais on est — »

Ils restèrent ainsi étroitement enlacés et se serrant très fort puis finalement doucement et Marita dit, « Il faut que je m'en aille mais je reviendrai. S'il te plaît dors pour moi. »

Elle l'embrassa et à son retour il était endormi. Il avait eu l'intention de l'attendre mais avait sombré dans le sommeil en l'attendant. Elle s'allongea près de lui et l'embrassa et comme il ne se réveillait pas, elle resta très calmement allongée près de lui et essaya elle aussi de dormir. Mais elle n'avait pas sommeil et de nouveau l'embrassa très doucement puis très très doucement commença à jouer avec lui tandis qu'elle pressait ses seins contre lui. Il remua dans son sommeil et elle resta alors ainsi la tête nichée au bas de sa poitrine et doucement se mit à jouer et à explorer en se livrant à de petites caresses et découvertes.

Ce fut un long après-midi frais et David dormit et quand il se réveilla Marita était partie et il entendit les voix des deux femmes monter de la terrasse. Il s'habilla et déverrouilla la porte de sa pièce puis franchit la porte et s'avança sur les dalles. Il n'y avait personne sur la terrasse à l'exception du petit serveur qui débarrassait les tasses du thé et il trouva les femmes au bar.

CHAPITRE XXIII

Il trouva les deux femmes assises au bar avec devant elles une bouteille de Perrier-Jouët dans un seau plein de glace et toutes deux avaient l'air fraîches et charmantes.

« C'est un peu comme retrouver un ex-mari, disait Catherine. Du coup je me sens très sophistiquée. » Jamais elle n'avait eu l'air si gaie ni si charmante. « J'avoue que ça te réussit. » Elle regarda David avec une feinte admiration.

« Est-ce que tu crois qu'il se sent bien ? » dit Marita. Elle regarda David et rougit.

« Tu as bien raison de rougir, dit Catherine. Regarde-la, David.

— Elle a l'air très en forme, dit David. Toi aussi.

— Elle a l'air d'avoir à peu près seize ans, dit Catherine. Il paraît qu'elle t'a dit qu'on avait lu le récit.

— Je trouve que tu aurais dû me le demander, dit David.

— Je sais, j'aurais dû, dit Catherine. Mais je me suis mise à le lire pour moi toute seule et puis c'est devenu tellement passionnant et je me suis dit que Princesse devrait le lire elle aussi.

— J'aurais dit non.

— Justement voilà, dit Catherine, si jamais il vient à te dire non, Marita, surtout ne cède pas. Ça ne veut rien dire.

— Je n'en crois rien », dit Marita. Elle sourit à David.

« C'est parce qu'il n'a pas écrit le récit jusqu'au bout. Quand ça y sera tu t'en apercevras.

— J'en ai marre du récit, dit David.

— Ça c'est dégueulasse, dit Catherine. C'était mon cadeau et notre projet.

— Tu dois l'écrire, David, dit la jeune fille. Tu vas l'écrire n'est-ce pas ?

— Elle veut être dedans, David, dit Catherine. Et ce sera tellement mieux quand tu y auras mis une femme brune. »

David se versa un verre de champagne. Il vit que Marita le regardait, une mise en garde, et il dit à Catherine, « Je m'y remettrai dès que j'aurai terminé les histoires. Qu'as-tu fait de ta journée ?

— J'ai eu une excellente journée. J'ai pris des décisions et fait des projets.

— Oh mon Dieu, dit David.

— Ce sont des projets très simples, dit Catherine. Tu n'as aucune raison de gémir. Tu as fait exactement ce que tu voulais toute la journée et j'ai été ravie. Mais j'ai bien le droit de faire quelques projets.

— Quel genre de projets ? » demanda David. Sa voix paraissait morne.

« D'abord il est temps qu'on s'occupe de sortir le livre. Il va falloir que je fasse taper le manuscrit sans attendre qu'il soit fini et que je m'occupe des illustrations. Il faut que je rencontre les artistes et que je prenne des dispositions.

– Tu as eu une journée très chargée, dit David. Tu sais, n'est-ce pas, qu'on ne fait pas taper un manuscrit avant que l'auteur du texte l'ait revu et préparé pour la dactylographie.

– Ce n'est pas indispensable, il suffit que j'aie un brouillon à montrer aux artistes.

– Je vois. Et si je ne veux pas qu'on le recopie pour le moment ?

– Tu n'as donc pas envie qu'il sorte ? Il faut bien que quelqu'un se mette à avoir l'esprit pratique.

– Quels sont les artistes auxquels tu as pensé aujourd'hui ?

– Des artistes différents selon les passages. Marie Laurencin, Pascin, Derain, Dufy et Picasso.

– Bonté divine, Derain.

– Tu ne vois donc pas un joli Laurencin de Marita et moi dans la voiture la première fois qu'on s'est arrêtées près du Loup sur la route de Nice ?

– Personne n'a écrit ça.

– Eh bien alors écris-le. C'est certainement beaucoup plus intéressant et plus instructif que d'écrire au sujet d'un tas d'indigènes couverts de mouches et de croûtes dans un kraal, je ne sais pas comment tu appelles ça, quelque part en Afrique centrale avec ton ivrogne de père titubant de tous les côtés et puant la bière aigre sans même savoir lesquelles de ces petites horreurs il avait engendrées.

– Et voilà le cirque qui recommence, dit David.

– Qu'est-ce que tu disais, David ? dit Marita.

– Je disais merci beaucoup d'avoir déjeuné avec moi, lui dit David.

— Pourquoi est-ce que tu ne lui dis pas merci pour le reste aussi ? dit Catherine. Il faut vraiment qu'elle ait fait quelque chose d'extraordinaire pour que tu dormes comme un mort jusqu'à l'extrême fin de l'après-midi. Au moins dis-lui merci pour ça.

— Merci d'être venue nager, dit David à la jeune fille.

— Oh vous êtes allés nager ? dit Catherine. Je suis contente que vous ayez nagé.

— Nous avons nagé très loin, dit Marita. Et nous avons fait un très bon déjeuner. Et toi Catherine, est-ce que tu as fait un bon déjeuner ?

— Je crois, dit Catherine. Je ne me souviens pas.

— Où étais-tu ? demanda doucement Marita.

— À Saint-Raphaël, dit Catherine. Je me rappelle m'être arrêtée mais je ne me rappelle pas avoir déjeuné. Quand je mange toute seule, je ne le remarque jamais. Mais je suis sûre oui je suis sûre que oui j'ai déjeuné là-bas. Je sais que j'en avais l'intention.

— Est-ce que le retour a été agréable ? demanda Marita. C'était un après-midi si frais et si charmant.

— Je ne sais pas, dit Catherine. Je n'ai pas remarqué. Je pensais à ce qu'il fallait faire pour sortir le livre et le lancer. Je ne sais pas pourquoi David s'est mis à être difficile du moment où j'ai entrepris de mettre un peu d'ordre là-dedans. Il y a longtemps que cette histoire traîne de façon anarchique et tout à coup j'ai eu honte pour nous tous.

— Pauvre Catherine, dit Marita. Mais maintenant que tu as tout réglé, je suppose que tu te sens mieux.

— Oui, dit Catherine. Je me sentais si heureuse en rentrant. Je savais que j'allais vous rendre heureux et puis j'avais réussi à faire quelque chose de pratique et puis à cause de David j'ai eu l'impression d'être une idiote ou une lépreuse. Ce n'est pas ma faute si j'ai l'esprit pratique et du bon sens.

– Je sais, Démon, dit David. Seulement je ne voulais pas que ça vienne compliquer le travail.

– Mais c'est toi qui l'as compliqué, dit Catherine. Tu ne vois donc pas ? Batifoler d'avant en arrière en essayant d'écrire des histoires alors qu'il te suffisait de continuer le récit qui était tellement important pour nous tous. En plus, ça avançait tellement bien et enfin on en arrivait aux passages les plus passionnants. Il faut bien que quelqu'un te montre que ces histoires, c'est simplement ton truc pour échapper à ton devoir. »

Marita le regarda de nouveau et il se rendit compte de ce qu'elle voulait lui dire et il dit, « Il faut que j'aille faire un brin de toilette. Toi, raconte tout à Marita, je vais revenir.

– On a d'autres choses à discuter, dit Catherine. Je regrette d'avoir été grossière avec vous, Marita et toi. En fait je ne pourrais pas être plus heureuse pour vous. »

David emporta tout ce qui avait été dit avec lui dans la salle de bains où il prit une douche et passa un maillot rayé lavé de frais et un pantalon de toile. Il faisait très frais maintenant le soir et il trouva Marita assise au bar en train de feuilleter *Vogue*.

« Elle est descendue s'occuper de votre chambre, dit Marita.

– Comment est-elle ?

– Comment le saurais-je, David ? C'est un très grand éditeur maintenant. Elle a renoncé au sexe. Ça ne l'intéresse plus. En réalité c'est enfantin, à ce qu'elle dit. Elle ne comprend pas que cela ait jamais pu avoir la moindre importance pour elle. Mais si un jour elle y revient, il se peut qu'elle décide d'avoir une aventure avec une autre femme. Elle n'arrête pas de parler d'une autre femme.

— Grand Dieu, jamais je n'aurais pensé que ça tournerait ainsi.

— N'y pense pas, dit Marita. Peu importe ce que c'est ni comment c'est, je t'aime et demain tu écriras ».

Catherine entra et dit, « Vous avez l'air merveilleux tous les deux et je suis tellement fière. J'ai l'impression de vous avoir inventés. Est-ce qu'il a été sage aujourd'hui ?

— On a fait un bon déjeuner, dit Marita. Je t'en prie ne sois pas injuste, Catherine.

— Oh je sais que c'est un amant satisfaisant, dit Catherine. Il l'est toujours. C'est comme pour ses martinis ou sa façon de nager ou de skier ou sans doute aussi de piloter. Je ne l'ai jamais vu dans un avion. À en croire tout le monde, il était merveilleux. En fait tout ça c'est de l'acrobatie, je suppose, et tout aussi ennuyeux. Ce n'est pas ce que je demandais.

— Tu as été très bonne de nous laisser passer une journée ensemble, Catherine, dit Marita.

— Vous pouvez bien passer le reste de votre vie ensemble, dit Catherine. Si vous ne vous trouvez pas mutuellement ennuyeux. Je n'ai plus besoin de vous. »

David l'observait dans la glace et elle paraissait calme, belle et normale. Il vit que Marita l'observait avec une grande tristesse.

« C'est vrai pourtant, j'aime bien vous regarder et j'aimerais vous entendre parler s'il vous arrivait d'ouvrir parfois la bouche.

– Comment vas-tu ? dit David.

– Voilà un effort tout à fait méritoire, dit Catherine. Je vais très bien.

– Tu as de nouveaux projets ? » demanda David. Il avait l'impression de héler un bateau.

« Seulement ce que je t'ai dit, poursuivit Catherine. Ça suffira probablement à me tenir occupée.

– C'était quoi, ces idioties à propos d'une autre femme ? »

Il sentit le coup de pied que lui décocha Marita et il posa son pied sur le sien pour accuser réception.

« Ce ne sont pas des idioties, dit Catherine. Je veux faire un nouvel essai pour voir si je n'ai rien manqué. Après tout, ça se pourrait.

– Personne n'est infaillible, dit David et Marita lui décocha un nouveau coup de pied.

– Je veux voir, dit Catherine. J'en sais assez long sur le sujet maintenant, aussi devrais-je pouvoir m'en rendre compte. Ne t'inquiète pas pour ta brune. Elle n'est pas du tout mon type. Elle est le tien. Elle est ce que tu aimes, et c'est très bien mais pas pour moi. Le genre gamine ne m'attire pas.

– Peut-être ne suis-je pas une gamine, dit Marita.

– C'est un mot très poli pour le rôle.

– Mais je suis aussi davantage femme que tu ne l'es, Catherine.

– Vas-y et montre à David quel genre de gamine tu es. Ça lui plairait.

– Il sait quelle genre de femme je suis.

— C'est merveilleux, dit Catherine. Je suis ravie que vous ayez enfin retrouvé votre langue tous les deux. Je préfère vraiment la conversation.

— Tu n'as rien d'une femme en réalité, dit Marita.

— Je le sais, dit Catherine. J'ai suffisamment souvent essayé de l'expliquer à David. Est-ce que ce n'est pas vrai, David ? »

David la regarda et ne dit rien.

« Oui ou non ?

— Oui, dit-il.

— J'ai vraiment essayé et à Madrid je me suis détruite à vouloir être une femme et ça n'a servi qu'à me détruire, dit Catherine. Maintenant je suis foutue, c'est tout. Toi tu es à la fois fille et garçon et tu l'es vraiment. Toi rien ne t'oblige à changer et ça ne te tue pas, et moi je ne le suis pas. Et maintenant je ne suis rien. Tout ce que je voulais c'est que vous soyez heureux David et toi. Tout le reste je l'invente. »

Marita dit, « Je le sais et j'essaie de le dire à David.

— Je sais que tu essaies. Mais rien ne te force à être loyale avec moi ni rien. Ne sois pas loyale. D'ailleurs personne ne le serait et en réalité tu ne l'es sans doute pas vraiment. Mais je te dis de ne pas l'être. Je veux que tu sois heureuse et que tu le rendes heureux. D'ailleurs tu le peux et moi je ne peux pas et je le sais.

— Tu es la plus chic fille du monde, dit Marita.

— Pas du tout. Je suis finie avant même d'avoir commencé.

— Non. C'est ma faute, dit Marita. J'ai été stupide et affreuse.

– Tu n'as pas été stupide. Tout ce que tu as dit était vrai. Cessons de parler et soyons amies. Tu veux ?

– Et toi tu veux bien ? lui demanda Marita.

– Je le veux, dit Catherine. Et aussi ne pas être un affreux tyran. S'il te plaît prends ton temps pour le livre, David. Tout ce que je veux c'est que tu l'écrives de ton mieux. C'est avec ça que nous avons commencé. De toute façon maintenant je suis guérie.

– Tu étais fatiguée, c'est tout, dit David. Je crois que tu n'as rien pris pour déjeuner toi non plus.

– Probablement pas, dit Catherine. Mais peut-être que si. Peut-on oublier tout ça maintenant et être de bons amis ? »

Et ils furent amis ; mais des amis, qu'est-ce que c'est, pensa David, et il essaya de ne pas penser mais parla et écouta en s'abandonnant à l'irréel qu'était devenu le réel. Il avait entendu chacune d'elles parler de l'autre et il savait que chacune savait forcément ce que pensait l'autre et sans doute aussi ce que chacune d'elles avait dit de lui. De cette façon elles étaient vraiment amies, capables de se comprendre malgré leur désaccord fondamental, de se faire confiance malgré leur absolue méfiance et de goûter chacune la présence de l'autre. Lui aussi goûtait leur présence mais ce soir cela commençait à suffire.

Demain il faudrait qu'il rejoigne son pays à lui, celui dont Catherine était jalouse et que Marita aimait et respectait. Il avait été heureux dans le pays de l'histoire et savait que c'était trop beau pour durer et maintenant il avait quitté ce qui lui était si précieux pour replonger dans le vide surpeuplé de la folie qui, cette fois, avait pris la tournure nouvelle d'un réalisme abusif. Il en avait assez et il avait assez de voir Marita collaborer avec son ennemie. Catherine n'était pas son ennemie à lui, à ceci près qu'en fait elle était lui dans cette quête à jamais vaine et stérile qu'est l'amour et par là même sa propre ennemie. Elle a si affreusement et toujours besoin d'un ennemi qu'il lui en faut toujours un sous la main et c'est elle le plus proche et le plus facile à attaquer parce qu'elle connaît les points faibles et les points forts et toutes les failles de nos défenses. Elle déborde mon flanc avec tant d'habileté puis découvre que c'est le sien et le dernier combat se déroule toujours dans un tourbillon et la poussière qui s'élève est notre propre poussière.

Après dîner Catherine voulut faire une partie de jacquet avec Marita. Elles jouaient toujours très sérieusement et pour de l'argent et quand Catherine s'éloigna pour aller chercher le jeu, Marita dit à David, « Réflexion faite je t'en prie, ne viens pas me rejoindre dans ma chambre ce soir.

— Bon.

— Est-ce que tu comprends ?

— On laisse tomber ce mot », dit David. Sa froideur était revenue à mesure qu'approchait le moment de se mettre au travail.

« Est-ce que tu es en colère ?

— Oui, dit David.

— Contre moi ?

— Non.

— Tu ne peux pas être en colère contre quelqu'un qui est malade.

— Tu n'as pas vécu très longtemps, dit David. C'est précisément contre les malades que tout le monde est toujours en colère. Tombe malade un jour toi-même et tu verras.

— Je voudrais que tu ne sois pas en colère.

— Je voudrais ne jamais vous avoir vues ni l'une ni l'autre.

— Je t'en prie David, non.

— Tu sais que ce n'est pas vrai. Je me prépare à me mettre au travail, c'est tout. »

Il passa dans leur chambre et alluma sa lampe de chevet et s'installa confortablement et lut un des livres de W.H. Hudson. C'était *Nature in Downland* et il l'avait choisi pour le lire en raison de son titre particulièrement rebutant. Il était assez lucide pour savoir qu'approchait un moment où il aurait besoin de tous les livres et il mettait de côté les meilleurs. Mais sitôt passé le titre, rien ne lui parut ennuyeux. Il était heureux de lire et il était de nouveau sorti de sa vie et se retrouvait avec Hudson et son frère qui, à la clarté de la lune, poussaient leurs chevaux dans la blancheur hirsute des grands chardons, et insensiblement le cliquetis des dés et le son étouffé des voix des deux femmes redevinrent réels eux aussi de sorte qu'au bout d'un moment, quand il sortit pour se préparer un whisky-Perrier avant de retourner à sa lecture, elles lui semblèrent, quand il les vit en train de jouer, des êtres humains bien réels occupés à faire des choses normales et non des silhouettes dans une scène incroyable à laquelle contre son gré il avait été contraint d'assister.

Il retourna dans la chambre et lut et but son whisky-Perrier très lentement et il s'était déshabillé et avait éteint la lampe et était presque endormi lorsqu'il entendit Catherine entrer dans la chambre. Il lui sembla qu'elle restait longtemps dans la salle de bains avant de la sentir se glisser dans le lit et il demeura immobile et respira calmement et espéra qu'il allait enfin s'endormir pour de bon.

« Est-ce que tu es réveillé, David ? demanda-t-elle.

— Je crois que oui.

— Ne te réveille pas, dit-elle. Merci de dormir ici.

— C'est ce que je fais d'habitude.

— Rien ne t'y oblige.

— Si.

— En tout cas je suis contente. Bonne nuit.

— Bonne nuit.

— Est-ce que tu veux m'embrasser pour me dire bonne nuit ?

— Bien sûr », dit-il.

Il l'embrassa et c'était Catherine telle qu'elle avait été auparavant quand elle avait paru lui revenir un moment.

« Je suis désolée de m'être montrée bonne à rien une fois de plus.

— Ne parlons pas des choses.

— Est-ce que tu me hais ?

— Non.

— Est-ce qu'on peut tout recommencer comme je l'avais prévu ?

— Je ne crois pas.

— Alors qu'est-ce que tu es venu faire ici ?

— C'est ici ma place.

— Pas d'autre raison ?

— Je me suis dit que peut-être tu te sentirais seule.

— Je me sentais seule.

– Tout le monde se sent seul, dit David.

– C'est affreux d'être dans le même lit et d'être seul.

– Il n'y a aucune solution, dit David. Tous tes projets et tes idées ne valent rien.

– Je n'ai pas vraiment essayé.

– De toute façon c'était complètement dingue. J'en ai marre des choses dingues. Tu n'es pas la seule qui se laisse détruire.

– Je sais. Mais ne peut-on pas encore essayer rien qu'une fois et je serai vraiment sage ? Je peux. Je l'étais presque.

– J'en ai marre de tout ça, Démon. Marre jusqu'au fond de moi-même.

– Tu ne voudrais pas essayer rien qu'une dernière fois pour elle et aussi pour moi ?

– Ça ne marche pas et j'en ai marre.

– Elle disait que vous aviez passé une bonne journée et que tu étais vraiment gai et pas déprimé du tout. Tu ne veux pas essayer encore une fois pour nous deux ? Je le veux tellement.

– Tu veux toujours tellement tout et dès que tu l'as c'est fini et tu t'en fous complètement.

– C'est seulement que cette fois j'avais trop confiance et alors je deviens insupportable. Je t'en prie est-ce qu'on peut essayer encore ?

– Essayons de dormir, Démon, et de ne plus en parler.

– Embrasse-moi encore je t'en prie, dit Catherine. Je vais dormir parce que je sais que tu vas le faire. Tu fais toujours tout ce que je veux parce qu'en réalité toi aussi tu le veux.

— Tu veux les choses uniquement pour toi, Démon.

— Ce n'est pas vrai, David. De toute manière je suis toi et elle. C'est pour ça que je l'ai fait. Je suis tout le monde. Tu le sais ça n'est-ce pas ?

— Dors maintenant, Démon.

— Je vais dormir. Mais d'abord je t'en prie embrasse-moi encore pour que je ne me sente pas seule. »

CHAPITRE XXIV

Le matin venu il était de nouveau sur l'autre versant de la montagne. L'éléphant n'avançait plus comme il l'avait fait jusqu'alors mais se déplaçait comme au hasard maintenant, s'alimentant de temps à autre et David avait compris qu'ils s'en rapprochaient. Il essayait de se rappeler ce qu'il avait ressenti. Il n'éprouvait pas encore d'amour pour l'éléphant. Ça il ne devait pas l'oublier. Il n'éprouvait qu'un chagrin qui lui était venu de sa propre fatigue qui avait engendré une compassion pour la vieillesse. Bien qu'il fût trop jeune, il avait appris ce que c'était sans doute d'être trop vieux. Il se languissait de Kibo, et de penser à Juma tuant l'ami de l'éléphant l'avait révolté contre Juma et avait fait de l'éléphant son frère. Il comprit alors à quel point il était important pour lui d'avoir vu l'éléphant au clair de lune et de l'avoir suivi avec Kibo et de s'en être rapproché dans la clairière, si près qu'il avait vu les deux énormes défenses. Mais il ne comprenait pas que rien ne serait plus jamais aussi merveilleux. Il comprenait maintenant qu'ils allaient tuer l'éléphant et il ne pouvait rien y faire. Il avait trahi l'éléphant quand il avait rebroussé chemin jusqu'à la shamba pour les prévenir. Ils me tueraient et ils tueraient aussi Kibo si nous avions de l'ivoire, avait-il pensé mais en sachant que ce n'était pas vrai. Sans doute l'éléphant va-t-il maintenant chercher l'endroit où il est né, et c'est là qu'ils le tueront. C'est tout ce qui leur manque pour que tout soit parfait. Ils auraient bien voulu le tuer à l'endroit même où ils avaient tué son ami. Ils auraient été ravis. Ç'aurait été marrant. Ça leur aurait fait plaisir. De maudits tueurs, les deux copains.

Ils avaient atteint la lisière d'un épais fourré et l'éléphant était tout proche en avant. David sentait son odeur et tous ils l'entendaient arracher les branches et le bruit sec lorsqu'elles se brisaient. Son père posa sa main sur son épaule pour le forcer à reculer et à attendre à l'écart, puis il prit une grosse pincée de cendres dans le sac glissé dans sa poche et la lança en l'air. Les cendres se déportèrent imperceptiblement vers eux et son père fit un signe de tête à Juma et se courba pour le suivre dans l'épais fourré. David regarda leurs dos et leurs culs s'enfoncer et disparaître dans le fourré. Il ne les entendait plus bouger.

David était demeuré immobile à écouter l'éléphant qui mangeait. Il sentait son odeur aussi forte que la nuit où au clair de lune il s'en était approché très près et avait vu ses extraordinaires défenses. Puis il y avait eu un cri perçant et une ruée et le coup de feu du .303 puis le fracas de la double décharge du .450 de son père, puis enfin le fracas des branches brisées et de la ruée s'étaient peu à peu éloignés et il avait pénétré à son tour dans l'épais taillis et trouvé Juma encore tout secoué et le visage ruisselant du sang qui coulait de son front, et son père blême et furieux.

« Il a chargé Juma et l'a jeté à terre, avait dit son père. Juma l'a touché à la tête.

– Et toi, où l'as-tu touché ?

– Où j'ai pu, bordel de merde, avait dit son père. Viens, on suit ces foutues traces de sang. »

Il y avait beaucoup de sang. Un flot qui avait jailli aussi haut que la tête de David et avait éclaboussé d'écarlate les troncs et les feuilles et les lianes, et un autre beaucoup plus bas qui lui était noir et puait le contenu de son estomac.

« Dans le poumon et les tripes, dit son père. On le trouvera par terre ou amarré quelque part – j'espère bien, bordel de dieu », avait-il ajouté.

Ils l'avaient trouvé amarré en proie à une douleur et à un désespoir tels qu'il ne pouvait plus bouger. Il avait foncé à travers l'épais fourré où il avait brouté et avait traversé un sentier de clairière et David et son père avaient suivi en courant la piste éclaboussée de sang. Puis l'éléphant s'était enfoncé dans une forêt dense et David l'avait vu en avant, énorme et gris appuyé contre le tronc d'un arbre. David ne voyait que sa poupe puis son père était passé devant et il avait suivi et ils abordèrent l'éléphant comme ils auraient abordé un navire, et David vit le sang sourdre de ses flancs et ruisseler le long de ses côtes puis son père leva son fusil et fit feu et l'éléphant tourna la tête, ses énormes défenses pivotant lourdement et lentement, et les regarda, et quand son père fit feu une seconde fois, l'éléphant parut osciller comme un arbre abattu et bascula vers eux. Pourtant il n'était pas mort. Il était bien amarré et il s'était alors abattu, l'épaule fracassée. Il ne remuait pas mais son œil était vivant et regardait David. Il avait des cils très longs et jamais David n'avait rien vu d'aussi vivant que son œil.

« Tire-lui une balle dans l'oreille avec le trois zéro trois, dit son père. Vas-y.

— Tire, toi », avait dit David.

Juma les avait rejoints en boitant et couvert de sang, la peau de son front retombant sur l'œil gauche, l'os du nez à nu et une oreille en lambeaux et sans un mot il avait arraché le fusil des mains de David et fourré le canon dans le trou de l'oreille et fait feu à deux reprises en brutalisant la culasse et la repoussant d'un geste furieux. À la première balle, l'œil de l'éléphant s'était dilaté puis avait commencé à se voiler et le sang jaillit de l'oreille et ruissela en deux jets écarlates sur la peau grise et ridée. C'était un sang de couleur différente et David s'était dit, je ne dois pas oublier ça et il n'avait pas oublié mais jamais cela ne lui avait servi à rien. Maintenant toute dignité et toute majesté et toute beauté avaient abandonné l'éléphant et il n'était plus qu'un énorme tas tout ridé.

« Alors on l'a eu, Davey, grâce à toi, avait dit son père. Maintenant on ferait mieux d'allumer un feu pour que j'essaie de remettre Juma sur pied. Viens un peu ici sacré vieux Humpty Dumpty[1] tout sanglant. Les défenses attendront. »

Juma s'était approché en grimaçant un sourire et en apportant la queue de l'éléphant, qui était complètement dépourvue de poils. Ils avaient fait une

1. Personnage d'une célèbre comptine, en forme d'œuf. *(N.d.T.)*

plaisanterie dégueulasse puis son père s'était mis à parler très vite en swahili : « Quelle distance avant de trouver l'eau ? Quelle distance te faudra-t-il parcourir avant de trouver des porteurs pour ramener les défenses ? Comment te sens-tu, sacré vieux salopard de bon à rien ? Qu'est-ce que tu as de cassé ? »

Puis quand il eut les réponses son père avait dit, « Toi et moi on va retourner chercher les sacs là où on les a laissés quand on a pris sa piste. Juma ramassera du bois et préparera le feu. La trousse de médicaments est dans mon sac. Il faut récupérer les sacs avant la nuit. Pas de danger qu'il fasse une infection. Ce n'est pas comme des blessures de griffes. Allons, en route. »

Son père avait compris ce qu'il avait éprouvé pour l'éléphant et cette nuit-là et après pendant quelques jours, il avait essayé sinon de le raisonner, du moins de l'aider à redevenir l'enfant qu'il était avant de découvrir qu'il haïssait la chasse à l'éléphant. Dans l'histoire David n'avait pas fait mention de l'intention de son père, qui n'avait jamais été mentionnée, mais s'était borné à utiliser la boucherie, les incidents, les répugnances, les épisodes et les réactions, et les efforts pour trancher les défenses et pratiquer sur Juma un rafistolage sommaire camouflé par les blagues et les railleries pour, dans la mesure où il n'y avait pas de drogue, traiter la douleur par le mépris et en minimiser l'importance. Le surcroît de responsabilité dont avait été chargé David et la confiance qui lui avait été témoignée et qu'il n'avait pas acceptée, il les avait intégrés à l'histoire sans en souligner le sens. Il avait essayé de faire revivre l'éléphant tel qu'il l'avait vu sous l'arbre amarré dans son ultime angoisse et en passe de se noyer dans le sang qui tant de fois déjà avait coulé mais toujours s'était arrêté et maintenant l'envahissait au point qu'il ne parvenait plus à respirer, l'énorme cœur pompant pour le noyer tandis qu'il observait l'homme venu lui donner le coup de grâce. David avait été si fier que l'éléphant eût flairé Juma et l'eût chargé aussitôt. Il aurait tué Juma si son père n'avait pas tiré, si bien qu'il avait projeté Juma au milieu des arbres avec sa trompe et continué à charger avec déjà en lui la mort, qu'il ne sentait que comme une blessure parmi d'autres jusqu'au moment où le sang jaillit et qu'il ne parvint plus à le refouler pour respirer. Ce soir-là assis près du feu, David avait observé Juma avec son visage recousu et qui respirait en essayant de ménager ses côtes brisées et il s'était demandé si l'éléphant l'avait reconnu quand il avait tenté de le tuer. Il espérait bien que oui. L'éléphant était désormais son héros comme longtemps l'avait été son père et il s'était dit, je n'aurais jamais cru qu'il en aurait la force alors qu'il était si vieux et si las. Il aurait tué Juma, et comment. Mais moi il ne m'a pas regardé comme s'il avait envie de me tuer. Il avait simplement l'air triste, tout comme moi. Il était allé retrouver son vieil ami le jour où il était mort.

C'était une histoire de très jeune garçon, il le savait, quand il l'eut terminée. Il la relut et vit les lacunes qu'il lui fallait combler pour faire que tous ceux qui la liraient ensuite aient le sentiment que tout se passait véritablement comme dans le livre, et il cocha les lacunes dans la marge.

Il se rappelait comment l'éléphant avait perdu toute dignité dès que son œil avait cessé de vivre et comment, quand son père et lui étaient revenus avec les paquetages, l'éléphant avait déjà commencé à enfler bien que la soirée fût fraîche. Il n'y avait plus désormais de véritable éléphant, seulement le cadavre gris tout ridé et déjà boursouflé et les énormes, les impressionnantes défenses mouchetées de brun et de jaune pour lesquelles ils l'avaient tué. Les défenses étaient souillées de sang séché et il en racla un peu de l'ongle du pouce comme un fragment de cire à cacheter et le glissa dans la poche de sa chemise. Ce fut là tout ce qu'il emporta de l'éléphant, hormis le sentiment naissant de ce qu'est la solitude.

Ce soir-là une fois la boucherie terminée, son père essaya de lui parler près du feu.

« C'était un tueur tu sais, Davey, avait-il dit. D'après Juma, personne ne sait combien il a tué de gens.

— Ils essayaient tous de le tuer, n'est-ce pas ?

— Naturellement, avait dit son père, avec une paire de défenses pareilles.

— Comment alors pouvait-il être un tueur ?

— Comme tu voudras, avait dit son père. Je regrette que tu aies pris ça tellement à cœur.

— Je regrette qu'il n'ait pas tué Juma, avait dit David.

— À mon avis c'est pousser un peu loin, dit son père, Juma est ton ami, tu sais.

— Plus maintenant.

— Inutile de le lui dire.

— Il le sait, avait dit David.

— À mon avis tu te trompes sur son compte », dit son père, et ils en étaient restés là.

Puis lorsque après toutes ces choses qui étaient arrivées, ils furent enfin rentrés sains et saufs avec les défenses et que les défenses furent appuyées contre le mur de la maison de pisé, de sorte que leurs pointes se touchaient, les défenses si hautes et si épaisses que même en les touchant personne n'en croyait ses yeux et que personne, pas même son père, ne pouvait atteindre le sommet de la courbure où elles s'infléchissaient de façon que les pointes se touchaient, là tandis que tous Juma et son père et lui étaient des héros et Kibo un chien de héros, et que les hommes qui avaient porté les défenses étaient des héros, des héros déjà légèrement ivres et en passe de l'être davantage, son père avait dit, « Est-ce que tu veux faire la paix, Davey ?

– D'accord, dit-il, parce que, il savait, c'était là le commencement du mutisme délibéré qu'il s'était promis d'observer.

– Je suis tellement content, dit son père. C'est tellement mieux et plus simple. »

Ils restèrent alors assis là sur les tabourets des anciens à l'ombre de l'immense figuier à côté des défenses appuyées contre le mur de la case et burent de la bière indigène dans des coupes d'écorce servies par une jeune fille et son petit frère, qui n'était plus un sale petit emmerdeur, mais le serviteur des héros, assis là dans la poussière près du chien héroïque d'un héros qui tenait un vieux coq nain nouvellement promu au statut de volatile favori des héros. Ils restèrent là à boire de la bière tandis que le gros tam-tam commençait et que *la ngoma* commençait à faire son effet.

Il sortit de sa pièce et il était heureux et vide et fier et Marita l'attendait sur la terrasse assise au soleil par ce matin radieux de début d'automne dont il n'avait pas soupçonné l'existence. C'était un matin parfait, calme et frais. La mer en contrebas était d'un calme plat et de l'autre côté de la baie c'était la courbe blanche de Cannes avec en arrière-plan les montagnes sombres.

« Je t'aime beaucoup », dit-il à la jeune fille brune comme elle se levait. Il l'entoura de ses bras et l'embrassa et elle dit, « Tu l'as terminée.

— Bien sûr, dit-il. Pourquoi pas ?

— Je t'aime et je suis si fière », dit-elle. Ils firent quelques pas et toujours enlacés regardèrent la mer.

« Comment te sens-tu, ma petite ?

— Je suis très bien et très heureuse, dit Marita. Tu étais sérieux quand tu disais que tu m'aimais ou était-ce simplement le matin ?

— C'était le matin, dit David et il l'embrassa de nouveau.

— Est-ce que je peux lire l'histoire ?

— C'est une trop belle journée.

— Est-ce que je ne peux pas la lire pour me sentir comme toi, et non pas simplement heureuse parce que tu es heureux, comme si j'étais ton chien. »

Il lui donna la clef et quand elle revint avec les cahiers et, assise au bar, se mit à lire l'histoire, David la lut par-dessus son épaule. Il savait que c'était grossier et absurde. Jamais il n'avait fait une chose pareille avec personne et cela allait à l'encontre de toutes ses idées concernant l'écriture, mais il n'y pensa pas, sauf quand il enlaça la jeune fille et regarda l'écriture sur le papier rayé. Il ne pouvait s'empêcher d'avoir envie de lire avec elle et il ne pouvait s'empêcher de partager ce que jamais il n'avait partagé et ce qui, avait-il cru, ne pouvait pas et ne devait pas se partager.

Quand elle eut fini de lire, Marita passa ses bras autour de David et l'embrassa si fort qu'elle lui mordit les lèvres jusqu'au sang. Il la regarda et goûta distraitement le sang et eut un sourire.

« Je suis désolée, David, dit-elle. Je t'en prie pardonne-moi. Je suis tellement tellement heureuse et encore plus fière que toi.

— Est-ce que ça va ? dit-il. Est-ce que tu peux sentir l'odeur de la shamba et l'odeur propre et fraîche de case à l'intérieur et sentir le contact lisse des sièges des anciens ? Tout est vraiment propre dans la case et le sol de terre battue est toujours balayé.

— Bien sûr que oui. Tu le disais déjà dans l'autre histoire. Et aussi, je peux voir l'angle que fait la tête de Kibo, le chien héroïque. Tu faisais un héros tellement adorable. Est-ce que le sang avait laissé une tache sur ta poche ?

— Oui. Et ça s'estompait quand je suais.

— Si on descendait en ville pour fêter la journée, dit Marita. On peut faire un tas de choses aujourd'hui. »

David s'arrêta devant le bar et versa du Haig puis du Perrier bien frais dans un verre et l'emporta dans la chambre où il en but la moitié et prit une douche froide. Puis il passa un pantalon de toile et une chemise et mit des *alpargatas* pour descendre en ville. Il était sûr que l'histoire était bonne et plus sûr de lui encore en pensant à Marita. Ni l'une ni l'autre n'avaient été diminuées par la lucidité plus aiguë qu'il avait maintenant, et la clarté n'avait pas apporté de tristesse.

De toute manière Catherine faisait ce qui lui plaisait et ferait tout ce qui lui plairait. Il regarda au loin et ressentit la bonne vieille insouciance heureuse. En fait c'était une journée pour piloter. Il regretta qu'il n'y eût pas d'aérodrome où il aurait pu louer un avion et emmener Marita et lui montrer ce que l'on pouvait tirer d'une pareille journée. Peut-être cela lui aurait-il plu. Mais il n'y a pas d'aérodrome ici. Alors oublie. N'empêche que ce serait agréable. Et aussi faire du ski. Il n'y a plus que deux mois à attendre si tu en as envie. Grand Dieu, c'est bon de terminer aujourd'hui et de se dire qu'elle est là. Marita, là, qui elle n'éprouve pas la moindre foutue jalousie de ton travail et lui faire comprendre ce que tu voulais faire et jusqu'où tu es allé. Elle comprend vraiment et ce n'est pas bidon. C'est vrai je l'aime et prends-en note, whisky, et témoigne pour moi, vieux pote vieux Perrier, je t'ai toujours été fidèle, Perrier, à ma façon bordélique. On se sent très bien quand on se sent si bien. C'est un sentiment idiot mais ça colle avec cette journée alors fais comme si.

« Allez viens petite, dit-il à Marita sur le seuil de la chambre. Qu'est-ce qui te retient à part tes jolies jambes ?

– Je suis prête David », dit-elle. Elle avait passé un pull collant et un pantalon de toile et son visage brillait. Elle brossa ses cheveux noirs et le regarda. « C'est merveilleux de te voir si gai.

– C'est une journée tellement bonne, dit-il. Et on a tellement de chance.

— Tu le crois ? dit-elle comme ils se dirigeaient vers la voiture. Est-ce que tu crois qu'on a vraiment de la chance ?

— Oui, dit-il. Je crois que tout a changé ce matin ou peut-être au cours de la nuit. »

Livre quatre

CHAPITRE XXV

La voiture de Catherine était sur le chemin qui menait à l'hôtel quand ils arrivèrent. Elle était garée du côté droit de la rampe gravillonnée. David arrêta l'Isotta juste derrière et Marita et lui en sortirent et, sans parler, se mirent à descendre le chemin, dépassèrent la petite voiture basse bleue et vide et se retrouvèrent sur les dalles de l'allée.

Ils passèrent devant la pièce de David dont la porte était fermée à clef et les fenêtres ouvertes, puis Marita s'arrêta devant sa porte et dit, « Au revoir.

– Qu'est-ce que tu vas faire cet après-midi ? demanda-t-il.

– Je ne sais pas, dit-elle. Je serai ici. »

Il continua jusqu'au patio et entra par la grande porte. Catherine était assise au bar et lisait le *Herald* de Paris avec, à portée de main sur le bar, un verre et une demi-bouteille de vin. Elle leva les yeux.

« Tiens te voilà de retour ? demanda-t-elle.

– On a déjeuné en ville puis on est rentrés directement, dit David.

– Comment va ta putain ?

— Je n'en ai pas encore.

— Je parle de celle pour qui tu écris les histoires.

— Oh. Les histoires.

— Oui. Les histoires. Les lugubres et mornes petites histoires de ton adolescence en compagnie de ta canaille de père, le poivrot.

— Il n'était pas tellement canaille en fait.

— Il a escroqué sa femme et tous ses amis, non ?

— Non. Uniquement lui-même en fait.

— En tout cas tu en fais un portrait méprisable dans ces dernières esquisses ou vignettes ou anecdotes insipides que tu lui consacres.

— Tu veux parler des histoires.

— Tu appelles ça des histoires, dit Catherine.

— Oui », dit David, et par cette journée claire et radieuse dans la salle agréable et ensoleillée de l'hôtel propre et confortable, il se versa un verre du délicieux vin bien frais et, le sirotant, sentit qu'il serait impuissant à ranimer son cœur mort et froid.

« Est-ce que tu aimerais que j'aille chercher Princesse ? dit Catherine. Ça serait dommage qu'elle s'imagine qu'on s'est chamaillés pour décider qui est de service aujourd'hui ou qu'on s'est mis à boire en solitaires.

— Inutile d'aller la chercher.

— Ça me ferait plaisir. Elle s'est occupée de toi aujourd'hui et moi pas. Vraiment David, je ne suis pas encore une salope. Je me comporte et je parle comme une salope, c'est tout. »

Tout en attendant le retour de Catherine, David but un autre verre du champagne et lut le *New York Herald* de Paris, qu'elle avait laissé sur le bar. Buvant le vin tout seul, il ne lui trouvait pas le même goût et il alla chercher un bouchon dans la cuisine pour reboucher la bouteille avant de la remettre au frais dans la glacière. Mais la bouteille ne lui parut pas assez lourde et la levant pour la mirer à la lumière qui entrait par la fenêtre ouest, il vit qu'il ne restait qu'un fond de vin et le versa et le but jusqu'à la dernière goutte et posa la bouteille sur le carrelage. Même quand il le vida d'une traite cela ne lui fit aucun effet.

Dieu merci les histoires lui venaient bien maintenant. Si le dernier livre avait été bon, c'était grâce aux gens qui étaient dedans et à l'exactitude des détails qui le rendait crédible. Il suffisait, en fait, qu'il se rappelle tout avec exactitude et la forme découlait de ce qu'il choisissait d'éliminer. Ensuite, bien sûr, il pouvait la réduire comme le diaphragme d'un appareil photo et l'intensifier de sorte qu'elle pouvait se concentrer au point que la chaleur rayonnait éclatante et que la fumée commençait à s'élever. Il le sentait, ça lui venait maintenant.

Ce que Catherine avait dit des histoires quand elle avait voulu le blesser l'avait incité à repenser à son père et à toutes les choses que tant bien que mal il avait essayé de faire. Maintenant, se dit-il, il faut que tu essaies de te remettre à grandir et à affronter ce que tu dois affronter sans t'emporter ni te sentir blessé parce que quelqu'un n'a pas compris ni apprécié ce que tu as écrit. Elle comprend de moins en moins. Tu as fait du bon travail et tant que tu peux travailler, rien ne peut te toucher. Maintenant essaie de l'aider et cesse de penser à toi. Demain il faut que tu reprennes toute l'histoire et en fasse quelque chose de parfait.

Mais David ne voulait pas penser à l'histoire. La chose qui comptait le plus pour lui était de l'écrire et beaucoup d'autres choses comptaient pour lui, mais et il le savait, quand il l'écrivait il ne devait pas s'en soucier ni la manipuler ni la remanier, pas plus qu'il ne serait allé ouvrir la porte d'une chambre noire pour voir comment se développait une pellicule. Laisse-la tranquille, se disait-il. Tu es un foutu idiot mais ça, au moins, tu le sais.

Ses pensées revinrent aux deux femmes et il se demanda s'il ne devrait pas aller les chercher et voir ce qu'elles avaient envie de faire ou si elles avaient envie d'aller nager. Après tout, c'était leur jour, à Marita et à lui, et elle était peut-être en train de l'attendre. Peut-être pouvait-il faire en sorte que la journée ne soit pas complètement gâchée pour tout le monde. Peut-être mijotaient-elles quelque chose. Il ferait mieux d'y aller et de leur demander ce qu'elles voulaient faire. Eh bien vas-y, se dit-il. Ne reste pas planté là à réfléchir. Va voir ce qu'elles font.

La porte de la chambre de Marita était fermée et il frappa.

Elles étaient en train de parler et lorsqu'il frappa, la conversation se tut.

— Qui est-ce ? » demanda Marita.

Il entendit Catherine rire et elle dit, « Qui que vous soyez, entrez. »

Il entendit Marita lui dire quelque chose et elle dit, « Entre, David. »

Il ouvrit la porte. Elles étaient allongées côte à côte dans le grand lit, le drap remonté jusqu'au menton.

« S'il te plaît David, entre, dit Catherine. Nous t'attendions. »

David les regarda, la brune sérieuse et la blonde rieuse. Marita le regardait en essayant de lui dire quelque chose. Catherine riait.

« Tu ne veux pas venir toi aussi, David ?

– Je suis passé voir si vous aviez envie d'aller nager ou de faire autre chose, dit David.

– Je n'en ai pas envie, dit Catherine. Princesse était endormie et je l'ai rejointe dans le lit. Elle a été très sage et m'a demandé de partir. Elle ne t'est pas du tout infidèle. Pas du tout du tout. Mais viens donc toi aussi pour qu'on puisse toutes les deux t'être fidèles.

– Non, dit David.

– S'il te plaît David, dit Catherine. C'est une si belle journée.

– As-tu envie d'aller nager ? demanda David à Marita.

– J'aimerais bien, dit la jeune fille par-dessus le drap.

– Quels puritains vous faites tous les deux, dit Catherine. Je vous en prie soyez raisonnables tous les deux, et viens dans le lit David.

– Je veux aller nager, dit Marita. Sors s'il te plaît, David.

– Pourquoi ne te verrait-il pas ? demanda Catherine. Il te voit bien à la plage.

– Il me verra à la crique, dit Marita. Sors s'il te plaît, David. »

David sortit et referma la porte sans jeter un regard en arrière, entendant Marita parler à voix basse à Catherine et le rire de Catherine. Il descendit l'allée pour rejoindre la terrasse de l'hôtel et regarda la mer. Il y avait une petite brise maintenant et il observa trois destroyers et un croiseur français, sveltes et sombres, comme gravés sur la mer bleue tandis qu'ils avançaient en formation, non sans quelques problèmes. Ils étaient loin au large et à leur taille on eût pu les prendre pour des silhouettes sur des planches nautiques jusqu'au moment où, un des navires accélérant pour modifier la formation, une ligne blanche jaillissait le long de l'étrave. David les observa jusqu'au moment où les deux femmes le rejoignirent.

« Je t'en prie, ne te fâche pas », dit Catherine.

Elles étaient en tenue de plage et Catherine posa un sac contenant les serviettes et les peignoirs sur une chaise en fer.

« Tu vas nager toi aussi ? lui dit David.

— Si tu n'es pas fâché contre moi. »

David ne dit rien et observa les navires qui maintenant changeaient de cap, et un autre destroyer quitta la formation selon un angle aigu, la ligne d'écume blanche ourlant à l'étrave. Il se mit à vomir de la fumée dont il traîna un panache noir de plus en plus large à mesure qu'il se rabattait à vitesse maximum.

« C'était seulement une blague, dit Catherine. Ça nous arrivait d'en faire, de bonnes grosses blagues de ce genre. Toi et moi.

— Qu'est-ce qu'ils font, David ? demanda Marita.

— Des manœuvres anti-sous-marins, je crois, dit-il. Peut-être même des sous-marins opèrent-ils avec eux. Ils viennent sans doute de Toulon.

— Ils étaient à Sainte-Maxime ou à Saint-Raphaël, dit Catherine. Je les ai vus l'autre jour.

— Je ne sais pas ce qui se passe maintenant, à cause de l'écran de fumée, dit David. Il y a sans doute d'autres navires mais on ne peut pas les voir.

— Voici les avions, dit Marita. N'est-ce pas qu'ils sont beaux ? »

Ils étaient très petits, des hydravions racés et trois d'entre eux contournaient la pointe au ras de l'eau.

« Quand on était ici au début de l'été, ils faisaient des exercices de tir au large de Porquerolles et c'était extraordinaire, dit Catherine. La fenêtre en tremblait. Est-ce qu'ils vont lancer des grenades sous-marines maintenant, David ?

— Je n'en sais rien. J'en doute si de vrais sous-marins participent à la manœuvre.

— Je peux aller nager, David s'il te plaît je peux ? demanda Catherine ? Je m'en vais et comme ça vous pourrez nager tout le temps rien que tous les deux.

— Je t'ai proposé de venir nager, dit David.

— C'est vrai, dit Catherine. Tu me l'as proposé. Bon, on y va et on est tous amis et heureux. Si les avions s'approchent très près ils pourront nous voir sur la plage et ils seront ravis. »

Et de fait les avions s'approchèrent très près au-dessus de la crique tandis que David et Marita nageaient très loin et que Catherine bronzait sur la plage. Ils firent un passage rapide en trois échelons de trois, le rugissement des gros moteurs Rhône s'enflant tout à coup comme ils survolaient la crique puis diminuant peu à peu à mesure qu'ils s'éloignaient en direction de Sainte-Maxime.

David et Marita regagnèrent la plage et s'assirent sur le sable à côté de Catherine.

« Ils ne m'ont même pas regardée, dit Catherine. Drôlement sérieux ces gars.

– Tu t'attendais à quoi ? À des photographies aériennes ? » lui demanda David.

Marita n'avait pas dit grand-chose depuis qu'ils avaient quitté l'hôtel et elle ne fit aucun commentaire.

« C'était la belle vie quand David vivait pour de bon avec moi, lui dit Catherine. Je me rappelle le temps où j'aimais toutes les choses que faisait David. Toi aussi tu dois essayer d'aimer ses choses, Princesse. À condition bien sûr qu'il lui en reste encore.

– Est-ce qu'il t'en reste encore, David ? demanda Marita.

– Il a mis tout ce qu'il avait en lui dans ces histoires, dit Catherine. Il avait tant de choses. J'espère au moins que tu aimes les histoires, Princesse.

– Je les aime », dit Marita. Elle ne regarda pas David mais il vit son visage brun et serein et ses cheveux trempés par la mer et sa belle peau lisse et son corps superbe tandis qu'assise là, elle regardait la mer.

« Tant mieux, dit paresseusement Catherine et longuement, paresseusement elle aspira à fond, en s'allongeant de tout son long sur le sable encore chaud du soleil de l'après-midi. Parce que c'est ça qui t'attend. Et puis autrefois il faisait tant de choses et il les faisait toutes si bien. Il avait une vie merveilleuse et maintenant il ne pense plus à rien sinon à l'Afrique et à son ivrogne de père et à ses coupures de presse. Ses coupures. Est-ce qu'il t'a jamais montré ses coupures, Princesse ?

– Non, Catherine, dit Marita.

– Il te les montrera, dit Catherine. Il a essayé de me les montrer un jour au Grau-du-Roi mais j'y ai mis le holà. Il y en avait des centaines, et toutes, presque toutes, avec sa photo et c'étaient toutes les mêmes photos. C'est pire que trimballer des cartes postales obscènes, à vrai dire. Je crois qu'il les lit quand il est tout seul et qu'il me trompe avec. Dans une corbeille à papier sans doute. Il a toujours une corbeille à papier. Il disait lui-même que c'était la chose la plus importante pour un écrivain –

– Viens on va nager, Catherine, dit Marita. Je crois que je commence à avoir froid.

– C'est-à-dire que la corbeille à papier était la chose la plus importante pour un écrivain, dit Catherine. Je me disais souvent que je devrais lui en offrir une, vraiment merveilleuse et qui serait digne de lui. Mais il ne jette jamais rien de ce qu'il écrit dans la corbeille à papier. Il écrit dans ces ridicules cahiers d'écolier et il ne jette jamais rien. Il se contente de raturer et d'écrire dans les marges. À vrai dire tout ça c'est de la frime. Il fait des fautes d'orthographe et même de grammaire. Est-ce que tu savais, Marita, qu'en réalité il ne connaît même pas la grammaire ?

– Pauvre David, dit Marita.

– Bien sûr, son français est encore pire, dit Catherine. Tu ne l'as jamais vu essayer d'écrire en français. Il fait assez bien illusion dans la conversation et il est drôle avec son argot. Mais en réalité il est illettré.

– Dommage, dit David.

— Je le trouvais merveilleux, dit Catherine, jusqu'au jour où je me suis rendu compte qu'il n'était même pas capable d'écrire deux mots correctement. Mais toi, bien sûr, tu seras capable d'écrire pour lui en français.

— *Ta gueule**, dit gaiement David.

— Pour ce genre de trucs, il est fort, dit Catherine. Des petits mots d'argot probablement passés de mode avant même qu'il s'en soit rendu compte. Il est vraiment illettré, Marita, tu dois voir les choses en face. Et puis son écriture est affreuse. Il n'est capable ni d'écrire ni de parler comme un gentleman, et ce dans aucune langue. Surtout pas la sienne.

— Pauvre David, dit Marita.

— Je ne peux pas dire que je lui ai donné les meilleures années de ma vie, dit Catherine. Après tout je ne vis avec lui que depuis mars, oui c'est ça je crois, mais assurément je lui ai donné les meilleurs mois de ma vie. En tout cas ceux où je me suis le mieux amusée et assurément c'est grâce à lui qu'ils ont été amusants. Certes j'aurais préféré que ça ne finisse pas sur une totale déception mais dis-moi un peu ce que l'on peut faire si l'on se rend compte que l'homme est un illettré et s'adonne à des vices solitaires dans une corbeille à papier pleine de coupures de presse tirées d'un truc appelé *The Original Romeike's*[1], je ne sais même pas qui c'est, Romeike. N'importe quelle femme perdrait courage et franchement je ne suis pas disposée à tolérer ça.

1. *The Original Romeike's* : sorte d'Argus de la presse. *(N.d.T.)*

— Tu n’as qu’à prendre les coupures et les brûler, dit David. Ça serait le plus sensé. Tu n’as pas envie d’aller nager maintenant, Démon ? »

Catherine le regarda d’un air sournois.

« Comment savais-tu que je l’avais fait ? demanda-t-elle.

— Fait quoi ?

— Brûlé les coupures.

— C’est vrai, tu les as brûlées, Catherine ? demanda Marita.

— Bien sûr que oui », dit Catherine.

David continuait à la regarder. Il se sentait complètement vide. C’était comme franchir soudain un virage sur une route de montagne et voir que la route a disparu et que devant il n’y a qu’un gouffre. Marita elle aussi s’était levée maintenant. Catherine les regardait, le visage calme et raisonnable.

« Allez on va nager, dit Marita. On va seulement nager jusqu’à la pointe et puis on reviendra.

— Je suis heureuse qu’enfin tu sois gentille, dit Catherine. Il y a longtemps que j’ai envie d’y aller. En fait il commence vraiment à faire froid. On oublie qu’on est en septembre. »

CHAPITRE XXVI

Ils se rhabillèrent sur la plage et, David portant le sac bourré de leurs affaires, gravirent le sentier abrupt jusqu'à l'endroit où la vieille voiture attendait au milieu des pins. Ils montèrent et David reprit la route de l'hôtel dans la lumière de ce début de soirée. Catherine était calme dans la voiture et pour tous ceux qui les croisaient, ils auraient fort bien pu revenir de passer l'après-midi sur une des plages peu fréquentées de l'Estérel. Quand ils laissèrent la voiture dans l'allée, les navires de guerre n'étaient plus en vue et, au-delà des pins, la mer était bleue et calme. La soirée était aussi belle et limpide que l'avait été le matin.

Ils gagnèrent l'entrée de l'hôtel et David porta le sac contenant leurs affaires de plage dans le débarras et le posa à terre.

« Laisse-moi les prendre, dit Catherine. Il faut les faire sécher.

— Excuse-moi », dit David. Il fit demi-tour sur le seuil du débarras puis sortit et se dirigea vers sa pièce à l'autre bout de l'hôtel. Une fois dans la pièce il ouvrit la grosse valise Vuitton. La pile des cahiers réservés aux histoires avait disparu. De même que les quatre volumineuses enveloppes envoyées par la banque et qui contenaient les coupures. La pile des cahiers réservés au récit était intacte. Il referma la valise à clef et fouilla tous les tiroirs de l'armoire puis fouilla la pièce. Il n'avait pas cru que les histoires auraient disparu. Il ne l'en avait pas crue capable. À la plage il avait compris qu'elle pouvait en être capable mais la chose lui avait paru impossible et il n'avait pu y croire vraiment. Ils étaient restés calmes et prudents et réservés sur le sujet comme on apprend à l'être en cas de danger ou d'urgence ou de catastrophe mais il n'avait pas cru possible que la chose ait vraiment pu se produire.

Maintenant il se rendait compte qu'elle s'était produite mais il continuait à se dire qu'il s'agissait peut-être d'une plaisanterie sinistre. Aussi, vide et mort dans son cœur, il rouvrit la valise et en inspecta le contenu, puis quand il l'eut refermée, inspecta de nouveau la pièce.

Maintenant il n'y avait plus ni danger ni urgence. Il n'y avait qu'une catastrophe maintenant. Mais ce n'était pas possible. Elle avait dû les cacher quelque part. Peut-être dans le débarras, ou dans leur chambre, ou peut-être les avait-elle mises dans la chambre de Marita. Elle ne pouvait tout de même pas les avoir détruites. Personne n'irait faire une chose pareille à l'un de ses semblables. Il n'arrivait toujours pas à croire qu'elle avait fait ça mais quand il referma la porte et tourna la clef il se sentit envie de vomir.

Les deux femmes se trouvaient au bar quand David entra. Marita leva les yeux vers lui et vit ce qu'il en était et Catherine le regarda approcher, les yeux sur le miroir. Elle ne le regarda pas lui, seulement son reflet dans le miroir.

« Où les as-tu mises, Démon ? » demanda David.

Elle se détourna et le regarda. « Je ne te le dirai pas, dit-elle. Je les ai mises en sécurité.

— Je voudrais que tu me le dises, dit David. Parce que j'en ai très besoin.

— Non, tu n'en as pas besoin, dit-elle. Elles ne valaient rien et je les ai trouvées détestables.

— Pas celle de Kibo, dit David. Tu adorais Kibo. Tu ne te souviens pas ?

— Il fallait que lui aussi disparaisse. Je voulais le déchirer et le garder mais je n'ai pas réussi à le trouver. D'ailleurs tu disais qu'il était mort. »

David vit que Marita la regardait puis détournait les yeux. Puis de nouveau elle la regarda. « Où les as-tu brûlées, Catherine ?

— À toi non plus je ne le dirai pas, dit Catherine. Toi aussi tu es dans le coup.

— Est-ce que tu les as brûlées en même temps que les coupures ? demanda David.

— Je ne te le dirai pas, dit Catherine. Tu me parles comme un policier ou comme on parle à l'école.

— Dis-moi, Démon. Je veux savoir, c'est tout.

— J'ai payé pour ces histoires, dit Catherine. J'ai donné l'argent pour qu'elles soient écrites.

— Je sais, dit David. C'était très généreux de ta part. Où les as-tu brûlées, Démon ?

— Je ne veux pas le lui dire à elle.

— Non. Mais à moi dis-le.

— Demande-lui de s'en aller.

— De toute façon il faut que je m'en aille, dit Marita. Je te verrai plus tard, Catherine.

— Très bien, dit Catherine. Ce n'était pas ta faute, Princesse. »

David resta assis sur le tabouret près de Catherine et les yeux fixés sur le miroir elle regarda Marita sortir de la pièce.

« Où les as-tu brûlées, Démon, demanda David. Tu peux me le dire maintenant.

— Elle n'aurait pas compris, dit Catherine. C'est pourquoi je voulais qu'elle s'en aille.

— Je sais, dit David. Où les as-tu brûlées, Démon ?

— Dans le gros fût en fer percé de trous où Madame brûle ses ordures, dit Catherine.

— Est-ce que tout a brûlé ?

— Oui. Il y avait un *bidon** d'essence dans la *remise** et j'en ai versé dessus. Il y a eu un grand feu et tout a brûlé. C'est pour toi que j'ai fait ça, David, et pour nous tous.

— J'en suis certain, dit David. Est-ce que tout a brûlé ?

— Oh oui. On peut aller voir si tu veux mais ce n'est pas nécessaire. Le papier est devenu tout noir et j'ai tout remué avec un bâton.

— Je vais tout de même aller voir, dit David.

— Mais tu reviendras, dit Catherine.

— Bien sûr. »

L'incinération avait eu lieu dans le brûle-ordures qui en fait était un fût d'essence de deux cents litres percé de trous. Le bâton qui avait servi à remuer les cendres, encore fraîchement noirci à un bout, était un vieux manche à balai qui ne servait plus depuis longtemps. Le *bidon** était encore dans l'appentis de pierre et contenait du pétrole. Dans le fût se trouvaient quelques fragments à demi consumés et identifiables des couvertures vertes des cahiers, et David trouva des bribes de papier journal brûlé et deux petits morceaux à demi calcinés de papier rose qu'il identifia comme ceux utilisés par le service de presse de chez Romeike. Sur l'un d'eux il distingua l'en-tête d'origine, Providence R. I. Les cendres avaient été bien remuées mais il y eût sûrement trouvé davantage de fragments intacts ou simplement noircis s'il avait pris la peine de les tamiser ou de les examiner patiemment. Il déchira en petits morceaux le papier rose marqué Providence R. I. et les jeta dans l'ex-fût d'essence qu'il avait redressé. Il se dit qu'il n'était jamais allé à Providence, Rhode Island et, remettant le manche à balai dans l'appentis en pierre, où il nota la présence de son vélo de course, dont les pneus avaient besoin d'être gonflés, il regagna la cuisine de l'hôtel, qui était vide, et passa dans le salon où il rejoignit au bar son épouse Catherine.

« Alors c'était bien ce que je te disais, n'est-ce pas ? demanda Catherine.

– Oui, dit David et il s'assit sur un des tabourets et s'accouda au bar.

– Il aurait sans doute suffi de brûler les coupures, dit Catherine. Mais c'est vrai, je me suis dit qu'il fallait faire un grand nettoyage.

– Pour ça tu l'as fait, dit David.

– Maintenant tu peux te remettre tout de suite au récit et il n'y aura rien pour venir t'interrompre. Tu peux commencer demain matin.

– Bien sûr, dit David.

— Je suis heureuse de voir que tu es raisonnable, dit Catherine. Tu n'as pas idée à quel point elles ne valaient rien, David. Il fallait que je te le montre.

— Tu n'aurais pas pu garder celle de Kibo qui te plaisait ?

— Je t'ai dit que j'avais essayé de la trouver. Mais si tu veux la récrire, je peux te la raconter mot pour mot.

— Ça sera amusant.

— Oui, vraiment. Tu verras. Tu veux que je te la raconte maintenant ? On peut si tu veux.

— Non, dit David. Pas pour l'instant. Mais toi, tu ne voudrais pas l'écrire ?

— Je ne suis pas capable d'écrire les choses, David. Tu le sais. Mais je suis capable de te la raconter quand tu voudras. Tu ne tiens pas vraiment aux autres, n'est-ce pas ? Elles ne valaient rien.

— Pourquoi as-tu fait ça en réalité ?

— Pour t'aider. Tu peux aller en Afrique et les récrire quand ta vision des choses sera plus mûre. Le pays ne doit pas avoir tellement changé. Pourtant je pense que ce serait mieux si tu écrivais plutôt quelque chose sur l'Espagne. Tu disais que le pays était presque pareil à l'Afrique et là au moins tu aurais l'avantage qu'on y parle une langue civilisée. »

David se servit un whisky et trouva une bouteille de Perrier, la déboucha et en versa un peu dans le verre. Il se rappela le jour où ils avaient traversé la ville où l'on met le Perrier en bouteilles quelque part dans la plaine sur la route d'Aigues-Mortes et comment — « Ne parlons plus d'écrire, dit-il à Catherine.

— Ça me plaît, dit Catherine. Quand c'est constructif et que le motif est valable. Tu écrivais toujours si bien avant de te mettre à écrire tes histoires. Le pire c'était la poussière et les mouches et la cruauté et la bestialité. On aurait dit pour un peu que tu te vautrais dedans. Tiens, surtout une, particulièrement horrible au sujet du massacre dans le cratère et de l'insensibilité de ton père.

— Est-ce qu'on peut ne plus en parler ? demanda David.

— Je veux en parler, dit Catherine. Je veux te faire comprendre pourquoi il était indispensable de les brûler.

— Mets-moi ça par écrit, dit David. Je préférerais ne pas en entendre parler maintenant.

— Mais je ne suis pas capable d'écrire les choses, David.

— Tu le seras, dit David.

— Non. Mais je les raconterai à quelqu'un qui sera capable de les écrire, dit Catherine. Si tu étais gentil tu les écrirais pour moi. Si vraiment tu m'aimais, tu serais heureux de le faire.

— Tout ce dont j'ai envie, c'est de te tuer, dit David. Et la seule chose qui m'en empêche, c'est que tu es dingue.

— Tu ne peux pas me parler comme ça, David.

— Non ?

— Non, tu ne peux pas. Est-ce que tu m'entends ?

— Je t'entends.

— Alors entends-moi quand je te dis que tu ne peux pas me dire ce genre de chose. Tu ne peux pas me dire ce genre d'horrible chose.

— Je t'entends, dit David.
— Tu ne peux pas dire ce genre de chose. Je ne le supporterai pas. Je divorcerai.
— Ça ce serait merveilleux.
— Dans ce cas je resterai mariée avec toi et ne t'accorderai jamais le divorce.
— Ça ce serait du joli.
— Je ferai tout ce que j'aurai envie de faire.
— Tu l'as déjà fait.
— Je te tuerai.
— Je m'en foutrais éperdument, dit David.
— Même dans un moment pareil tu n'es pas capable de parler comme un gentleman.
— Et que dirait un gentleman en un moment pareil ?
— Qu'il regrette.
— D'accord, dit David. Je regrette. Je regrette de t'avoir jamais rencontrée. Je regrette de t'avoir jamais épousée —
— Moi aussi.
— Ferme-la s'il te plaît. Tu peux raconter ça à quelqu'un qui sera capable de l'écrire. Je regrette que ta mère ait jamais rencontré ton père et qu'ils t'aient jamais engendrée. Je regrette que tu sois née et devenue grande. Je regrette tout ce qu'on a pu faire de bien ou de mal —
— Non, tu ne regrettes pas.
— Non, dit-il. Je la ferme. Je n'avais pas l'intention de faire un discours.
— En réalité tu t'attendris tout simplement sur toi-même.
— Peut-être, dit David. Mais merde, Démon, pourquoi es-tu allée les brûler ? Les histoires ?

– Il le fallait, David, dit-elle. Je regrette que tu ne comprennes pas. »

À dire vrai il avait compris avant même de lui poser la question et la question avait été, il s'en rendait compte, purement rhétorique. Il détestait la rhétorique et se défiait de ceux qui y avaient recours et il avait honte de s'y être laissé aller. Il but lentement le whisky-Perrier en songeant combien il était faux de prétendre que l'on pardonne ce que l'on comprend, et il raidit sa volonté aussi consciencieusement que lorsqu'il travaillait jadis avec le mécano et l'armurier pour vérifier l'avion, le moteur et ses mitrailleuses. Ce n'était pas indispensable alors car ils exécutaient le travail à la perfection mais c'était une façon de ne pas penser, et c'était, pour utiliser un mot sentimental, rassurant. Maintenant, *c'était* indispensable car lorsqu'il avait parlé à Catherine de la tuer, il avait parlé de façon très sincère et nullement rhétorique. Il avait honte du discours qui avait suivi sa déclaration. Mais il n'y avait rien qu'il pût faire au sujet de la déclaration qui avait été faite sincèrement, sinon raidir sa volonté de manière à pouvoir y recourir au cas où il viendrait à perdre les pédales. Il se versa un nouveau whisky et y rajouta du Perrier et regarda les petites bulles monter et éclater. Bon Dieu que le Diable l'emporte, se dit-il.

« Je regrette d'être vieux jeu, dit-il. Je comprends bien sûr.

– Je suis tellement contente, David, dit-elle. Je pars demain matin.

– Où ?

— À Hendaye et ensuite à Paris pour m'occuper de trouver des artistes pour le livre.

— Vraiment ?

— Oui. Je crois qu'il le faut. On a déjà perdu assez de temps et aujourd'hui j'ai fait de tels progrès qu'il me suffit simplement de continuer.

— Comment est-ce que tu pars ?

— Je prends la Bug.

— Tu ne devrais pas voyager seule.

— Je le veux.

— Tu ne devrais pas, Démon. Vraiment. Je ne pourrais pas te laisser faire.

— Est-ce que je peux partir par le train ? Il y en a un pour Bayonne. Là-bas ou à Biarritz, je pourrai louer une voiture.

— Pourquoi ne pas en reparler demain matin ?

— Je veux en parler maintenant.

— Tu ne devrais pas partir, Démon.

— Je vais partir, dit-elle. Tu ne m'en empêcheras pas.

— Je cherche seulement la meilleure solution.

— Non, ce n'est pas vrai. Tu cherches à m'en empêcher.

— Si tu attends, on ira ensemble.

— Je ne veux pas qu'on y aille ensemble. Je veux partir demain et prendre la Bug. Si tu n'es pas d'accord, je partirai par le train. On ne peut empêcher personne de prendre le train. Je suis majeure et j'ai beau être ta femme, ça ne fait de moi ni ton esclave ni ta pupille. Je pars et tu ne peux pas m'en empêcher.

— Est-ce que tu reviendras ?

— J'en ai l'intention.

— Je vois.

— Tu ne vois pas mais ça n'y change rien. Il s'agit d'un plan raisonné et coordonné. On ne fait pas ce genre de chose au hasard.

— Dans une corbeille à papier, dit David et il se rappela sa volonté et sirota son whisky-Perrier.

— Est-ce que tu verras tes avocats à Paris ? demanda-t-il.

— Si j'ai besoin de les consulter. En général je vois mes avocats. Ce n'est pas sous prétexte que tu n'as pas d'avocats que les autres n'ont pas besoin de voir leurs avocats. Est-ce que tu veux que mes avocats fassent quelque chose pour toi ?

— Non, dit David. J'emmerde tes avocats.

— Est-ce que tu as beaucoup d'argent ?

— Je n'ai aucun problème d'argent.

— Vraiment, David ? Est-ce que les histoires ne devaient pas rapporter beaucoup ? Cela m'a affreusement tracassée et je me rends compte de mes responsabilités. Je vais me renseigner et faire exactement ce que je devrais faire.

— Tu feras quoi ?

— Exactement ce que je devrais.

— Et qu'as-tu exactement l'intention de faire ?

— Je ferai estimer leur valeur et je ferai virer le double à ta banque.

— Ça me paraît très généreux, dit David. Tu as toujours été très généreuse.

— Je veux être juste, David, et qui sait, financièrement parlant elles valaient peut-être beaucoup plus qu'elles ne seront évaluées.

— Qui évalue ces choses ?

— Il y a certainement des gens pour ça. Il y a des gens qui évaluent tout.

— Quelle sorte de gens ?

— Je ne saurais le dire, David. Mais par exemple des gens comme le rédacteur en chef de l'*Atlantic Monthly*, de *Harper's*, de *La Nouvelle Revue Française.*

— Je sors un moment, dit David. Tu te sens bien ?

— À ceci près que je sens que je t'ai sans doute causé un tort immense que je dois essayer de réparer, je me sens très bien, dit Catherine. C'est pour cette raison, entre autres, que j'avais décidé de partir à Paris. Je ne voulais pas te le dire.

— Inutile de parler des échecs, dit David. Donc tu veux partir par le train ?

— Non. Je veux prendre la Bug.

— D'accord. Prends la Bug. Seulement sois prudente sur la route et ne dépasse pas dans les côtes.

— Je conduirai comme tu m'as appris et je me persuaderai que tu es tout le temps avec moi et te parlerai et nous raconterai des histoires et inventerai des histoires sur la façon dont je t'ai sauvé la vie. Je n'arrête pas d'en inventer. Et avec toi tout paraîtra tellement plus court et facile et la vitesse paraîtra moins rapide. Je vais bien m'amuser.

— Bon, dit David. Surtout prends ton temps. Couche à Nîmes la première nuit à moins que tu te mettes en route de bonne heure. Ils nous connaissent à l'Imperator.

— J'avais pensé passer par Carcassonne.

— Non, Démon, s'il te plaît.

— Peut-être que je pourrais me mettre en route de bonne heure et arriver à Carcassonne ? Je passerai par Arles et Montpellier et ne perdrai pas de temps à traverser Nîmes.

— Si tu pars tard, arrête-toi à Nîmes.

— Ça paraît tellement enfantin, dit-elle.

— J'irai avec toi, dit-il. Je devrais.

— Non, je t'en prie. Il est important que je fasse ça toute seule. Vrai c'est important. Je ne voudrais pas que tu sois là.

— D'accord, dit-il. Mais je devrais y aller.

— Non s'il te plaît. Il faut que tu aies confiance en moi, David. Je conduirai prudemment et je ferai ça d'une traite.

— Tu ne pourras pas, Démon. La nuit tombe de bonne heure maintenant.

— Tu ne dois pas t'inquiéter. Tu es gentil de me laisser partir, dit Catherine. Mais tu as toujours été gentil. Si jamais je faisais quelque chose que je ne devrais pas faire, j'espère que tu pourrais me pardonner. Tu vas me manquer affreusement. Tu me manques déjà. La prochaine fois, on fera la route ensemble.

— Tu as eu une journée très chargée, dit David. Tu es fatiguée. Au moins laisse-moi prendre ta Bugatti pour faire un saut jusqu'en ville et revenir aussitôt, histoire de la vérifier. »

Il s'arrêta à la porte de Marita et dit, « Tu as envie de venir faire un tour en voiture ?

— Oui, dit-elle.

— Alors viens », lui dit-il.

CHAPITRE XXVII

David monta dans la voiture et Marita grimpa à côté de lui et il lança la voiture sur une portion de route que balayait le sable venu de la plage puis ralentit et retint la voiture, regardant sur sa gauche en avant les papyrus et la plage déserte et sur sa droite la mer tout en surveillant la route goudronnée en avant. Il lança de nouveau la voiture sur la route jusqu'au moment où il vit le pont peint en blanc se rapprocher rapidement puis contrôla sa vitesse tout en évaluant la distance, lâcha l'accélérateur et freina par petits coups. Elle tenait bien la route et, à chaque coup de frein, perdait de son élan sans dévier ni déraper. Il immobilisa la voiture avant d'atteindre le pont, rétrograda puis, dans un rugissement de moteur docile, la lança de nouveau sur la N6 qui menait à Cannes.

« Elle les a toutes brûlées, dit-il.

– Oh, David », dit Marita et ils continuèrent jusqu'à Cannes où déjà brillaient les lumières et David arrêta la voiture sous les arbres devant le café où ils s'étaient rencontrés la première fois.

« Tu ne préférerais pas aller ailleurs ? demanda Marita.

— Je m'en fiche, dit David. Après tout ça n'y change foutre pas grand-chose.

— À moins que tu ne préfères simplement rouler, suggéra Marita.

— Non. Je préfère me calmer, dit David. Je voulais simplement voir si la voiture était en assez bon état pour qu'elle fasse le voyage avec.

— Est-ce qu'elle part ?

— Elle le dit. »

Ils étaient installés à la table de la terrasse dans l'ombre pommelée des feuilles. Le serveur avait apporté à Marita un Tio Pepe et à David un whisky-Perrier.

« Est-ce que tu veux que je l'accompagne ? dit Marita.

— Tu ne penses pas vraiment qu'il va lui arriver quelque chose ?

— Non, David. Je pense que pour l'instant, elle ne risque plus de faire d'autres dégâts.

— Ça se peut, dit David. Merde, à part le récit elle a tout brûlé. Le truc où il est question d'elle.

— C'est un récit merveilleux, dit Marita.

— Ne me dore pas la pilule, dit David. Je l'ai écrit et j'ai aussi écrit ce qu'elle a brûlé. Épargne-moi le baratin qu'on fait avaler aux troupes.

— Tu pourras les récrire.

— Non, lui dit David. Quand c'est au point on ne s'en souvient pas. Chaque fois qu'on se relit, ça fait l'effet d'une immense et incroyable surprise. On n'arrive pas à croire qu'on l'ait fait. De l'instant où c'est au point, on n'arrive jamais à le refaire. On ne le fait qu'une seule fois pour chaque chose. Et on n'a droit qu'à un certain nombre dans sa vie.

— Un certain nombre de quoi ?

— Un certain nombre de chances de le faire.

— Mais on peut s'en souvenir. On le doit.

— Pas moi ni toi ni personne. Elles ont disparu. Dès que j'arrive à les mettre au point, elles disparaissent.

— Elle a été odieuse avec toi.

— Non, dit David.

— Quoi alors ?

— Pressée, dit David. Tout ce qui s'est passé aujourd'hui, c'est parce qu'elle était pressée.

— J'espère que tu seras aussi bon avec moi.

— Reste avec moi et aide-moi à ne pas la tuer, c'est tout. Tu sais ce qu'elle va faire n'est-ce pas ? Elle va me donner de l'argent pour les histoires, de sorte que je ne perde rien.

— Non.

— Mais si. Elle va demander à ses avocats de les faire estimer selon un barème dingue digne de Rube Goldberg, et elle me versera le double.

— Sincèrement, David, elle n'a pas dit ça.

— Elle l'a dit et c'est du solide. Il ne reste plus qu'à mettre au point les détails et aussi le montant de l'évaluation majorée et doublée ou ce qui fait que son geste est généreux et lui donne du plaisir.

— Tu ne peux pas la laisser voyager seule, David.

— Je sais.

— Qu'est-ce que tu vas faire ?

— Je n'en sais rien. Mais restons encore un moment, dit David. Rien ne presse maintenant. Je pense qu'elle doit être fatiguée et se sera endormie.

Moi aussi j'aimerais m'endormir, avec toi, et me réveiller et constater que tout est là et que rien n'a disparu et qu'on se remette au travail.

— On va aller dormir et un jour en te réveillant, tu travailleras de façon aussi merveilleuse que tu l'as fait ce matin.

— Tu es extraordinairement bonne, dit David. Mais on peut dire que tu t'es fourrée dans un drôle de pétrin le soir où tu es venue ici, n'est-ce pas ?

— N'essaie pas de m'exclure, dit Marita. Je sais dans quoi je me suis fourrée.

— Bien sûr, dit David. On le sait tous les deux. Tu n'as pas envie d'un autre verre ?

— Si tu en as envie toi », dit Marita qui ajouta « Je ne savais pas qu'il s'agissait d'un combat quand je suis venue.

— Moi non plus.

— Pour toi en fait, il y a toi contre le temps, c'est tout.

— Pas le temps selon Catherine.

— Parce que son temps à elle est différent, c'est tout. Le temps la fait paniquer. Tu as dit ce soir que toute la journée d'aujourd'hui, c'était la panique. Ce n'est pas vrai mais c'était perspicace. Et toi, tu as si bien gagné contre le temps et depuis si longtemps. »

Beaucoup plus tard il appela le serveur et régla les consommations et laissa un bon pourboire et il avait lancé le moteur et allumé les phares et passait les vitesses quand ce qui s'était réellement produit lui revint à l'esprit. Cela lui revenait aussi clair et précis que lorsqu'il avait pour la première fois regardé au fond de l'incinérateur et vu les cendres que n'avait pas remuées le manche à balai. Il joua prudemment des phares pour traverser le soir paisible et désert de la ville et les suivit le long du port et jusqu'à la route. Il sentait l'épaule de Marita contre lui et il l'entendit dire, « Je sais, David. Moi aussi ça m'a fait mal.

— Il ne faut pas.

— Je suis heureuse d'avoir eu mal. Il n'y a rien à faire mais on va le faire.

— Bien.

— On va le faire vraiment. *Toi et moi*[*]. »

CHAPITRE XXVIII

À l'hôtel Madame sortait de la cuisine comme David et Marita entraient dans la grande pièce. Elle tenait une lettre à la main.

« Madame a pris le train pour Biarritz, dit-elle. Elle a laissé cette lettre pour Monsieur.

— Quand est-elle partie ? demanda David.

— Sitôt après le départ de Monsieur et de Madame, dit Madame Aurol. Elle a envoyé le petit à la gare pour prendre le billet et réserver un *wagon-lit*[*]. »

David se mit à lire la lettre.

« Qu'aimeriez-vous manger ? dit Madame. Un peu de poulet froid avec une salade ? Et une omelette pour commencer. Il y a aussi de l'agneau si Monsieur préfère. Qu'est-ce qui vous ferait plaisir, Madame ? »

Marita et Madame Aurol parlaient ensemble et David finit de lire la lettre. Il la glissa dans sa poche et regarda Madame Aurol. « Est-ce qu'elle avait l'air bien quand elle est partie ?

— Je ne sais pas trop, Monsieur.

— Elle reviendra, dit David.

— Oui, Monsieur.

— Nous prendrons bien soin d'elle.

— Oui, Monsieur. » Elle se mit à pleurer un peu en battant l'omelette et David lui passa le bras sur les épaules et l'embrassa. « Allez parler à Madame, dit-elle, et laissez-moi mettre la table. Aurol et le petit sont à la Napoule, où ils combinent la *belote** et la politique.

« Je vais la mettre, dit Marita. Ouvre le vin, David, s'il te plaît. Tu ne crois pas que nous devrions prendre une bouteille de Lanson ? »

Il referma la porte de la glacière et, tenant ferme la bouteille bien froide, fit sauter le cachet et desserra le fil de fer puis précautionneusement fit jouer le bouchon entre le pouce et l'index, conscient du pincement du capuchon de métal contre son pouce et de la promesse, longue, fraîche et galbée de la bouteille. Il extirpa doucement le bouchon et remplit trois verres à ras bords. Madame s'écarta du fourneau, son verre à la main, et tous trois levèrent leurs verres. David ne savait pas à quoi boire, aussi dit-il les premiers mots qui lui vinrent, à savoir « *À nous et à la liberté**. »

Ils burent tous les trois puis Madame servit l'omelette et ils burent tous de nouveau mais sans porter de toast.

« Mange, David, je t'en prie, dit Marita.

— D'accord, dit-il et but un peu de vin et mangea lentement quelques bouchées d'omelette.

— Mange donc un peu, dit Marita. Ça te fera du bien. »

Madame regarda Marita et secoua la tête. « Ça ne sert à rien de ne pas manger, lui dit Madame.

— Bien sûr, dit David et lentement et soigneusement il mangea et but le champagne qui renaissait chaque fois qu'il en versait un verre.

— Où a-t-elle laissé la voiture ? demanda-t-il.

— À la gare, dit Madame. Le petit est monté avec elle. Il a rapporté la clef. Elle est dans votre chambre.

— Est-ce que le *wagon-lit** était plein ?

— Non. Il l'a installée. Il y avait très peu de monde. Elle aura une place.

— Ce n'est pas un mauvais train, dit David.

— Mangez un peu de poulet, dit Madame, et reprenez un peu de vin. Ouvrez une autre bouteille. Vos femmes ont soif elles aussi.

— Je n'ai pas soif, dit Marita.

— Si, vous avez soif, dit Madame. Buvez ça maintenant et puis emportez une bouteille avec vous. Je le connais vous savez. Ça lui fait du bien de boire du bon vin.

— Je ne veux pas trop boire, *chérie**, dit David à Madame. Parce que demain sera une triste journée et je ne tiens pas à me sentir triste moi aussi.

— Mais non voyons. Je vous connais. Allons mangez maintenant, pour me faire plaisir. »

Quelques minutes plus tard elle s'excusa et resta un quart d'heure absente. David finit par manger tout son poulet et sa salade et quand elle fut de retour, ils prirent tous les trois un verre de vin ensemble puis David et Marita dirent bonne nuit à Madame qui maintenant était très cérémonieuse et sortit sur la terrasse et contempla la nuit. Ils étaient tous les deux pressés et David portait la bouteille ouverte dans un seau à glace. Il le posa sur le fourneau et prit Marita dans ses bras et l'embrassa. Ils restèrent ainsi serrés l'un contre l'autre et sans rien dire, puis David prit le seau et ils se dirigèrent vers la chambre de Marita.

Son lit avait été préparé pour deux personnes maintenant et David posa le seau à glace sur le plancher et dit, « Madame.

– Oui », dit Marita. Naturellement.

Ils restèrent allongés côte à côte avec dehors la nuit claire et fraîche et la petite brise qui montait de la mer et Marita dit, « Je t'aime, David, et c'est tellement sûr maintenant. »

Sûr, se dit David. Sûr. Rien n'est sûr.

« Tout le temps jusqu'à maintenant, dit Marita, jusqu'à ce que je puisse dormir toute la nuit avec toi je n'arrêtais pas de penser que tu n'aimerais pas du tout le genre de femme qui ne peut pas dormir.

– Quel genre de femme es-tu ?

– Tu verras. Une femme heureuse pour l'instant. »

Puis il eut l'impression qu'il mettait très longtemps à s'endormir mais en fait il n'en était rien, et quand il s'éveilla aux premières lueurs grises de l'aube il vit Marita à côté de lui dans le lit et se sentit heureux jusqu'au moment où il se rappela ce qui s'était passé. Il prit grand soin de ne pas la réveiller mais quand elle remua, il l'embrassa avant de sortir du lit. Elle sourit et dit, « Bonjour, David », et il dit, « Rendors-toi mon amour chéri. »

Elle dit, « D'accord », et vivement se retourna comme un petit animal et, crinière brune, resta pelotonnée là les yeux clos à cause de la lumière, ses longs cils sombres et luisants dessinés sur le rosebrun couleur petit matin de sa peau. David la regarda et se dit qu'elle était très belle et qu'il voyait bien que son esprit n'avait pas déserté son corps pendant son sommeil. Elle était adorable et sa complexion et l'incroyable velouté de sa peau avaient quelque chose d'oriental, se dit-il. Il observa que son teint se faisait plus vif à mesure que la lumière devenait plus intense. Puis il secoua la tête et, ses vêtements sur son bras gauche, ouvrit et referma la porte et sortit dans le nouveau matin, pieds nus sur les pierres encore humides de rosée.

Dans leur chambre, à Catherine et lui, il prit une douche, se rasa, trouva un short et une chemise propres et les enfila, jeta un coup d'œil sur la chambre vide, le premier matin qu'il se trouvait là en l'absence de Catherine, puis sortit pour passer dans la cuisine vide et dénicha une boîte de maquereaux au vin blanc Capitaine Cook et l'ouvrit et l'emporta, dangereusement pleine de jus à ras bords, ainsi qu'une bouteille de Tuborg, dans la salle du bar.

Il ouvrit la bière, saisit la capsule entre son pouce droit et la première phalange de son index droit et la ploya jusqu'à ce qu'elle s'aplatisse, puis ne voyant pas de récipient pour la jeter, la glissa dans sa poche, leva la bouteille qui était encore froide au toucher et maintenant tout embuée entre ses doigts et, humant l'arôme qui montait de la boîte de maquereaux marinés aux épices, prit une longue gorgée de la bière froide, la posa sur le bar et sortit l'enveloppe de sa poche-revolver et déplia la lettre de Catherine et entreprit une nouvelle fois de la lire.

David, je me suis tout à coup rendu compte que tu t'étais forcément rendu compte à quel point tout ça est affreux. Pire que de heurter quelqu'un, un enfant sans doute il n'y a rien de pire — avec une voiture. Le bruit sourd contre le pare-chocs ou peut-être seulement une petite secousse et ensuite le reste et la foule qui se rassemble pour hurler. La Française qui hurle *écraseuse* quand bien même c'était la faute de l'enfant. Je l'ai fait et je savais que je le faisais et je ne peux rien défaire. C'est trop horrible pour que l'on comprenne. Mais c'est arrivé.

Je vais abréger. Je reviendrai et on réglera tout pour le mieux. Ne te fais aucun souci. J'enverrai des télégrammes et des lettres et ferai tout ce qu'il faut faire pour mon livre, de sorte que si jamais tu le termines, au moins cette chose j'essaierai de la faire. Les autres choses, il fallait que je les brûle. Le pire c'est d'avoir été hypocrite mais ça, je n'ai pas besoin de te le dire. Je ne demande pas de pardon mais je t'en prie bonne chance et moi pour tout je ferai pour le mieux.

Princesse a été parfaite aussi bien avec toi qu'avec moi et je ne la hais pas.

Je ne terminerai pas comme j'aimerais le faire parce que ça paraîtrait trop grotesque mais je le dirai quand même dans la mesure où ces derniers temps j'ai toujours été grossière et insolente et grotesque aussi, comme on le sait tous les deux. Je t'aime et t'aimerai toujours et je regrette Quel mot inutile.

CATHERINE.

Lorsqu'il eut terminé il la relut en entier.

Il n'avait jamais lu d'autres lettres de Catherine car du jour où à Paris ils s'étaient rencontrés au bar du Crillon jusqu'au jour de leur mariage à l'Église américaine de l'avenue Hoche, ils s'étaient vus chaque jour et, relisant pour la troisième fois cette première lettre de Catherine, il constata qu'il pouvait toujours se sentir, et se sentait, ému par elle.

Il remit la lettre dans sa poche-revolver et mangea un deuxième petit maquereau, minuscule et dodu dans la sauce au vin blanc et aux aromates et finit la bière encore fraîche. Il passa alors dans la cuisine en quête d'un morceau de pain pour éponger le jus dans la longue boîte en fer-blanc et d'une autre bouteille de bière. Il allait essayer de travailler aujourd'hui et très probablement n'y parviendrait pas. Il y avait eu trop d'émotion, trop de dégâts, trop de tout et puis sa nouvelle allégeance, quand bien même elle lui avait paru sensée, quand bien même elle avait simplifié les choses pour lui, était quelque chose de grave et de violent dont cette lettre accentuait la gravité et la violence.

Bon d'accord Bourne, se dit-il en entamant sa deuxième bière, ne perds pas ton temps à te répéter combien les choses sont moches, tu le sais. Tu as trois choix. Essayer de te rappeler l'une de celles qui ont disparu et la récrire. Deuxièmement, tu peux essayer d'en écrire une nouvelle. Et troisièmement, te remettre à ton foutu récit de merde. Donc secoue-toi et fais le meilleur choix. Tu as toujours parié quand tu pouvais miser sur toi-même. Ne mise jamais sur quelque chose qui parle, disait ton père, et toi tu disais, Sauf sur toi-même. Et il disait, pas moi, Davey, mais toi un de ces jours, mise à fond sur toi-même, petit salopard au cœur d'acier. Il voulait dire au cœur dur mais avait tourné la chose gentiment avec sa gentille bouche menteuse. Ou peut-être était-il sincère. Attention à la Tuborg, ne va pas te faire des idées.

Donc fais le meilleur choix et écris-en une autre de ton mieux, une bonne. Et souviens-toi, Marita a été frappée aussi durement que toi. Plus peut-être. Donc fais le pari. Elle tient autant que toi à ce que nous avons perdu.

CHAPITRE XXIX

Lorsque enfin il s'arrêta d'écrire ce jour-là c'était l'après-midi. Il avait commencé une phrase dès en entrant dans sa pièce de travail et l'avait terminée mais n'avait rien pu écrire après. Il la raya et commença une autre phrase et ce fut de nouveau le vide complet. Il était incapable d'écrire la phrase qui aurait dû suivre et pourtant il l'avait en tête. Il commença de nouveau par une simple phrase d'exposition et ne parvint pas à coucher la suivante sur le papier. Au bout de deux heures c'était pareil. Il ne parvenait pas à écrire plus d'une phrase isolée et les phrases elles-mêmes étaient de plus en plus simples et parfaitement insipides. Il s'obstina pendant quatre heures avant de se rendre compte que la volonté était impuissante contre ce qui s'était passé. Il l'admit sans pour autant s'y résigner, ferma et rangea le cahier aux lignes raturées et se mit en quête de la jeune fille.

Il la trouva sur la terrasse en train de lire au soleil et lorsqu'elle leva les yeux et vit son visage, elle dit, « Non ?

– Pire que non.

— Pas du tout ?

— Pas ça.

— Allons prendre un verre, dit Marita.

— Bon », dit David.

Ils étaient à l'intérieur au bar et le jour était entré avec eux. Il faisait une aussi belle journée que la veille et peut-être même plus belle dans la mesure où l'été était en principe fini et chaque journée de chaleur était un petit extra. On ne devrait pas la gâcher, se dit David. On devrait essayer d'en profiter et si possible de l'épargner. Il prépara les martinis et les servit et quand ils les goûtèrent ils étaient glacés et bien secs.

« Tu as eu raison d'essayer ce matin, dit Marita. Mais n'y pensons plus aujourd'hui.

— D'accord », dit-il.

Il prit la bouteille de Gordon's, le Noilly Prat et le pichet verseur, vida l'eau de la glace et, au moyen de son verre, entreprit d'en doser deux autres.

« Il fait un temps superbe, dit-il. Que devrait-on faire ?

— Allons donc nager maintenant, dit Marita. Comme ça on ne gâchera pas la journée.

— D'accord, dit David. Est-ce que je dois prévenir Madame que nous serons en retard pour le déjeuner ?

— Elle a préparé un repas froid, dit Marita. Je me suis dit que, bon travail ou non, tu aurais sans doute envie d'aller nager.

— C'était très intelligent, dit David. Comment va Madame ?

— Elle a un œil légèrement décoloré, dit Marita.

— Non. »

Marita éclata de rire.

Ils remontèrent la route et contournèrent le promontoire en coupant à travers la forêt et laissèrent la voiture dans l'ombre pommelée des pinèdes et, chargés du panier à pique-nique et des affaires de plage, descendirent le sentier qui menait à la crique. Il soufflait un petit vent d'est et la mer était bleu sombre tandis qu'ils descendaient au milieu des pins parasols. Les rochers étaient rouges et le sable de la crique était jaune et ridé et l'eau, quand ils s'en approchèrent, propre et maintenant limpide comme de l'ambre sur du sable. Ils déposèrent le panier et le sac à dos à l'ombre du plus gros des rochers et David escalada le grand rocher pour plonger. Il resta là nu et brun au soleil à regarder la mer.

« Envie de plonger ? » cria-t-il.

Elle secoua la tête.

« Je vais t'attendre.

— Non, lui lança-t-elle et elle s'avança dans l'eau jusqu'aux cuisses.

— Elle est comment ? lança David du rocher.

— Beaucoup plus froide que jusqu'à présent. Presque froide.

— Bien », dit-il, et tandis qu'elle l'observait et avançait l'eau lui recouvrit le ventre et lui effleura les seins et il se redressa, en équilibre sur la pointe des pieds, parut hésiter un long instant en suspens puis fendit l'air et piqua, déclenchant dans l'eau un bouillonnement comme l'eût fait un dauphin en réintégrant prestement le trou qu'il avait creusé en bondissant. Elle nagea en direction du cercle d'eau tourbillonnante, puis il émergea tout contre elle et la souleva et la tint serrée, puis posa sa bouche salée sur la sienne.

« *Elle est bonne, la mer**, dit-il. *Toi aussi**. »

Ils nagèrent jusqu'à la sortie de la crique et plus loin encore dans l'eau profonde, bien au-delà de l'endroit où la montagne tombait dans la mer, et se mirent sur le dos et se laissèrent flotter. L'eau était plus fraîche qu'auparavant mais tout en surface elle s'était un peu réchauffée et Marita se laissait flotter, le dos cambré très haut et la tête complètement immergée mais son nez, et aussi ses seins bronzés doucement léchés par le mouvement que la brise imprimait à la mer. Elle gardait les yeux clos pour se protéger du soleil et David restait tout près d'elle dans l'eau. Il lui soutenait la tête de son bras puis il lui embrassa le bout du sein gauche puis le bout du droit.

« Ils ont un goût de mer, dit-il.

— Et si on s'endormait ici ?

— Est-ce que tu pourrais ?

— C'est trop pénible de garder le dos cambré.

— Eh bien nageons encore plus loin et puis revenons.

— D'accord. »

Ils nagèrent très loin, plus loin que jamais encore ils n'avaient nagé, suffisamment loin pour voir au-delà du prochain promontoire, et plus loin encore jusqu'à voir la ligne mauve et dentelée des crêtes en arrière-plan de la forêt. Ils restèrent là à faire la planche et contemplèrent la côte. Puis ils revinrent en nageant lentement. Ils s'arrêtèrent pour se reposer quand ils perdirent de vue les montagnes et une nouvelle fois quand ils perdirent le promontoire, puis repartirent à brasses lentes et vigoureuses et franchirent l'entrée de la crique et se hissèrent sur la plage.

« Est-ce que tu es fatiguée ? demanda David.

— Très », dit Marita. Jamais encore elle n'avait nagé aussi loin.

« Est-ce que tu es encore à bout de souffle ?

— Oh ça va. »

David remonta la pente et marcha jusqu'au rocher et prit une des bouteilles de tavel et deux serviettes.

« Tu ressembles à un phoque », dit David en s'asseyant près d'elle sur le sable.

Il lui tendit le tavel et elle but au goulot et la lui rendit. Il but une longue rasade, puis sur le sable lisse et sec, tous deux étendus au soleil, le panier du pique-nique posé près d'eux et aussi le vin frais qu'ils buvaient à même la bouteille, Marita dit, « Catherine ne se serait pas fatiguée elle.

— Tu parles. Elle n'a jamais nagé aussi loin.

— C'est vrai ?

— Nous avons nagé très loin, petite. Jamais encore je n'avais nagé assez loin pour voir l'arrière-plan des montagnes.

— D'accord, dit-elle. Il n'y a rien qu'on puisse faire pour elle aujourd'hui, alors n'y pensons pas. David ?

— Oui.

— Est-ce que tu m'aimes toujours ?

— Oui. Beaucoup.

— Peut-être qu'avec toi j'ai fait une grosse erreur et que tu essaies simplement d'être gentil.

— Tu n'as fait aucune erreur et je n'essaie pas d'être gentil. »

Marita prit une poignée de radis et les mangea lentement et but un peu de vin. Les radis étaient frais et croquants et avaient une saveur piquante.

« Tu ne dois pas t'inquiéter à cause du travail, dit-elle. Je le sais. Tout ira bien.

— Bien sûr », dit David.

Il coupa un des cœurs d'artichaut avec la fourchette et en mangea un morceau enrobé de la sauce moutarde préparée par Madame.

« Tu peux me passer le tavel ? », dit Marita. Elle prit une bonne rasade de vin et reposa la bouteille près de David, calant fermement le fond dans le sable et l'appuyant contre le panier. « N'est-ce pas un bon déjeuner que nous a préparé Madame David ?

— Un excellent déjeuner. Vraiment Aurol lui a mis l'œil au beurre noir ?

— Pas vraiment.

— Elle a souvent une langue de vipère avec lui.

— Il y a la différence d'âge et il était en droit de la frapper si elle l'insultait. Elle l'a dit. À la fin. Et elle t'a envoyé des messages.

— Quels messages ?

— Oh des messages d'amour.

— C'est *toi* qu'elle aime, dit David.

— Non. Espèce d'idiot. Elle prend simplement mon parti.

— Il n'y a plus de partis désormais, dit David.

— Non, dit Marita. Et on n'a pas voulu faire de partis. C'était comme ça, c'est tout.

— D'accord, c'était comme ça. » David lui passa le bocal qui contenait le cœur d'artichaut coupé en morceaux et la sauce et prit la seconde bouteille de tavel. Elle était encore fraîche. Il but une longue rasade. « On s'est laissé consumer, dit-il. Cette dingue a consumé les Bourne.

— Et nous, est-ce qu'on est les Bourne ?

— Bien sûr. On est les Bourne. Ça prendra peut-être un peu de temps pour avoir les papiers. Mais c'est ce que nous sommes. Tu veux que je te mette ça par écrit ? Je crois que ça je pourrais l'écrire.

— Tu n'as pas besoin de l'écrire.

— Je vais l'écrire sur le sable », dit David.

Ils dormirent bien et paisiblement jusqu'à la fin de l'après-midi et le soleil était déjà bas quand Marita se réveilla et vit David couché près d'elle dans le lit. Ses lèvres étaient closes et il respirait très lentement et elle regarda son visage et ses yeux fermés que deux fois seulement jusqu'alors elle avait vus masqués par ses paupières dans le sommeil, et regarda sa poitrine et son corps et ses bras plaqués contre ses flancs. Elle gagna la porte de la salle de bains et se regarda dans le miroir en pied. Puis elle sourit au miroir. Quand elle fut habillée, elle se rendit à la cuisine et fit la conversation à Madame.

Plus tard, David dormait encore et elle s'assit près de lui au bord du lit. Dans le crépuscule, ses cheveux étaient presque blancs par contraste avec son visage très noir et elle attendit qu'il se réveille.

Ils étaient assis au bar et buvaient tous les deux du Haig-Perrier. Marita faisait durer son verre. Elle dit, « Je pense que tu devrais descendre en ville tous les jours et acheter les journaux et prendre un verre et les lire tout seul. Je regrette qu'il n'y ait pas un club ou un vrai café où tu pourrais retrouver tes amis.

— Il n'y en a pas.

— Eh bien, je pense que ça te ferait grand bien de passer un peu de temps sans moi quand tu ne travailles pas. Tu as été submergé par les femmes. Je ferai toujours en sorte que tu aies des amis hommes. C'est là une grosse faute que Catherine a faite.

— Pas exprès et c'était ma faute à moi.

— Peut-être. Mais est-ce que tu crois que nous aurons des amis ? De bons amis ?

— Nous en avons déjà chacun un.

— Est-ce qu'on en aura d'autres ?

— Peut-être.

— Est-ce qu'ils te prendront à moi parce qu'ils en savent plus que moi.

— Ils n'en sauront pas plus.

— Quand ils viendront, est-ce qu'ils seront jeunes et nouveaux et pleins de choses nouvelles, et toi seras-tu fatigué de moi ?

— Ils ne seront pas ainsi et je ne serai pas ainsi.

— Je les tuerai sinon. Je n'ai pas l'intention de faire comme elle et de t'abandonner au premier venu.

— Tant mieux.

— Je veux que tu aies des amis hommes et des amis de la guerre pour aller avec eux à la chasse et au club jouer aux cartes. Mais rien ne nous oblige à t'obliger à avoir des amies femmes, n'est-ce pas ? Des amies toutes fraîches et nouvelles qui tomberont amoureuses de toi et te comprendront vraiment et tout ?

— Je ne cours pas les femmes. Tu le sais.

— Elles sont tout le temps nouvelles, dit Marita. Il y en a tous les jours des nouvelles. On ne met jamais assez les gens en garde. Toi surtout...

— Je t'aime, dit David, et en plus tu es mon associée. Mais vas-y doucement. Sois avec moi, ça suffit.

— Je suis avec toi.

— Je le sais et j'aime te regarder et savoir que tu es ici et que nous allons dormir ensemble et être heureux. »

Dans le noir Marita resta allongée contre lui et il sentait ses seins contre sa poitrine et son bras qu'elle avait glissé sous sa tête et sa main qui le frôlait et ses lèvres qu'elle gardait sur les siennes.

« Je suis ta femme, dit-elle dans le noir. Ta femme. Quoi qu'il advienne je suis toujours ta femme. Ta gentille femme qui t'aime.

— Oui mon très cher amour. Dors bien. Dors bien.

— Toi endors-toi le premier, dit Marita, je reviens dans une minute. »

Quand elle revint il était endormi et elle se glissa sous le drap et s'allongea contre lui. Il dormait sur le côté droit et respirait doucement et régulièrement.

CHAPITRE XXX

Quand le matin David se réveilla, les premières lueurs filtraient par la fenêtre. Il faisait encore gris dehors et les troncs des pins n'étaient pas ceux que d'habitude ils voyaient au réveil et au-delà en direction de la mer la distance était plus grande. Il avait dormi sur son bras droit et le sentait tout raide. Puis, réveillé, il se rendit compte qu'il était dans un lit inconnu et vit Marita endormie près de lui. Il se rappela tout et la regarda avec amour et remonta le drap sur son corps frais et brun puis de nouveau l'embrassa très doucement et, enfilant sa robe de chambre, sortit dans le petit matin humide de rosée emportant avec lui dans sa chambre l'image qu'il gardait d'elle. Il prit une douche froide, se rasa, passa une chemise et un short et se dirigea vers sa pièce. Il s'arrêta devant la porte de Marita et l'ouvrit avec d'infinies précautions. Il resta immobile et la regarda dormir, et referma doucement la porte et passa dans sa pièce. Il sortit ses crayons et un cahier tout neuf, tailla cinq crayons et commença à écrire l'histoire de son père et de l'expédition l'année de la révolte des Maji-Maji qui avait commencé par la longue traversée du lac salé. Il fit alors la traversée et comme il arrivait à la fin de la terrible marche du premier jour, le lever du soleil les avait rattrapés alors que la partie qui devait se dérouler dans l'obscurité n'était qu'à demi achevée et que déjà se formaient les mirages, à mesure que la chaleur se faisait insupportable. Alors que la matinée était bien avancée et qu'un vent d'est fort et frais soufflait de la mer à travers les pins, il en avait fini avec la nuit au premier camp sous les figuiers où coulait l'eau descendue de l'escarpement et il s'éloignait du camp dans le petit matin et remontait le long ravin qui menait au défilé abrupt qui débouchait sur l'escarpement.

Il se rendait compte qu'il savait beaucoup plus de choses sur son père que la première fois lorsqu'il avait écrit cette histoire et il se rendait compte qu'il pouvait mesurer ses progrès aux menus détails qui rendaient son père plus tangible et le paraient de dimensions qu'il n'avait pas eues jusqu'alors dans l'histoire. Il avait de la chance, en cet instant, que son père ne fût pas un homme simple.

David écrivait à un rythme régulier et sans peine et les phrases qu'il avait précédemment formées lui revenaient complètes et intactes et il les couchait sur le papier, les corrigeait, et les coupait comme pour réviser des épreuves. Pas une seule phrase ne manquait et il en couchait beaucoup sur le papier telles qu'elles lui revenaient et sans rien y changer. À deux heures il avait récupéré, corrigé et retouché ce qu'à l'origine il lui avait fallu cinq jours pour écrire. Il continua alors à écrire encore un peu et rien ne suggérait que rien cesserait jamais de lui revenir intact.

ERNEST HEMINGWAY

PRIX NOBEL DE LITTÉRATURE 1954

Aux Éditions Gallimard

CINQUANTE MILLE DOLLARS, 1928 (Folio n° 280)

L'ADIEU AUX ARMES, 1932 (Folio n° 27)

LE SOLEIL SE LÈVE AUSSI, 1933 (Folio n° 221)

LES VERTES COLLINES D'AFRIQUE, 1937, nouvelle édition en 1978 (Folio n° 352)

MORT DANS L'APRÈS-MIDI, 1938 (Folio n° 251)

EN AVOIR... OU PAS, 1945 (Folio n° 266)

DIX INDIENS, 1946

PARADIS PERDU *suivi de* LA CINQUIÈME COLONNE, 1949

LE VIEIL HOMME ET LA MER, 1952 (Folio n° 7 et Folioplus classiques n° 63), nouvelle traduction 2017.

POUR QUI SONNE LE GLAS, 1961 (Folio n° 455)

PARIS EST UNE FÊTE, 1964 (Folio n° 465 et nouvelle édition Folio n° 5454)

AU-DELÀ DU FLEUVE ET SOUS LES ARBRES, 1965 (Folio n° 589)

EN LIGNE. Choix d'articles et de dépêches de quarante années, 1970 (Folio n° 2709)

ÎLES À LA DÉRIVE, 1971 (Folio n° 5259)

LES NEIGES DU KILIMANDJARO *suivi de* DIX INDIENS et autres nouvelles, 1972 (Folio n° 151)

E.H. APPRENTI REPORTER. Articles du « Kansas City Star », 1973

LES AVENTURES DE NICK ADAMS, 1977 (Folio n° 6311)

88 POÈMES, 1984

LETTRES CHOISIES (1917-1961), 1986

L'ÉTÉ DANGEREUX, Chroniques, 1988 (Folio n° 2387)

LE JARDIN D'ÉDEN, 1989 (Folio n° 3853)

LE CHAUD ET LE FROID. Un poème et sept nouvelles…, 1995 (Folio n° 2963)

NOUVELLES COMPLÈTES, coll. Quarto, 1999

LA VÉRITÉ À LA LUMIÈRE DE L'AUBE, 1999 (Folio n° 3583)

LES NEIGES DU KILIMANDJARO et autres nouvelles / *THE SNOWS OF KILIMANDJARO and other stories*, 2001 (Folio Bilingue n° 100)

LE VIEIL HOMME ET LA MER / *THE OLD MAN AND THE SEA*, 2002 (Folio Bilingue n° 103)

CINQUANTE MILLE DOLLARS et autres nouvelles / *FIFTY GRAND and other stories*, 2002 (Folio Bilingue n° 110)

L'ÉTRANGE CONTRÉE, texte extrait du recueil *Le chaud et le froid*, 2003 (Folio 2 € n° 3790)

HISTOIRE NATURELLE DES MORTS et autres nouvelles, nouvelles extraites de *Paradis perdu* suivi de *La cinquième colonne*, 2005 (Folio 2 € n° 4194)

LA CAPITALE DU MONDE suivi de L'HEURE TRIOMPHALE DE FRANCIS MACOMBER, 2008 (Folio 2 € n° 4740)

LES FORÊTS DU NORD / *THE NORTHERN WOODS*, 2008 (Folio Bilingue n° 157)

UN CHAT SOUS LA PLUIE et autres nouvelles suivi de LA CINQUIÈME COLONNE, 2017 (Folio n° 6312)

Dans la collection « Écoutez lire »

LE VIEIL HOMME ET LA MER (3 CD)

Bibliothèque de la Pléiade

ŒUVRES ROMANESQUES

TOME I : *L'Éducation de Nick Adams – Torrents de printemps – L'Adieu aux armes – L'Éducation de Nick Adams (suite) ou Nick*

Adams et la Grande Guerre – Poèmes de guerre et d'après-guerre – Le Soleil se lève aussi – Paris est une fête – L'Éducation européenne de Nick Adams – Mort dans l'après-midi – Espagne et taureaux. Supplément : L'Éducation de Nick Adams (suite posthume) – Nouvelles de jeunesse (1919-1921) – Après la fête qu'était Paris – Dernière gerbe. Nouvelle édition augmentée d'un *Supplément* en 1994.

TOME II : *Les Vertes Collines d'Afrique. Chasses en Afrique : L'Heure triomphale de Francis Macomber – Les Neiges du Kilimandjaro. Dépression en Amérique : Les Tueurs – Cinquante mille dollars – La Mère d'une tante – Course poursuite – Une lectrice écrit – Une journée d'attente – Le Vin de Wyoming – Le Joueur, la religieuse et la radio. Pêche et tempêtes dans la mer des Caraïbes : Sur l'eau bleue – La voilà qui bondit ! – Après la tempête – Qui a tué les anciens combattants ? En avoir ou pas. Pour qui sonne le glas. La Cinquième Colonne. La Guerre civile espagnole : Le Vieil Homme près du pont – Le Papillon et le Tank – En contrebas – Veillée d'armes – Personne ne meurt jamais. La Deuxième Guerre mondiale (reportages) : En route pour la victoire – Londres contre les robots – La Bataille de Paris – Comment nous arrivâmes à Paris – Le « G.I. » et le Général – La Guerre sur la ligne Siegfried. Deux poèmes à Mary. Deux histoires de ténèbres. Au-delà du fleuve et sous les arbres. Fables. Le Vieil Homme et la mer. Discours de réception du prix Nobel.*

Au Mercure de France

LA GRANDE RIVIÈRE AU CŒUR DOUBLE *suivi de* GENS D'ÉTÉ, coll. Le Petit Mercure, 1998

COLLECTION FOLIO

Dernières parutions

6086. Karen Blixen	*Histoire du petit mousse*
6087. Truman Capote	*La guitare de diamants*
6088. Collectif	*L'art d'aimer*
6089. Jean-Philippe Jaworski	*Comment Blandin fut perdu*
6090. D.A.F. de Sade	*L'Heureuse Feinte*
6091. Voltaire	*Le taureau blanc*
6092. Charles Baudelaire	*Fusées – Mon cœur mis à nu*
6093. Régis Debray et Didier Lescri	*La laïcité au quotidien. Guide pratique*
6094. Salim Bachi	*Le consul* (à paraître)
6095. Julian Barnes	*Par la fenêtre*
6096. Sophie Chauveau	*Manet, le secret*
6097. Frédéric Ciriez	*Mélo*
6098. Philippe Djian	*Chéri-Chéri*
6099. Marc Dugain	*Quinquennat*
6100. Cédric Gras	*L'hiver aux trousses. Voyage en Russie d'Extrême-Orient*
6101. Célia Houdart	*Gil*
6102. Paulo Lins	*Depuis que la samba est samba*
6103. Francesca Melandri	*Plus haut que la mer*
6104. Claire Messud	*La Femme d'En Haut*
6105. Sylvain Tesson	*Berezina*
6106. Walter Scott	*Ivanhoé*
6107. Épictète	*De l'attitude à prendre envers les tyrans*
6108. Jean de La Bruyère	*De l'homme*
6109. Lie-tseu	*Sur le destin*
6110. Sénèque	*De la constance du sage*

6111. Mary Wollstonecraft — *Défense des droits des femmes*
6112. Chimamanda Ngozi Adichie — *Americanah*
6113. Chimamanda Ngozi Adichie — *L'hibiscus pourpre*
6114. Alessandro Baricco — *Trois fois dès l'aube*
6115. Jérôme Garcin — *Le voyant*
6116. Charles Haquet et Bernard Lalanne — *Procès du grille-pain et autres objets qui nous tapent sur les nerfs*
6117. Marie-Laure Hubert Nasser — *La carapace de la tortue*
6118. Kazuo Ishiguro — *Le géant enfoui*
6119. Jacques Lusseyran — *Et la lumière fut*
6120. Jacques Lusseyran — *Le monde commence aujourd'hui*
6121. Gilles Martin-Chauffier — *La femme qui dit non*
6122. Charles Pépin — *La joie*
6123. Jean Rolin — *Les événements*
6124. Patti Smith — *Glaneurs de rêves*
6125. Jules Michelet — *La Sorcière*
6126. Thérèse d'Avila — *Le Château intérieur*
6127. Nathalie Azoulai — *Les manifestations*
6128. Rick Bass — *Toute la terre qui nous possède*
6129. William Fiennes — *Les oies des neiges*
6130. Dan O'Brien — *Wild Idea*
6131. François Suchel — *Sous les ailes de l'hippocampe. Canton-Paris à vélo*
6132. Christelle Dabos — *Les fiancés de l'hiver. La Passe-miroir, Livre 1*
6133. Annie Ernaux — *Regarde les lumières mon amour*
6134. Isabelle Autissier et Erik Orsenna — *Passer par le Nord. La nouvelle route maritime*

6135. David Foenkinos — *Charlotte*
6136. Yasmina Reza — *Une désolation*
6137. Yasmina Reza — *Le dieu du carnage*
6138. Yasmina Reza — *Nulle part*
6139. Larry Tremblay — *L'orangeraie*
6140. Honoré de Balzac — *Eugénie Grandet*
6141. Dôgen — *La Voie du zen. Corps et esprit*
6142. Confucius — *Les Entretiens*
6143. Omar Khayyâm — *Vivre te soit bonheur ! Cent un quatrains de libre pensée*
6144. Marc Aurèle — *Pensées. Livres VII-XII*
6145. Blaise Pascal — *L'homme est un roseau pensant. Pensées (liasses I-XV)*
6146. Emmanuelle Bayamack-Tam — *Je viens*
6147. Alma Brami — *J'aurais dû apporter des fleurs*
6148. William Burroughs — *Junky* (à paraître)
6149. Marcel Conche — *Épicure en Corrèze*
6150. Hubert Haddad — *Théorie de la vilaine petite fille*
6151. Paula Jacques — *Au moins il ne pleut pas*
6152. László Krasznahorkai — *La mélancolie de la résistance*
6153. Étienne de Montety — *La route du salut*
6154. Christopher Moore — *Sacré Bleu*
6155. Pierre Péju — *Enfance obscure*
6156. Grégoire Polet — *Barcelona !*
6157. Herman Raucher — *Un été 42*
6158. Zeruya Shalev — *Ce qui reste de nos vies*
6159. Collectif — *Les mots pour le dire. Jeux littéraires*
6160. Théophile Gautier — *La Mille et Deuxième Nuit*
6161. Roald Dahl — *À moi la vengeance S.A.R.L.*
6162. Scholastique Mukasonga — *La vache du roi Musinga*
6163. Mark Twain — *À quoi rêvent les garçons*
6164. Anonyme — *Les Quinze Joies du mariage*
6165. Elena Ferrante — *Les jours de mon abandon*

Composition Nord Compo
Impression Maury-Imprimeur
45330 Malesherbes
le 7 avril 2017.
Dépôt légal : avril 2017.
Numéro d'imprimeur : 217541.

ISBN 978-2-07-273000-9. / Imprimé en France.

318311